Antje Friedrichs

Letzte Lesung Langeoog

Der Langeoog Krimi

Auf Langeoog geschehen Dinge, die auf der *Insel fürs Leben* einfach nicht passieren dürfen: Bombenalarm beim Dünensingen, ein Erpresser droht, das Ostfriesenmüsli zu vergiften, aus einer Dusche am Strand fließt plötzlich Blut ... Schon reisen Gäste übereilt ab. Kriminalhauptkommissar Onno Tjaden aus Wittmund soll vor Ort die Vorfälle aufklären und die Idylle wieder in Ordnung bringen. Ausgerechnet jetzt muss er übers Wasser, wo er sich doch vom Festland nicht wegrühren wollte: Die Geburt seines ersten Kindes steht bevor. Schon bald nach seiner Ankunft gibt es einen Toten. Das Undenkbare hat sich ereignet: Mord auf Langeoog! Dann verschwindet jemand spurlos. Sind alle Feriengäste harmlos?

Ein ganzer Reigen skurriler Figuren begegnet uns vor der detailgetreu gezeichneten Kulisse Langeoogs: ein tollkühner Schwimmer, eine glatzköpfige Kellnerin, ein herzensbrechender Literaturpapst ... Ob sie mit Baskenmütze oder rosa Leinenhütchen über den Strand laufen, in Bleylehosen oder Jogginganzug durch die Dünen radeln, Verdächtige unter den Gästen und sogar unter den Langeoogern gibt es genug. Der sympathische Hauptkommissar Tjaden stürzt sich in die Ermittlungen ...

Die Autorin

Antje Friedrichs (*1944) wuchs im Norden auf und lebt heute mit Mann und vier Kindern in Paderborn. Unter ihrem Ehenamen schreibt die Autorin Kurzgeschichten und Sachbücher. 1998 gehörte sie zu den Preisträgern beim Würth-Literaturpreis. Seit ihrer Kindheit hat sie immer wieder die Ferien auf Langeoog verbracht. Als sie bei einem Familienurlaub im Sommer 1998 auf der Insel keinen Kriminalroman mehr auftreiben konnte, den sie nicht schon kannte, wurde die Idee für diesen Krimi geboren.

Antje Friedrichs

Letzte Lesung Langeoog

Ein Inselkrimi

Prolibris Verlag

Handlungen und Personen in diesem Roman sind frei erfunden.
Ähnlichkeiten mit lebenden oder
bereits verstorbenen Personen wären rein zufällig

Originalausgabe Juli 2000
8., neu gesetzte Auflage 2008

Umschlaggestaltung: B. Schadow
Fotos: Antje Friedrichs, Rolf Wagner
Druck: GGP Media GmbH, Pößneck
ISBN-10: 3-935263-00-7
ISBN-13: 978-3-935263-00-9

Tel.: 0561/766 449 0, Fax: 0561/766 449 29

www.prolibris-verlag.de

Für meine Betty, die mir alles gezeigt hat,
und für meinen Lieblingslektor Karl Heinrich!

Prolog

Freitag

„Das ist ja unerhört! So was hat's hier früher auch nicht gegeben!"

Die Frau rang nach Worten, ihr Mann war sprachlos. Die Sandburg, die er gestern unter stundenlangen Mühen geschippt hatte, dieser Wall, der den rotweiß gestreiften Strandkorb umgab, ihr Zuhause für drei Wochen Urlaub an der See – verwüstet! Vandalen waren über Nacht eingefallen, Vandalen! Der Schwanz der Seejungfrau, den der Burgherr liebevoll aus Sand geformt und mit grauen Herzmuschelschuppen akkurat besetzt hatte, war zertrampelt, der aus schneeweißen Sandklaffmuscheln ebenso akkurat gebildete Name der Stadt Bielefeld, wo der Burgherr jahrzehntelang bis zu seiner Pensionierung als Richter am Landgericht gewirkt hatte, zerstört. Vandalen! Der Strandkorb klaffte inmitten einer Sandwüste.

Die Menschen standen ratlos. Eine Möwe schrie über ihren Köpfen, landete ein paar Schritte von ihnen entfernt und beobachtete sie lauernd.

„Hau ab, blödes Vieh!" zischte die Frau. „Das hat es früher nicht gegeben! Diese Jugendlichen vom Zeltplatz, die besaufen sich da oben in der Disco oder nehmen Drogen, und dann machen die uns alles kaputt!"

„Macht kaputt, was euch kaputt macht!" rief es aus dem Strandkorb nebenan. Der Oberstudienrat in den mittleren Jahren, der an einer Gesamtschule im Hessischen wirkte, ließ seine Wochenzeitung sinken, stand auf und näherte sich teilnahmsvoll. Seine nackten Beine leuchteten aufdringlich weiß. Er selbst hatte nur die Andeutung eines Walls geschippt, sein Strandkorb stand nahezu frei. Glück gehabt, bei ihm war nichts kaputt zu machen.

„Da muss man doch was unternehmen! Wo ist der Strandwärter eigentlich? Wofür zahlen wir denn Kurtaxe?!" schrillte die Stimme der Frau, während ihr Mann, über den Sand gebeugt, nach Spuren suchte. „Barfuß", murmelte er, „und mittelgroß."

Wieder schrie die Möwe. Machte ein paar Schritte auf die Menschen zu, dann hob sie die Flügel, stieg auf und glitt über die Reste der Seejungfrau und die verwüstete Burg hinweg. Kreischend. Spöttisch kreischend, so schien es.

Samstag

An diesem Morgen schien die Sonne. Ein wolkenloser Himmel wölbte sich über der Insel, die in den letzten Tagen nicht gerade von Sonne verwöhnt worden war.

Die erste am Strand war eine 61jährige Frau aus Bottrop. Sie kam seit über dreißig Jahren hierher und war schon längst im Besitz des goldenen Treueabzeichens der Kurverwaltung. Erika Stracke schritt rüstig die Bohlen zum Strand hinunter. Flut! Unter ihrem dunkelblauen Bademantel trug sie bereits ihren dunkelblauen Badeanzug. So hielt sie es schon seit über dreißig Jahren. Sie musste sich nicht erst am Strand umziehen, sondern konnte gleich hinunterlaufen ans Meer, das jetzt in der Morgenfrühe einsam an den Strand rollte. Es war so früh, dass die ABM-Kolonne der Kurverwaltung, die den Meeressaum von Strandgut säuberte, noch nicht da gewesen war.

Erika Stracke war ganz allein. Das Wasser war wunderbar klar und wärmer als die Luft. 18 Grad, schätzte sie als erfahrener Badegast. So früh am Morgen war der Turm der Rettungsschwimmer noch nicht besetzt, offizielle Badezeit würde erst am späten Nachmittag sein. Am Horizont war die dunkle Silhouette eines einsamen Wanderers zu erkennen. Noch einer, der die Frühe liebte, wenn er sich auch nicht ins Wasser wagte. Keine Qualle im Wasser, für Quallen war die Witterung zu kühl. Erika Stracke ließ sich von den Wellen tragen. Tauchte unter, Gischt sprühte über ihren Kopf hinweg.

Allein sein, ganz allein, das war es, wonach sie sich sehnte, einen größeren Genuss gab es für sie nicht. Eine Riesenwelle türmte sich vor ihr auf, sie drehte sich um und ließ die Woge mit voller Wucht über sich hinwegrauschen, das Wasser schlug über ihr zusammen und zog ihr den Boden unter den Füßen weg, der Sog riss sie weiter und weiter. „Baden Sie nie außerhalb der Badezeiten und nicht außerhalb des abgeteilten Badestrandes", ging ihr durch den Kopf. Überall auf der Insel war das zu lesen. Aber daran hatte sie sich dreißig Jahre lang nicht gehalten, und noch nie war ihr etwas passiert. Jetzt hatte sie Wasser geschluckt, sie hustete, keuchte. Als sie aus dem Wasser watete, sah sie das blaue quallige Riesenauge zu spät und trat mitten hinein. Blauer Glibber, der sie eigentlich noch nie geekelt hatte. Aber etwas war anders an diesem Morgen, anders als sonst in all den Jahren zuvor.

Etwas Unheimliches lag in der Luft. Sie schauderte, fühlte sich beobachtet, blickte sich um. Die blaue Rettungsstation war natürlich leer, keine Fahne war aufgezogen, nicht morgens um 6 Uhr. Da war niemand. Oder doch? Regte sich nicht etwas hinter den blauen Wänden des Turms? War da nicht hinter der Fensterscheibe ein Licht? Als ob ein Feuerzeug aufflammte, kurz nur, ganz kurz. Hinter ihr rauschte die See. Lauter als sonst, unnatürlich laut.

Die Sonne, noch tief im Osten, hatte sich jetzt hinter einer Wolke verborgen. Wo kam die Wolke her? So plötzlich? Eben war der Himmel doch noch ganz klar gewesen, ungetrübt blau. Der unbekannte Wanderer am Horizont, dort, wo der Strand in Nebel überging und die anderen Inseln, Spiekeroog und Wangerooge, lagen, war verschwunden.

Erika Stracke warf sich ihren Bademantel über, der sich klamm anfühlte, und hastete nach oben zur Düne. Nur schnell zurück in die Pension! Etwas war anders als sonst, sie konnte es spüren! Aber vorher schnell noch wie immer unter die Dusche, die am Dünenaufgang installiert war. Süßwasser natürlich, wofür zahlte man denn Kurtaxe. Bei aller Liebe zu Langeoog und zur See, Salz auf ihrer Haut konnte Erika Stracke nicht ertragen. Es verursachte ihr Juckreiz, gegen das Salz war sie allergisch, auch noch nach dreißig Jahren. Sie warf den Bademantel ab, trat ohne hinzusehen auf die Bohlen unter der Dusche, griff nach dem Hahn, um das Wasser aufzudrehen – und schrie. Schrie. Schrie. Stand wie angewurzelt, konnte sich nicht rühren, und schrie. Der Wasserhahn war blutverschmiert, Erika Stracke stand im Blut. Schreiend rot klebte es an den Holzbohlen, bedeckte den Sand, der feucht war, als wäre hier gerade eben, unmittelbar bevor sie ihren Fuß darauf gesetzt hatte, Blut geflossen und eingesickert.

Sie schrie. Nichts regte sich um sie herum, es blieb totenstill. Der große Zeiger auf der Uhr des Rettungsturms zeigte auf die fünf, der kleine Zeiger war gerade ein winziges Stück über die sechs hinausgerückt. Ungerührt rollten die Wellen weiter an den Strand. Um ein winziges Stück war die Flut näher gekommen.

Endlich hastete die Frau den Dünenaufgang hoch und schlug mit den Fäusten gegen die Tür des „Seekrugs".

Sonntag

Als die Eheleute Walter und Ingrid Klöters aus Bremerhaven morgens um 8 Uhr 36 in ihren Strandkorb im Strandabschnitt C blickten, erstarrten sie.

Um sich für den Tag am Strand einzurichten, hatte Ingrid Klöters gerade das aufblasbare Gummikissen, das sie immer mit sich führte, in den Strandkorb legen wollen, um sich gegen die Kühle des Plastikpolsters zu schützen. Hilfesuchend tastete sie nach dem Arm ihres Mannes, der hinter ihr stand, sein eigenes Kissen in der Hand, die blauweiß gestreifte Badetasche abgestellt hatte und sich bückte, um die rechte Fußstütze des Strandkorbs herauszuziehen und die Schaufel herauszuholen, die er über Nacht immer unter dem Korb versteckt hielt.

„Nimm das weg!" kreischte seine Frau. Auf dem blauweiß gestreiften Polster des Strandkorbs lag ein Vogel, eine Silbermöwe. Das Gefieder zerzaust, der gelbe Schnabel geöffnet. Die Augen blicklos. Die Flügel spreizten sich auf dem Polster. Die gelben Füße weggeknickt. Und offenbar war dieses Tier nicht hier gestorben und auch nicht erst vor kurzem. Es trug Spuren von Flut und langer Zeit im Gefieder, eine Wasserleiche, die schon tage- oder wochenlang irgendwo gelegen hatte, dann aufgelesen worden war und hierher geschleppt. „Nimm das weg, nimm das weg!" kreischte Ingrid Klöters.

Walter Klöters, der vor seiner Pensionierung trotz eines leichten Sprachfehlers jahrzehntelang Standesbeamter in einer Kleinstadt im Emsland gewesen war, griff beherzt zu. Er warf das hellblaue Frotteebadehandtuch, das er gerade aus der Badetasche geholt hatte, um damit die Rückwand des Strandkorbs gegen Zugluft abzudichten, auf den Kadaver, so dass er nicht mehr zu sehen war, wenigstens das.

„Bist du wahnsinnig, doch nicht das gute Handtuch!" kreischte seine Frau. Hysterisch war sie immer schon gewesen, und es wurde schlimmer von Jahr zu Jahr.

„Nun reg dich doch nicht auf, Mutti, das kann man doch wieder wassen", sagte der Mann beruhigend. „Wozu haben wir die Wassmassine in der Wohnung?"

„Bist du wahnsinnig, bist du wahnsinnig!" wiederholte die Frau unbeirrt.

Aus den benachbarten Strandkörben rundum schauten jetzt Köpfe heraus. Mit beherztem Griff packte Walter Klöters das hellblaue Bündel, er spürte den befiederten, leichenstarren Körper und den spitzen Schnabel durch den Frotteestoff hindurch und lief zum Steg am Fuß der Düne, öffnete den Deckel der grünen Tonne, die „Nur für organischen Abfall!" bestimmt war – auch müllmäßig war auf der Insel alles vorbildlich geregelt, die Abfalltrennung funktionierte perfekt – und ließ den Kadaver in der Tiefe der Tonne verschwinden. Es plumpste, die Tonne war noch gähnend leer. Die ABM-Kolonne der Kurverwaltung war schon in aller Frühe tätig gewesen.

Das hellblaue Badetuch mit zwei spitzen Fingern von sich abhaltend, als wäre es aussätzig, lief er zurück zu seiner Burg, wo jetzt die Nachbarn sich eingefunden hatten und laut diskutierten. Man kannte sich schon seit Jahren, kam immer wieder im Urlaub hierher: eine eingeschworene Gemeinschaft.

„Ein dummer Jungenstreich", sagte die freundliche grauhaarige Dame aus Lüdenscheid und stapfte wieder zu ihrem Strandkorb zurück.

„Das muss man doch anzeigen!" empörte sich ihre Nachbarin, die strickend in ihrer Burg sitzen geblieben war und jetzt die Beine in den beigefarbenen Bleylehosen kämpferisch von sich streckte. „Aber wenn man mal einen Strandwärter braucht, ist natürlich wieder keiner da. Die machen doch immer nur Mittagspause!" Ihre Stricknadel stach in die Luft.

„Unerhört!" pflichtete ihr Mann ihr bei, der damit beschäftigt war, mit einem Brett seinen eigenen Wall makellos glatt zu klopfen.

Und refrainartig wiederholte sich vielstimmig der Satz: „Das hat es früher nicht auf Langeoog gegeben!"

Montag

Dunkel, dunkel am Meer. Nur das Rauschen der Flut war zu hören. Hand in Hand lief das junge Paar über den Steg zum Burgenstrand hinunter. Eine laue Sommernacht. Von „Düne 13", der Jugendkneipe, wehte Musik herunter.

Am Strand drängten sich die Körbe wie eine Herde dunkler Tiere, stumm und regungslos im Mondlicht. Die beiden jungen Menschen stolperten durch den hohen Sand, steuerten einen Korb an, ließen sich auf das Plastikpolster fallen, das schon feucht war von der nächtlichen Kühle, die von der See hochstieg. Er legte die Arme um ihre Schultern, drückte sie an die Seitenwand des Korbs, suchte ihren Mund mit seinem – als sie plötzlich aufschrie, aufsprang wie von einer Qualle gebrannt oder von einem Seeigel gestochen, und ihn wegschob: „Hier liegt was! Au, verdammt noch mal!"

Beide beugten sich über den dunklen Innenraum des Korbs. Vorsichtig tastete er den Sitz ab.

„Eine Spritze!"

„Das kann doch nicht wahr sein! Das gibt es doch nicht! Verdammte Sch ... !"

Junkies am Strand. Womöglich noch Aids. Blanker Horror. Und das auf Langeoog. Das gab es doch gar nicht.

„Hast du dich gestochen?" fragte er besorgt.

„Klar. An der Hand. Meinst du, ich mache aus lauter Spaß so ein Theater?"

„Blutet es?"

„Ein bisschen." Sie hielt den Finger schon im Mund und lutschte daran. „Komm bloß weg hier, wer weiß, was hier sonst noch für Dreck rumliegt. Das ist ja lebensgefährlich!"

Von oben wehten immer noch Musikfetzen herüber. *„I've got you under my skin ..."* Die beiden rannten zurück, zurück zu „Düne 13", wo jetzt gerappt wurde, sehr laut und einladend, trotz alledem.

Dienstag

Ein Dienstag wie alle Dienstage. Woche für Woche, Monat für Monat, Jahr für Jahr. Und das seit Jahrzehnten, jedenfalls in der Saison. Am Dienstag steht Dünensingen auf dem Programm. Da versammeln sich die Eltern und Großeltern, die alle schon am Dünensingen teilgenommen haben, als sie selbst Kinder waren, mit ihren Babys und Kleinkindern in den Dünen unterm Wasserturm, und der Kantor der evangelischen Inselkirche singt mit ihnen. Er spielt Akkordeon dabei, Schifferklavier sagte man früher, und Erinnerungen werden wach. *„Der Mond ist aufgegangen", „What shall we do with the drunken sailor", „Wenn die bunten Fahnen wehen", „Guten Abend, Gut' Nacht"* ... So war es immer, und so soll es auch bleiben.

Die Kinder, die hier mit ihren Eltern sitzen, werden immer jünger, immer früher wollen sie nichts mehr wissen vom deutschen Volksliedgut, hören stattdessen Pop und Rap und HipHop. Aber solange sie hier in den Dünen sitzen, auf dem Schoß ihrer Eltern, ist die Welt noch heil. Dünensingen bedeutet Papa und Mama, Oma und Opa, Dünensingen bedeutet Familie. Von wegen Scheidungswaisen und wachsendes Gewaltpotenzial, von wegen No future, Null Bock und so weiter. Wer hier mitsingt in Papas oder Mamas Armen, ist behütet, hört das Meer von fern rauschen, spürt den Sand unter den nackten Zehen und wie der Strandhafer piekt, sieht die Sonne untergehen wie einen leuchtenden Ball im Westen und blickt dem Mond ins immer gleiche gleichmütige Gesicht, während man singt, dass der Mond aufgeht und so bleich und nur halb zu sehen ist, und die deutschen Volkslieder hört, von denen die meisten, für ausländische Ohren jedenfalls, die den Text nicht verstehen, von Weihnachtsliedern nicht zu unterscheiden sind. *„Behüt uns Gott vor Strafen / und lass uns ruhig schlafen / und unsern kranken Nachbarn auch."*

Ein Dienstag wie jeder andere in der Saison. Die größte Sorge war seit jeher das Wetter, doch an diesem Dienstag war Kantor Wolfgang Moll dieser Sorge enthoben. Den ganzen Tag hatte die Sonne vom wolkenlosen Himmel gelacht. Temperatur 21 Grad, fürs Dünensingen ideal. Wolfgang Moll machte sich bereit zu gehen, packte sein Akkordeon in den Akkordeonkasten, steckte die Thermosflasche mit Kräutertee ein, den er brauchte, um die Stimmbänder geschmeidig zu halten. Denn die Abendkühle könnte ihm auf die Stimme schlagen, und am nächsten Sonntag würde er schon wieder den Ton im Kirchenchor angeben müssen. Und als er gerade auf dem Weg von seiner Wohnung hinüber zum Fahrradschuppen war, klingelte das Telefon. Es hörte nicht auf, es klingelte beharrlich weiter. Obwohl es Zeit wurde für ihn, es war fünf vor acht, lief er zurück, nahm den Hörer ab und meldete sich.

„Hallo." Eine männlich klingende Stimme, seltsam belegt, als ob sie eine dicke Watteschicht durchdringen müsste. „Ich muss Ihnen etwas Wichtiges mitteilen. Sie sind doch der Kantor, der das Dünensingen leitet? Hören Sie gut zu!"

Etwas an dieser Stimme jagte dem Kantor Angst in die Knochen, so dass ihm die Knie zitterten.

„Heute Abend geht eine Bombe hoch", sagte die Stimme wie von weit her. „Beim Dünensingen. Haben Sie verstanden? Eine Bombe. Beim Dünensingen!" Ganz sachlich hatte sich das angehört. Nüchtern. Und doch grauenerregend. Es klickte. Aufgehängt.Wolfgang Moll starrte auf den Hörer in seiner Hand. Eine Bombe. Das Wort hatte er gehört, doch nichts begriffen. Bis es ihm dämmerte. Der Nebel in seinem Kopf sich lichtete. Kinder, Eltern, Menschenmassen im Dünensand. Eine Bombe!

Er wählte eine Nummer. Nichts. Niemand antwortete. Mit fliegenden Fingern wählte er eine andere. 110, Notruf. Feuerwehr. „Eine Bombe! Beim Dünensingen!"

Es dauerte eine Ewigkeit, bis endlich die Sirene zu hören war und Motorenlärm.

Tjaden, übernehmen Sie!

„Hören Sie, Tjaden, da muss was geschehen! Auf der Insel ist der Teufel los!“ Kriminalrat Ebbo Geerken war erregt. Sein Gesicht war schon gefährlich rot angelaufen, auf der rechten Stirnseite trat eine dicke Ader hervor. Höchste Alarmstufe! Auf der Polizeiwache in Wittmund war die Spannung mit Händen zu greifen. „Die Leute reisen schon ab, Tjaden. Wenn sich das herumspricht! Die Insulaner wissen sich keinen Rat mehr. Die leben doch von den Gästen. Mensch, Tjaden – das wissen Sie doch am besten!“

Und ob Onno Tjaden das wusste. Seine Mutter hatte ihn längst angerufen und ihm alles erzählt. Mutter Antje mit dem unendlichen Redefluss, seine Mutter, der die Wörter und Sprüche nie ausgingen, komme was wolle. Er wusste längst, dass die Feuerwehr angerückt war und wie sie die Leute per Lautsprecher aus den Dünen geholt hatten („Verlassen Sie unverzüglich die Dünen, es besteht kein Grund zur Beunruhigung! Bewahren Sie Ruhe und kommen Sie unverzüglich aus den Dünen heraus!“). Er hatte gehört, wie die Kinder geschrien hatten und die Eltern mit ihnen weggerannt waren wie die Hasen – eine Bombe auf Langeoog, eine Bombe beim Dünensingen, während der Mond gleichmütig geglotzt und kein Wald schwarz und schweigend gestanden hatte, aber alle plötzlich den kalten Abendhauch gespürt hatten.

Er wusste längst, dass Knut Leiß von der Freiwilligen Feuerwehr und Hillrich Jansen, einer der drei Ortspolizisten, alle Papierkörbe in der Nähe untersucht hatten, und wie Knut Leiß ein unheimliches Ticken im Abfallkorb nahe dem Dünenaufgang zur Badeanstalt, Abschnitt C, entdeckt hatte, wie sie endlich, als alle evakuiert waren und die Gegend um den Wasserturm herum menschenleer war, einen Experten vom Festland per Seenotrettungskreuzer hatten herbeischaffen oder per Hubschrauber hatten einfliegen lassen wollen, aber als der Sprengstoffexperte offenbar aushäusig war am späten Abend, da hatte Knut Leiß – ein aufrechter Mann – „Wat mutt, mutt“ gesagt und war schon drauf und dran gewesen, in den Papierkorb zu fassen und dem Ticken ein Ende zu machen, doch war er von seiner Frau flehentlich davon abgehalten worden („Das hättest du sehen sollen, wie die Elke ihn angefleht hat“!), aber dann, als das Ding endlich losrasselte, Punkt 12 Uhr Mitternacht, da hatte Knut Leiß sich ein Herz und in den Papierkorb gefasst, den Kasten gegriffen, den Deckel aufgemacht und einen altmodischen Wecker gefunden, so einen knallroten, der auf zwei Beinen steht, mit großem Zifferblatt, kräftigen Zeigern und zwei Metallarmen, die so lange gegen zwei glänzende Metalldeckel hämmern, bis sie nicht mehr können. Und das war's.

Seine Mutter hatte ihm auch all das andere erzählt, sie erzählte leidenschaftlich gern am Telefon, was sie bewegte und was auf Langeoog passiert war. „Ist doch schließlich deine Heimat, Junge!“ Eine schreckliche Woche sei es gewesen. Strandburgen von Vandalen zerstört, tote Vögel in den Körben, Blut unter der Dusche ... „War zwar nur ein Farbbeutel, aber stell dir den Schock vor, den die arme Frau gehabt hat, ich kenn' sie, die kommt seit dreißig Jahren zu Jansens Am Lütjen Pad, aber jetzt ist sie auf der Stelle abgereist, das kann ihr doch keiner verdenken! Und die Spritzen in den Strandkörben, die noch auf dem Festland untersucht werden, ob vielleicht AIDS-Viren dran kleben, nun stell dir das mal vor! Und obendrauf noch die Bombe beim Dünensingen – das geht so nicht weiter!“

Wer hatte das gesagt? Mutter Antje oder der Kriminalrat? Die Stimme seiner Mutter wurde von der seines Vorgesetzten überlagert. „Diese Bombendrohung, das ist doch kein Scherz mehr. Da hört der Spaß auf, von dem Telefonterror mit der Lebensmittelvergiftung ganz zu schweigen.“

„Wie bitte?“ Das war ihm neu, davon hatte seine Mutter kein Wort gesagt.

„Das bleibt unter uns, Tjaden. Die Kaufleute drüben haben es noch unter der Decke gehalten, damit ihnen nicht alle Kunden weglaufen. Da kauft doch kein Mensch mehr was, wenn das erst publik wird! Die versorgen sich lieber selber, per Bahn oder aus der Luft oder wie auch immer, aber bloß kein Pfund Butter, keine Konserve mehr aus den Läden vor Ort!“

Selbstversorgung? Manch ein Gast mochte dies angesichts der Preise auf der Insel längst erwogen haben. Die Vorfahren der Insulaner sollten ja See- und Strandräuber gewesen sein, wie manch einer behauptete, der zum „kritischen Hinterfragen" erzogen worden war.

„Und wie sieht der Telefonterror aus?" erkundigte sich Tjaden.

„Da ruft jemand an, dreimal hatten wir das nun schon, und sagt, dies und jenes Gläschen mit Babyobst wird vergiftet, wenn sie nicht die Preise heruntersetzen. Ganz knallhart. Von 2,80 auf 1,40 DM wie auf dem Festland."

„Und? Haben die reduziert?"

„Nein. Die weigern sich. Da könnte ja jeder kommen. Aber jetzt sagt der Anrufer, er will in die Tüten fürs Ostfriesenmüsli auch was reintun. Die stehen überall rum, da kann jeder leicht dran, an diese Tüten. Das war die neueste Meldung von heute früh. Tjaden, Sie müssen rüber. Eh noch Schlimmeres passiert!"

Tjaden schluckte. Das musste ja so kommen. Wenn er schon mal Urlaub hatte. „Aber Maria - meine Frau", setzte er an. „Das Kind kann jeden Tag kommen!"

„Ja, ich weiß, das ist so mit Kindern, aber Tjaden, da können Sie sowieso nicht viel machen. Wo ist sie jetzt?"

„Hier im Kreiskrankenhaus. Vorzeitige Wehen, liegt am Tropf."

„Tjaden, die Lage ist ernst. Erpressung, Telefonterror et cetera, das treibt die Leute doch weg wie nix. Weiß man, was so einem Verrückten als Nächstes einfällt?"

„Aber ..."

„Ich bitte Sie, Tjaden, wofür gibt es denn den Seenotrettungskreuzer? Die 'Hans Glogener' liegt doch im Langeooger Hafen parat. Da lassen Sie sich vom Krankenhaus schnell per Handy anklingeln und sind sofort zur Stelle, um Ihrer Frau die Hand zu halten, wenn's losgeht. Ich weiß doch, wie das ist. War bei meiner Frau genauso."

Tjaden starrte das schwarze Telefon auf dem Schreibtisch seines Vorgesetzten an, als ob es gleich klingeln würde, um ihn in den Kreißsaal zu rufen. Wenn er ehrlich war, drängte er sich gar nicht danach, bei der Sache dabei zu sein. Vielleicht war er zu alt dafür mit seinen 41 Jahren. Die jüngeren Kollegen besuchten mit ihren Frauen sogar die Geburtsvorbereitungskurse bei diesen jungen flotten Hebammen, die gar nicht mehr so patent und stämmig aussahen wie früher. Das Pressen unter den letzten Wehen simulierend, lagen die Männer neben ihren hochschwangeren Frauen, zogen die Beine an den Leib und hechelten mit den werdenden Müttern im Takt - aber dazu hatte Maria ihn nun doch nicht überreden können. Er wäre sich einfach zu lächerlich vorgekommen. Irgendwo war Schluss. Er wollte Maria ja auch nicht dabeihaben, wenn er dienstlich unterwegs war und vielleicht sogar von der Schusswaffe Gebrauch machen musste. Was selten vorkam, zugegeben. Und vielleicht auch etwas ganz anderes war. Natürlich freute er sich auf sein Kind. Aber eigentlich wäre es ihm am liebsten, mit der ganzen Geburtssache nichts zu tun zu haben. Außerdem konnte er Maria nicht leiden sehen.

„Bis zur 34. Woche haben wir's schon geschafft", sagte er, und es klang eher hilflos als optimistisch.

„34. Woche? Na, das kann doch noch eine ganze Weile dauern", entgegnete Kriminalrat Geerken munter. „Also, Sie fahren gleich rüber nach Langeoog. Das nächste Schiff", er blickte auf die Uhr an der Wand „geht in 20 Minuten. Ich sage dem Kapitän Bescheid, dass er auf Sie wartet. Vergessen Sie Ihre Zahnbürste nicht, und halten Sie mich auf dem Laufenden."

Ein ganz heißer Tag

Tjaden stand an Deck und biss in eine Bockwurst, dass es knackte. Sie war saftig wie immer und der Senf extrascharf. Immer wenn er quer übers Wattenmeer nach Langeoog fuhr, musste er eine Bockwurst mit Senf essen, das gehörte einfach dazu, ohne die lief gar nichts. Kaum dass er den Fuß aufs Schiff gesetzt hatte, das natürlich „Langeoog" hieß, ob „Eins", „Zwei" oder „Drei", war gleich, schon lief ihm das Wasser im Mund zusammen, und er musste als erstes die Treppe hinuntersteigen, um sich an der Minikombüse seine Wurst abzuholen. Jetzt schaute er oben der Insel entgegen. Die Sicht war gut, der Wasserturm kam immer näher. Hinter Wolken, die sich breit über dem Watt türmten, schaute ab und zu die Sonne hervor, von Westen wehte ein kräftiger Wind.

Auf dem Schiff lärmten Schulkinder, sie kreischten, wenn sich eine Möwe näherte, und warfen ihr Brotbrocken hin, bis eine tiefe Lautsprecherstimme ihnen das Möwenfüttern verbot, da diese eine besondere Art hätten, sich zu bedanken. Ein Gebrüll war die Antwort. Mussten Kinder so laut sein? Auch Babys schrien hier und da um ihn herum, die Fähre war vollgepackt mit jungen Familien. Halb irritiert, halb gerührt schaute er diese Winzlinge an, die von vorbildlichen jungen Vätern in einem Gestell auf dem Rücken oder in einem Tuch vorm Bauch getragen wurden. Gerade hielt einer dieser Väter seinem Kind, das über ihm thronte, eine Banane entgegen, und das Kind versuchte, seinen winzigen Mund darüber zu stülpen: Fütterung der Raubtiere. Bald würde er selbst auch so dastehen. Hoffentlich. Wenn es ein Junge würde, sollte er Tjado heißen. Alte Familientradition. Sein Vater hieß so, auch sein Großvater hatte so geheißen, und er selbst hieß mit zweitem Namen auch so. Maria war allerdings nicht begeistert davon, bei ihr zu Hause in Paderborn gab es diesen Namen nicht. Da hieß man Dennis oder Patrick, oder aber – wenn man sich zu den gehobenen Schichten zählte – Julian oder Maximilian. Meinolf und Liborius waren inzwischen auch schon out.

Das Schiff legte an, alles strebte zum Ausgang. In Scharen strömten die Urlauber, Kinderwagen schiebend, Rucksäcke und

Reisetaschen schleppend, hinüber zu den kleinen bunten Wagen der Inselbahn, die darauf warteten, die ganze Schiffsladung vom Hafen mitten ins Dorf zu befördern. Dann bummelte die Bahn an Wiesen und Urlaubern vorbei. Jetzt das Wäldchen. Holunderwälder, Buschwerk aus Rosen. Rosen für Maria. Wenn es nur schon so weit wäre.

Er stand draußen auf der Plattform, um sich die vertraute Seeluft tief in die Lungen zu holen. Plötzlich roch er etwas, das ihm fremd vorkam. Es gehörte nicht hierher, ein merkwürdiger Geruch. Dann sah er Rauchschwaden über den Dünen aufsteigen. Dunkel quoll es auf und vermischte sich mit den Wolken, die sich dort türmten, wo die See war. Während die Inselbahn langsam an der Straße entlang fuhr, auf der Fahrradfahrer und eine Pferdekutsche, Reiter und Fußgänger sich miteinander zum Hafen und zum Dorf, hierhin und dorthin bewegten, hörte er plötzlich die Sirene der Feuerwehr. Es brannte! Es brannte tatsächlich! Am liebsten wäre er von dem gemächlich zuckelnden Wagen abgesprungenund sofort zur Feuerwache gestürzt, aber er musste abwarten, bis die Inselbahn in den kleinen Bahnhof einlief. Und dort stand kein Dienstauto für ihn bereit, abgesehen von Feuerwehr und Krankenwagen war die Insel autofrei. Und er hatte noch nicht einmal ein Fahrrad!

Tjaden kämpfte sich durch die Masse der Urlauber, die den Bahnhofsplatz überschwemmten, um ins Dorf auszuschwärmen. Als er einer jungen Mutter mit Baby im Buggy ausweichen wollte, stieß ihm etwas schmerzhaft ans rechte Schienbein. Neben ihm rollte eine mittelalte Frau mit dunklem dauergewellten Kopf einen riesigen giftgrünen Schalenkoffer über das Pflaster. Ein typisches Werbegeschenk, dieses Monster. Was sie wohl da mitschleppte von zu Hause? Den halben Kleiderschrank oder Konserven? Möglich war alles. Die Frau entschuldigte sich nicht, sie schien vielmehr auf seine Entschuldigung zu warten und starrte Tjaden nur an, vernichtend. Vernichtend! Diese Dame hatte den Urlaub wohl bitter nötig.

Er sprintete durch die Pferdekutschen hindurch, die vor dem Bahnhof auf Kunden warteten. Gegenüber war ein Fahrradverleih, ein rotgrün gestrichenes Kinderfahrrad thronte als Blickfang über dem Zaun. Er rannte hinüber, griff sich eines der

Räder, die an der Hauswand lehnten, warf seine Reisetasche ab, „Komme nachher vorbei – Kripo!" rief er, ohne sich um das empörte Gesicht der jungen Frau, die ihm entgegengelaufen kam, zu kümmern, und da tauchte sein alter Schulkamerad Heero Heerens auf, der ihm zurief: „Moin, Onno, was machst du denn hier?", aber er trat schon in die Pedale, hetzte los – die Feuerwehr bog heulend um die Ecke, röhrte und ratterte mitten durch den Ort, wo die Urlauber sich vor den Geschäften drängten, hier war um diese Zeit, am hellen Nachmittag, noch nicht einmal das Fahrradfahren erlaubt, er folgte dem roten Wagen durch die Hauptstraße, am Hospizplatz vorbei, folgte der Sirene, die jetzt, Richtung Heerenhusstraße, links einbog. Über den Heerenhusdünen qualmte es, von hier also stieg der Rauch auf. Tjaden fand sich in einem bunten Gewirr von Buden und Menschen wieder, die Heerenhusstraße feierte ihr sommerliches Straßenfest, Musik dröhnte über den Platz, während die Feuerwehr Schläuche ausrollte, jemand brüllte: „Wasser marsch!", Tjaden warf das Fahrrad weg, eilte im Laufschritt in die Dünen und stand vor einer Feuerwand. Die Flammen prasselten, knackten, fraßen gierig die trockenen Sträucher, das trockene Gras.

„Brandstiftung?" fragte jemand.

„Oder Fahrlässigkeit", sagte Feuerwehrmann Els Wilken, auch er ein Schulkamerad Tjadens. „Da hat wieder jemand 'nen Zigarettenstummel weggeworfen, so 'ne Kippe genügt doch schon. Diese dämlichen Urlauber, verdammich noch mal."

Eigentlich war es gar nicht erlaubt, in die Dünen zu gehen, denn sie hielten die Insel fest, ohne Dünen wäre Langeoog längst weitergewandert, irgendwohin ins Meer. Wie die Nachbarinsel Baltrum, deren Kirche, bevor die Insel mit steinernen Dämmen befestigt worden war, einmal dort gestanden hatte, wo jetzt das Meer wogte, mitten in der Accumer Ee.

„Und? Habt ihr jemanden gesehen?"

„Nee. Natürlich nicht. Abber ..."

„Was – abber?"

Els Wilken wischte sich den Schweiß von der Stirn. Jemand brachte ihm eine Flasche Mineralwasser, die er an den Hals setzte und auf einen Zug fast ganz leerte. Prustend setzte er die Flasche ab. „Da war'n Anruf vorher."

„Was für'n Anruf? Von wem?"

„Wissen wir nicht. Nur dass er beim Gemeindevorsteher ankam, das wissen wir. Da beschwerte sich einer, dass immer wieder Pärchen in die Dünen gingen. Das wär' unsittlich, sagte der, widerlich wär' das. Genau das hat der gesagt: Widerlich! Und jemand hätte heute morgen schon wieder ein Pärchen in den Dünen beobachtet: in den Heerenhusdünen, wohlgemerkt. Da lägen auch überall Kondome rum. Das wär' ein Skandal. Und sie sollten aufpassen, das würde ein heißer Tag. Das hat er gesagt: Ein ganz heißer Tag. Passen Sie bloß gut auf!"

Das Feuer war gelöscht, aber es hatte fast die ganze hohe Düne geschwärzt. Trotzdem dröhnte die Musik immer weiter. Die Schaulustigen umlagerten längst wieder die bunten Stände, die entlang der Straße aufgebaut worden waren. Die Kinder waren zum Eierlaufen, zum Sackhüpfen und in die Schminkecke zurückgekehrt, die Erwachsenen hielten sich an ihren Biergläsern fest, und die Sonne schaute hinter einer dicken dunklen Wolke hervor und stach. Der Wind verebbte, plötzlich regte sich kein Lufthauch mehr. Für einen Augenblick hielt die Insel den Atem an, und es roch nach Brand.

Watt'n Friede

Tjado Tjaden stand vor seinem Haus und schnitt die Ligusterhecke. Auf seine alten Tage war er unter die Gartenkünstler gegangen: Er schnippelte an einer Seeschlange herum, die mit aufgerissenem Maul und wellenförmigem, gleichsam züngelndem Schwanz sich um „Haus Wattfried“ herumwand. Früher war Tjado Tjaden Kapitän auf einem Handelsschiff gewesen, und weit war er auf den Weltmeeren herumgekommen. Das Ungeheuer, das ihn früher in der Tiefe der See bedroht hatte, sollte jetzt, in Liguster gebannt, sein Haus auf der Insel schützen. Tiefenpsychologie, dachte Onno. Sein liebstes Fach auf der Polizeischule war Psychologie gewesen.

„Moin, Junge!“ begrüßte ihn sein Vater.

Hier in Ostfriesland sagte man den ganzen Tag über „Moin“, egal ob es Morgen, Mittag oder Abend war. Fremde lachten darüber, auch Maria hatte darüber gelacht, dabei war es ein Wort, das man mit den Holländern gemeinsam hatte und das einfach nur „schön“ hieß. Einen „schönen Tag“ wünschte man sich.

„Wie geht's Maria?“ Tjaden senior mochte seine Schwiegertochter, weil sie als flotte Paderbornerin frischen Wind in die Inselfamilie gebracht hatte.

„Sie liegt in Wittmund am Tropf. Das Kind muss gehalten werden.“

„Na ja, Junge, wird schon gut gehen. Bei Mutter ist es auch immer gut gegangen. Und das waren noch andere Zeiten.“

Onno hatte noch zwei jüngere Schwestern. Helke, die Ältere, war auf Langeoog geblieben. Ihr Mann Udo war staatlich geprüfter Wattführer, Helke unterrichtete an der Inselschule, und natürlich vermieteten beide auch an Feriengäste. Fenna, die Jüngste, war die kleine Rebellin der Familie. Sie wohnte in einer WG in Oldenburg und studierte Germanistik. Aber nicht auf Lehramt, verkündete sie immer.

„Du wohnst doch bei uns Junge, nicht?“ sagte seine Mutter, zündete das Teelicht im Stövchen an und goss Tee ein. In der Tasse mit der ostfriesischen Rose knisterte der Kandis, wölkte Sahne.

„Aber ihr habt das Haus doch voll!“ vermutete Onno.

„Haus Wattfried" war wie immer in den Sommermonaten mit Feriengästen gefüllt. Sogar im elterlichen Schlafzimmer waren sie einquartiert. Die Eltern schliefen unterdessen in einem kleinen Gästezimmer im Keller. „Souterrain", sagte seine Mutter dazu, aber eigentlich war es nichts als ein Kellerraum. „Haus Wattfried" stand in grünen Lettern am Haus. Dabei ging es hier gar nicht immer friedlich zu, es war mehr eine Beschwörungsformel.

„Also du wohnst bei uns", wiederholte seine Mutter und schob ihm den Kuchenteller hin: Butterkuchen vom Blech. „Und dann kannst du mir gleich mal dein Hemd dalassen, zum Bügeln. Du siehst ja aus ... Na ja, wie so'n Strohwitwer eben."

Tjaden griff nach der Rumflasche, die auf dem Büffet stand. Sie saßen in der Wohnküche, wo seine Mutter den Gästen immer das Frühstück richtete, der letzte Raum, der nicht vermietet war.

Er drehte am Verschluss der Flasche.

„Trink nicht so viel", sagte Mutter Antje und strich ihm liebevoll über den Kopf. „Mein Gott, was siehst du schlecht aus! So spitz um die Nase herum. Zu viel Arbeit, zu wenig Schlaf. Du bist ja richtig davon ab! Hier kannst du dich erst mal ausschlafen. Zur Ruhe kommen!"

Er musste grinsen. „Also Mutter, du weißt doch, was los ist. Ich bin dienstlich hier!"

„Ach ja, natürlich." Seine Mutter schüttelte den Kopf, als wollte sie sagen, dass sie ja nun doch allmählich etwas „tüdelich" wurde. „Wenn du mich fragst, das ist irgend so ein Verrückter. Total frustriert muss der sein. Einer, der keine Frau abbekommen hat. Impotent oder so."

Er staunte über seine Mutter. In seiner Jugend hätte sie dieses Wort nie in den Mund genommen, schon gar nicht in seiner Gegenwart. Aber auch die Insulaner gingen eben mit der Zeit. „Impotent, sage ich", wiederholte sie unbeirrt. „Oder einer, der Aids hat. Sieht man doch jeden Tag im Fernsehen. Und dieses eklige Zeug mit den Spritzen ... Aber das kommt natürlich alles vom Fernsehen. Die bringen die Leute doch erst richtig auf Gedanken! Da ist doch nichts anderes mehr drin als Sex und Mord und Totschlag. Ich seh' ja nie fern, höchstens wenn so'n alter Film kommt aus den fünfziger Jahren und so. Aber unser Vater – der ist vom Fernsehen gar nicht mehr wegzuschlagen!"

„Wo soll ich denn schlafen?“ unterbrach Onno den Redefluss seiner Mutter. Wenn sie sich einmal ereiferte - und sie ereiferte sich gern - fand sie kein Ende mehr.

„Na, hier auf dem Sofa. Was anderes haben wir ja nicht frei, weißt du doch. Ist doch Hochsaison.“

Stumm betrachtete er den Grund seiner Teetasse. Draußen kamen die Feriengäste vom Strand zurück. Ein Baby schrie, schrie lauthals. Zwei andere Kinder zankten sich, und ihr Geschrei wurde noch von den Stimmen der Eltern übertönt, die ihre Kinder ermahnten, nun bitte endlich still zu sein, still und friedlich. Wie es sich für "Haus Wattfried“ gehörte. „Watt'n Friede“, sagte Maria immer, die nicht umsonst aus Ostwestfalen kam. „Hier kannst du doch mal richtig zur Ruhe kommen“, sagte die Mutter. „Du hast es nötig, das sieht man dir doch an!“

„Ich muss erst mal zu Ekki Behringer“, antwortete er.

„Was willst du denn bei dem? War da auch was?“ Mutter Antje war neugierig. Zwar nannte sie es Anteilnahme oder Interesse an ihren Mitmenschen, aber in Wirklichkeit war sie schlicht neugierig und genoss es, dass ihr Sohn Kriminalbeamter war und sie, wenn sie Glück hatte, in ihrer Wohnküche Anteil nehmen konnte an ganzen Kriminalromanen.

„Ob da auch was war? Erzähl ich dir später. Da kann ich noch nicht drüber reden, tut mir leid. Zum Hospiz muss ich auch noch, vielleicht haben die von oben etwas in den Dünen gesehen.“

„Na denn Tschüss!“ Die Mutter sah ihn liebevoll an. „Ich mach' dir heute Abend schon mal ein ordentliches Steak. Mit viel Zwiebeln! Du hast doch bestimmt schon lange nichts Anständiges mehr gegessen. Wirst ja immer dünner, Junge, du fällst mir richtig vom Fleisch! Kein Wunder, wenn niemand für dich sorgt. Und draußen weht ein kalter Wind, setz dir was auf den Kopf!“

Wenn er nicht aufpasste, würde sie ihm die Prinz Heinrich-Mütze, die irgendein Gast vor Jahren auf der Hutablage im Flur hatte hängen lassen, auf das schon lichter werdende Haar drücken, das allerdings noch so fuchsig rot war wie eh und je. Er verdrückte sich durch die Hintertür und schwang sich aufs Fahrrad. Die Seeschlange war noch unvollendet, ihr wurden gerade zwei ligustergrüne Augenhöhlen verpasst. Doch am anderen Ende des Zauns hob sich schon ihr Schwanz, kampfbereit.

In der Hauptstraße drängten sich die Urlauber. Ein Heimatdichter hatte einmal die Einsamkeit der Insel gerühmt – *„Ich liebe dich, Insel im Wattenmeer / nur zögernd fahre ich heim / In mir bleibt Sehnsucht nach Wiederkehr / nach Schönheit und Einsamsein ...“*–, aber das musste sehr lange her sein, mindestens hundert Jahre. Oder der Mann war immer nur im November auf Langeoog gewesen.

Feinkost Behringer. Tjaden bremste scharf. Dann schloss er sorgfältig sein Fahrrad ab, denn auch hier auf der Insel war, wie er wusste, der Fahrradklau unterwegs, und betrachtete das Schaufenster. In der Auslage waren Babygläschen aufgereiht, die Preisschilder waren mit dickem Rotstift korrigiert worden. „Preisrutsch auf der kinderfreundlichen Insel“, stand da in steilen, angestrengten Lettern. Daneben lachte ein Babygesicht mit Grübchen in den prallen Backen. „Nicht mehr 2,59 DM sondern 1,59 DM.“ Die „2“ war dick durchgestrichen.

Tjaden ging in den Laden, schnappte sich einen Einkaufswagen und schob sich durch die Menge. Müslitüten waren nirgends zu sehen. Doch hinter dem Tresen in der Käse- und Feinkostabteilung entdeckte er den Juniorchef, Ekkehard Behringer, ein paar Jahre jünger als er. „Moin, Ekki!“

„Moin, Tjado!“

Ekkehard war bleich, so käsig wie der Käse, der vor ihm in der Vitrine lag, und sein weißer Kittel machte ihn noch bleicher. Von Ostern bis weit in den Oktober hinein lebte er zwischen Gouda und geräucherten Makrelen und kam kaum an die frische Luft. Dafür fuhr er im November nach Teneriffa und holte sich dort seine Sommerbräune. Einmal war er sogar auf Safari in Kenia gewesen, und wenn er die Augen hinter der Theke zumachte, sah er wieder die Löwen vor sich, nach deren anmutiger Kraft er sich seitdem sehnte.

„Dienstlich hier?“ murmelte er verschwörerisch.

„Under cover“, murmelte Tjaden zurück und gab seinem Einkaufswagen, der noch verräterisch leer war, einen Schubs, so dass er die im Regal aufgereihten Weinflaschen leise zum Klirren brachte. „Wie ich sehe, seid ihr mit den Preisen schon runtergegangen. Das hat dieser Robin Hood von Langeoog also schon geschafft. Oder soll ich besser Robin Watt sagen? Passt irgendwie besser, watt?“ Tjaden grinste, stolz auf das Wortspiel, das ihm da ganz spontan gelungen war.

Der junge Einzelhändler allerdings verzog keine Miene. „Robin Hood nennst du das? Na, ich danke. Das ist doch ein eiskalter Erpresser!“

Sie gingen zusammen in den Hof, wo sich leere Kisten stapelten und Möwen und Spatzen um Abfälle zankten. „Wie oft hat er sich gemeldet?“ fragte Tjaden.

„Zweimal. Einmal hat er damit gedroht, die Babynahrung zu vergiften, wenn ich den Preis nicht runtersetze.“

„Und beim zweiten Mal?“

„Das war einen Tag später, gestern. Da hat er gesagt, die Babygläschen, das wär ja schön und gut, aber das würde nicht reichen, ich müsste auch mit dem Obst und dem Gemüse runtergehen. Obst und Gemüse, das könnte sich ja kein normaler Mensch auf der Insel leisten, das sei ein Anschlag auf die Gesundheit der Kurgäste und Strandräuberei – ja, das hat er wörtlich gesagt: Strandräuberei! Und wenn ich das nicht mache, steckt er Gift ins Müsli!“

Vor Empörung hatte Ekkehards bleiches Gesicht bei dem Wort „Strandräuberei“ einen Hauch von Farbe bekommen.

„Und wie habt ihr reagiert?“

„Wir haben die Müslitüten erst mal aus dem Sortiment genommen.“ Behringer öffnete eine Tür und zeigte auf eine Kiste, in der sich Cellophantüten stapelten. Tjaden nahm eine heraus. „Ostfriesisch. Vollkorn. Biodynamisch...“ Eine erfolgversprechende Mischung, genau die Reizwörter, auf die es ankam. Um den Gästen das gute Gefühl zu verschaffen, dass sie im Urlaub alles richtig machen. Man gönnt sich ja sonst nichts! Das Beste ist gerade gut genug in den schönsten Tagen des Jahres!

Tjaden löste den goldfarbenen Stanniolverschluss, Körner quollen ihm entgegen. „Die hier ist ja schon offen“, sagte er. „Da kann ja jeder was reinstecken. Woher weißt du eigentlich, dass nicht schon längst was drin ist?“

Jetzt sah der junge Einzelhändler vor Aufregung schon fast so blühend aus, als hätte er einen Tag an der Costa Brava verbracht. „Mensch, Onno – ich kann mich doch nicht so schamlos erpressen lassen! Der macht mich fertig! Wir haben bloß diese kurze Saison, das weißt du doch! Ich hab' doch keine andere Wahl!"

Tjaden griff nach einer anderen Tüte. Das Cellophan war verschlossen. Aber die dritte war wieder offen. „Die nehme ich mal mit", sagte er.

Ekkehard Behringer griff nach einem Babygläschen Birne-Aprikose. „Hier, damit dein Wagen nicht so verdächtig leer ist." Er lächelte gequält. "Schenk' ich dir. Vielleicht kannst du es bald gebrauchen."

Woher wusste Ekkehard, dass er, Onno Tjaden, Vater würde? Da hatte doch seine Mutter schon wieder den Mund nicht halten können.

„Nee danke", sagte er und stellte das Gläschen zurück ins Regal. „Ich bin abergläubisch. Erst soll das Kind mal da sein."

Jetzt wurde Ekkehard hellhörig: „Hey, das wusste ich ja gar nicht!"

Tjaden fasste die Gelegenheit beim Schopf. Jetzt konnte er endlich wieder einmal seinen Lieblingswitz erzählen. Das war nur bei Nicht-Ostfriesen möglich, und da Ekki aus Österreich stammte und hier hängengeblieben war – er hatte in das traditionsreiche Langeooger Feinkostgeschäft eingeheiratet – , war er die richtige Adresse für diesen Witz. „Weißt du denn eigentlich", fragte Tjaden, „wie die Ostfriesen die Kinder machen?"

Ekki starrte ihn verdutzt an. „Nein, wie denn?"

„Na, da bist du ja dümmer als die Ostfriesen!"

In Behringers verlegenes Gelächter, das sich so anhörte, als lachte er aus lauter Pflichtgefühl gegenüber einem Kunden, mit dem er es sich nicht verderben durfte – in dieses Gelächter hinein sagte Tjaden, ganz dienstlich-nüchtern: „Sag mir Bescheid, wenn es etwas Neues gibt. Ansonsten hörst du von mir. Wir legen dann noch 'ne Fangschaltung."

Als er durch den Laden zurückging und sich durch die Regale schlängelte, jeder Kubikzentimeter war hier mit Waren vollgepackt, stieß ihm jemand den Einkaufswagen gegen die Hacken. Es tat weh, er drehte sich fluchend um. Eine Frau starrte ihn an.

Stumm. Irgendwie verstört. Die entschuldigte sich noch nicht einmal.

Mitte 40, taxierte Tjaden. Ihr Einkaufswagen war fast leer, nur zwei einsame Babygläschen lagen darin. Was wollte eine Frau in diesem Alter damit? Eine junge Großmutter? Oder eine späte Mutter? Hier schien ihm die Menopause zwar deutlich näher als die Babypause zu sein, aber wer konnte das heutzutage genau wissen, die Erstgebärenden wurden ja immer älter. Maria wurde auch schon 38. Die Frau fixierte den Inhalt seines Einkaufswagens. Dann öffnete sie den ungeschminkten Mund und fragte ihn, ausgerechnet ihn - sah er etwa aus, als würde er sich auskennen? - „Wo gibt es denn hier Müsli?"

„Da hinten", murmelte er und wies vage mit der Hand hinüber in die dämmrige Käsetheke, hinter der der blasse Ekkehard steckte. Sollte er sich mit dieser Kundin abgeben. Als sie ging, registrierte er noch: Hell gefärbte Strähnchen im Kurzhaar, erste Maßnahmen, das drohende Grau zu überlisten. Blauweiß gestreifte lange Hosen konservativen Zuschnitts. Weiße Hemdbluse, ebenso konservativ. Birkenstocksandalen, klinisch weiß. Wahrscheinlich gehörte diese Frau zum Krankenhauspersonal irgendwo.

Etwas erinnerte ihn an Maria. War es die Sprache? Die klang westfälisch. Ruhrpott, na klar!

Maria war ganz, ganz anders. Jünger sowieso.

Und anders.

Zimmer mit Aussicht

Das Hospiz des Klosters Loccum, ein roter altehrwürdiger Backsteinbau, lagerte breitflügelig vor den Dünen. Auf dem Vorplatz ließen Kinder ihre Drachen steigen. Drinnen war es kühl und still und es roch, ganz leicht nur, nach Bratensoße und Kohl. So wie es immer in den Heimen gerochen hatte, als Tjaden mit der evangelischen Jugend noch an Freizeiten teilnahm. Es wehte ihn nostalgisch an. Er war nun einmal ein Geruchsmensch, ganze Welten eröffneten sich ihm durch die Nase.

Dorothea Winkler, die Hausdame, kam hinter ihrem Schreibtisch hervor.

„Kriminalpolizei." Er zeigte seinen Ausweis.

„Was kann ich für Sie tun?" Das klang absolut professionell, die Dame verzog keine Miene, so als ob ein solcher Besuch in ihrem christlichen Hospiz an der Tagesordnung wäre.

„Ich wollte Sie fragen, ob Sie von dem Dünenbrand etwas bemerkt haben. Irgendwelche verdächtigen Personen - vielleicht?"

Die Hausdame, ganz Dame, sah ihn prüfend an. „Hab' ich nicht", sagte sie. „Ich war gar nicht im Haus, als es passierte."

„Wo waren Sie denn?"

„Soll das schon ein Verhör sein?"

Tjaden schüttelte den Kopf. „Nein, natürlich nicht. Reine Routinefragen, sonst nichts."

„Ich war beim Friseur", antwortete Dorothea Winkler und hob die rechte Hand zum Kopf, um auf ihre frisch getönte Dauerwelle hinzuweisen. „Waschen und Legen beim 'Hoorsnieder' in der Rathausstraße - genügt Ihnen das?"

Tjaden kritzelte den Namen der Hausdame in sein Notizbuch und malte dahinter einen Lockenkopf: seine persönliche Kurzschrift. An dir ist ein Künstler verlorengegangen, sagte Maria immer. Er räusperte sich. „Oben von Ihrem Haus aus hat man einen hervorragenden Blick auf die Dünen. Ich würde mir das gern einmal ansehen. Ist das jetzt möglich?"

„Selbstverständlich." Die Hausdame ging ihm zur Tür voraus. „Wenn wir schon einmal so reizenden Besuch von der Kripo bekommen ..."

Wie kam sie eigentlich dazu, mit ihm ironisch umzuspringen? Leichter Ärger regte sich in ihm. So ein Dünenbrand war schließlich keine Bagatelle, die Dünen waren lebenswichtig für die Insel.

Sie stiegen mehrere Treppen hoch. Dunkle Flure, und überall der leichte Küchengeruch. Einige Gäste kamen ihnen entgegen. Ältere Leute, die Männer mit den üblichen beigefarbenen Windjacken, ihre Prinz Heinrich-Mütze auf dem Kopf, die Frauen ebenfalls in Beige oder im mutigen Bleu, Stirnbänder über die Ohren gezogen. Auf dem zweiten Flur kam ihm jemand bekannt vor, eine Gestalt im Halbdunkel, nur ein Schemen, zwischen Trockensträußen und Kommoden, klinisch weiße Sandalen, so schien es ihm, aber er ging weiter.

„Hier oben sind unsere einfachen Einzelzimmer", sagte die Hausdame und öffnete eine Tür. Das Fenster war klein und vergittert, ein Dachfenster mit Blick auf Dünen und Meer. Wie eine dunkle Wunde, verrußt und schwärend, lag die Düne da. Und wie zum Hohn flatterten die bunten Fahnen nahe der Sporthalle, wo Tischtennis gespielt wurde, die Schmetterbälle tackten. Und darüber der knallblaue Himmel, an dem bunte Lenkdrachen gewagte Figuren flogen, in rauschender Fahrt hinter den Dünen abzustürzen schienen, nur um an anderer Stelle stolz und steil wieder aufzusteigen.

Die Sonne schien versöhnlich auf jene Wunde, doch die Hausdame sagte scharf: „Ein Schandfleck! Eine Schande für unsere Insel!"

Überrascht sah Tjaden sie von der Seite an. Dieser Ton! Wie die Frau sich plötzlich verändert hatte! Oder kam es ihm nur so vor? Unten im Haus hatte sie kühl gewirkt, wie ein Mensch, der vor allem die Form zu wahren bemüht ist, die perfekte Form. Jetzt schien es, als würde sie die Oberhaut ablegen, und als käme etwas anderes darunter hervor - warum fiel ihm nur dieses pathetische Wort ein, das er nie benutzte: Leidenschaft. Passte irgendwie nicht zu Langeoog.

„Wer tut unserer Insel so etwas an?" fragte sie.

Sie standen eng nebeneinander ans Dachfenster gedrängt. Er spürte ihre Wärme durch seinen Jackenärmel hindurch und roch den Duft, der von ihr ausging - von ihrem Haar, ihrem Hals.

Plötzlich sah er Maria vor sich, wie sie sich morgens vor dem Spiegel im Bad aus einem Flakon Parfüm an den Hals sprühte. Maria. Er rückte ein wenig zur Seite. Im Haar der Frau neben ihm waren schon einige graue Fädchen zu sehen. Aber sie übertönte sie nicht. Das sprach für sie. Wie alt mochte sie sein? Manche Frauen bekamen schon die ersten grauen Haare, wenn sie gerade die Mitte der Dreißiger erreicht hatten.

Was hatte seine Mutter zu ihm gesagt? Er meinte ihre Stimme zu hören: „Du musst mal richtig zur Ruhe kommen, Junge." Ruhiger als hier oben konnte es nirgends sein. Nur das Meer rauschte.

„Haben Sie ein Zimmer für mich?" Seine Frage überraschte ihn selbst, aber kaum hatte er sie ausgesprochen, erschien sie ihm als geniale Eingebung, das einzig Richtige in seiner Situation. Anstatt unter Mutter Antjes Familienglasglocke zu sitzen, musste er unter Leute, musste sich umhören, was sich unter den Urlaubern abspielte ... Hier oben könnte er sein Hauptquartier aufschlagen.

„Tut mir leid, aber - höchstes unser kleinstes Zimmer könnte ich Ihnen noch anbieten. Das können wir keinem Kurgast geben, wirklich nicht!" Sie führte ihn über den Flur, öffnete eine Tür. Es war eng. Nur ein Bett, ein Regal, ein winziger Tisch. Aber mit Blick ins Dorf hinunter. Der Wasserturm glänzte von weitem.

„Dusche und WC auf dem Flur."

„Genau richtig", antwortete er. Jedenfalls war das hier allemal besser als das mütterliche Küchensofa in "Haus Wattfried".

„Frühstück bis 9 Uhr 30", sagte sie. „Ich bin im Dienst, ich muss wieder ins Büro, entschuldigen Sie mich jetzt bitte."

Ihre Blicke begegneten sich.

„Wenn ich Ihnen behilflich sein kann, irgendwie - Sie wissen ja, wo Sie mich finden", sagte sie. „Jederzeit!" In ihren Augenwinkeln saß etwas. Machte sie sich etwa lustig über ihn? Er zog sein Handy aus der Jackentasche. Das war lächerlich, das Ding konnte ihm seine Sicherheit nicht zurückgeben. Heute hatte ja jeder Sozialhilfeempfänger eins. Tjaden hielt sich an dem glatten Plastik fest und gab sich ruhig. Die Treppenstufen auf dem Weg nach unten knarrten unter seinen Schritten.

„Ich überlasse Sie Ihrem Schicksal", sagte die Hausdame. „Viel Erfolg bei der Verbrecherjagd. Wenn Sie geistlichen Beistand brauchen - bei uns wird an jedem Morgen eine Hausandacht gehalten. Für jeden, der sie braucht oder wünscht."

„Ich weiß", sagte er.

„Natürlich - wer Tjaden heißt, wird sich wohl auf Langeoog auskennen", sagte sie lächelnd. „Ich bin aus Hannover."

Diese persönliche Bemerkung erstaunte ihn. Was sollte das heißen? Aus Hannover war sie - aus der Stadt, die ihn auf der Durchreise noch niemals gereizt hatte, den Hauptbahnhof auch nur für einen Schritt zu verlassen. Ausgerechnet Hannover. Aber endlich jemand, der nicht aus Ostfriesland stammte! Sollte er auch ihr den Witz erzählen, den von den Ostfriesen und dem Kinderkriegen? Doch ein Blick auf ihr strenges dunkelblaues Kostüm und die korrekten Pumps, aber auch der strenge Zug um ihren Mund hielten ihn davon ab.

Ob es sich auszahlen würde, an der Hausandacht teilzunehmen? Vielleicht bekam man dann ein Frühstücksei gratis. Heute taten die ja alles, um ihren Laden voll zu kriegen. Aber er würde sowieso auf Spesen leben.

Maria ging es nicht schlecht, aber sie langweilte sich in ihrem Klinikbett und klagte über ihren durch den Tropf lahmgelegten linken Arm.

„Was macht uns Uwe?"

Seit dem Schwangerschaftstest, als beide begeistert den roten Ring begrüßten, der sich im Reagenzgläschen gebildet hatte, nannten sie ihr heranwachsendes Kind Uwe - nach der einzigen Zeile, die Maria aus einer einzigen friesischen Ballade kannte: *„Sagt Mutter, 's ist Uwe!"* Dass dieser Uwe Randers - schiffbrüchig am Mast hängend - in letzter Minute von seinem Bruder Nis aus der tobenden See gerettet wird, sah Maria nun als ein gutes Omen für ihr Kind im Bauch an. Auch ihr Uwe würde es schaffen, allen frühen Wehen zum Trotz.

„Uns Uwe tritt und schlägt Purzelbäume," antwortete Maria. „Aber er wird schon ruhiger. Hat nicht mehr so viel Platz."

„Mach's gut", flüsterte Onno in sein Handy. „Abgesehen davon, dass das Müsli vergiftet ist und die Düne gebrannt hat, ist alles o.k. Jedenfalls habe ich Arbeit und kann die wachsende Familie ernähren. Du bist immerhin mit einem Beamten verheiratet!"

Als Antwort schickte ihm Maria einen Kuss durchs Telefon und sagte: „Nun sei schön fromm in deinem christlichen Hospiz! Und denk an mich und an den kranken Nachbarn auch. Gute Nacht!"

Seinen Chef, Kriminalrat Ebbo Geerken, davon zu überzeugen, dass ein Fernmeldespezialist auf Langeoog gebraucht wurde und dieser umgehend, in aller Morgenfrühe mit dem ersten Schiff von Bensersiel aus, auf den Weg geschickt werden musste, war leicht gewesen. Viel schwerer dagegen, Mutter Antje klarzumachen, dass ihr Sohn nicht bei ihr wohnen konnte. „Aus kriminaltechnischen Gründen", das war das einzige Argument, das seine Mutter gelten ließ. Sie hatte einen altmodischen Respekt vor dem Beruf ihres Sohnes. Am liebsten würde sie ihn natürlich einmal als Hauptdarsteller in einem „Tatort"-Krimi sehen. Den ließ sie sich im Fernsehen nie entgehen. In ihrer Jugend war Hansjörg Felmy ihr liebster Kommissar gewesen („So vornehm, ein echter Gentleman!") - aber das war wirklich schon sehr lange her. Heute liebte sie sogar Manfred Krug, mit Glatze und Macke auf der Stirn und allem. Und wenn der dann noch anfing zu singen ...

„Vielleicht findet er ja unter den Gästen seinen Täter", sagte der Vater. „Den Brandstifter, diesen Vandalen ... und wer weiß, was noch alles auf uns zukommt!"

„Unser schönes Langeoog", seufzte die Mutter. „Was haben sie mit unserer Insel gemacht! So was hat es noch nie gegeben. Die Leute reisen wirklich ab! Jetzt ist das Wetter endlich mal passabel, und jetzt das ..."

Mit Kulturbeutel und Aktentasche hatte Onno Tjaden das Hospiz bezogen. In der Tasche befanden sich außer Akten zwei Flaschen Jever-Pils als Einschlafhilfe. Statt Schlaftabletten, nur so zur Beruhigung. Aber auch frische Luft sollte gut sein, und leichte Bewegung vorm Zubettgehen. Er beschloss, noch einen kleinen Spaziergang am Strand zu machen.

Unten schlug die Flut auf den Sand. Es wurde dunkel, ein kühler Wind wehte. Ein Mann, schwarz gekleidet, einen Schäferhund an der Leine, kam ihm auf dem Bohlenweg zwischen

Strand und Düne entgegen. Offenbar ein Wachmann, der kontrollierte, ob alles in Ordnung war.

Ein paar Sterne blinkten, Gewölk huschte am Mond vorbei. Aus einem Strandkorb war Gekicher zu hören. Tjaden ging ein paar Schritte vom Weg zum Burgenstrand hinunter und setzte sich in einen Korb. Er fühlte Plastik und Sand unter den Händen, die feuchte Kälte drang durch den Stoff seiner Hose. Über ihm flatterten Wimpel im Nachtwind. Tjaden lehnte sich zurück. Jetzt eine Zigarette! Aber er hatte ja das Rauchen aufgegeben. Maria wollte nicht, dass der Vater ihres Kindes dessen Gesundheit gefährdete. Schon vor der Geburt, ja sogar vor der Zeugung, hatte sie gelesen, könne der rauchende Vater eine Gefahr für sein ungeborenes Kind sein.

Auch wenn Tjaden das für übertrieben hielt, hatte er es drangegeben – was tat man nicht alles. Also keine Zigarette! Kaugummi stattdessen. Er schob sich eins in den Mund, als plötzlich Zigarettenrauch verführerisch zu ihm herüberwehte. Tjaden schnupperte genüsslich. Wo war der noch immer nikotinkranke Nachbar?

Eine dunkle Gestalt in Jogginghosen – in der Polizeischule damals hatten sie noch Trainingshosen dazu gesagt – huschte zwischen den Sandburgen hindurch. Nein, nicht hindurch. Mutwillig trat sie auf den Wall, der seinen Korb umgab, trat und marschierte ungeniert darauf herum, von Zigarettenrauch umgeben, sprang zum Nachbarwall hinüber

„Stehen bleiben, Polizei!" rief er ins Dunkel hinein, hinter der unbekannten Person her, und obwohl er sich plötzlich lächerlich vorkam, sprang er aus dem Korb und nahm die Verfolgungsjagd auf, hatte aber Mühe, mit seinen Straßenschuhen im tiefen Sand vorwärts zu kommen, so dass die Person im Jogginganzug, die ohne Frage auch entsprechende Joggingschuhe trug, auf dem harten Ebbsand davonzog. Keine Spur mehr. Nur die Wellen rauschten.

Mittelgroß, mittelschwer, mittelalt notierte er automatisch im Kopf. Alles nur Mittelmaß. Damit würde er kaum weiterkommen. Irgendein mittelmäßiger Vandale, weiter nichts. Einer, der anderen ihre Freude nicht gönnte, der es nicht ertrug, wenn andere sogar im Urlaub arbeiten konnten und wollten. Schippen, schippen, schippen. Wallpflege. Burgkulturbeflissen.

Nur ein Neidhammel? Aber auch einer, der Dünen anzündete und damit drohte, Babynahrung und vollwertiges Ostfriesenmüsli zu vergiften. Und wozu? Damit unsere Insel billiger würde? Oder noch schöner? Merkwürdige Motivation.

Und gab es nur einen einzigen Täter, oder waren schon Anschlusstäter, Trittbrettfahrer am Werk? Was hatte denn so einer davon, die Insel zu verschandeln, Unfrieden zu stiften, Angst zu schüren? „Unser schönes Langeoog. So was hat es doch noch nie gegeben!" hörte er seine Mutter sagen. „Alles was die Leute hier suchen, ist doch Harmonie. Die wollen sich hier zu Hause fühlen. Ein bisschen heile Welt. Und hier ist es doch noch so heil wie früher. Als sie noch Kinder waren. Wer als Kind hier war, kommt als Erwachsener mit seinen Kindern wieder. Ich freue mich schon darauf, wenn du mit unserem Enkelkind kommst!"

Von Maria war keine Rede. So waren Mütter eben. Typisch. Und damit hatte sie ja Recht: Kinder lieben den ewigen Rhythmus von Ebbe und Flut. Das ist etwas, worauf sie sich unbedingt verlassen können. Das war immer so und würde immer so bleiben.

War das vielleicht der Schlüssel? Musste man zurückgehen in die Kindheit des Täters, um ihn zu enttarnen? Tjaden grinste zufrieden. Psychologie war nicht nur sein liebstes, sondern auch sein bestes Fach auf der Polizeischule gewesen. Mit viel Einfühlung würde er diesem Kerl schon auf die Schliche kommen. Oder war es vielleicht gar kein Kerl, sondern ein Weib, eine Frau? Schon fiel ihm wieder Maria ein, sein angetrautes Weib, da hatte dieses Wort gar nichts Abschätziges mehr, ganz im Gegenteil, und er legte ihr in Gedanken die Hand auf den Bauch, fühlte, wie es sich da drinnen zart und leise hob und senkte, wie Uwe strampelte, rumorte, wie Blähungen fühlte sich das an, hatte Maria ganz unromantisch gesagt, sie war ja immer so handfest, keine zarte romantische Seele, und plötzlich wehte ihn wieder Zigarettenrauch an, wehte an seiner Nase vorbei, als er den backsteingepflasterten Weg durch die Dünen hochging, an dessen Ende das Hospiz dunkel aufragte. Er meinte auch eine Gestalt zu erkennen, schemenhaft nur, schlank und mittelgroß. Duckte sie sich nicht hinter den Heckenrosen am Rand des Weges? Als er näher kam, war sie verschwunden. Nur eine schlanke, tiefschwarze Katze mit einem silberglänzenden Halsband trat aus dem Gebüsch. Wo mochte die hingehören? Hatte sie Hunger? Sie folgte Tjaden bis zum Eingang, aber als er aufgeschlossen hatte und sich nach ihr umschaute, sah er sie nicht mehr. Er stieg die Treppen hoch. Vor seiner Zimmertür, als er mit dem Schlüssel das Schlüsselloch suchte und das Schloss irgendwie klemmte, hatte er das Gefühl, dass er nicht allein war. Jemand beobachtete ihn. Wieder roch es nach Rauch, nach einer vertrauten Zigarettenmarke, aber auch nach dem Duft, den er am Nachmittag an der hannoveranischen Hausdame wahrgenommen hatte. Immer wenn Tjaden wieder auf der Insel war, lebte seine Nase auf. Hier konnte er einfach besser riechen.

Er tastete nach dem Lichtschalter, vergeblich. Wo war das verdammte Ding? In diesem Behelfszimmer war einfach alles anders. Ein, zwei Schritte ins Dunkle hinein, und er stieß mit dem Knie gegen den Stuhl, der am Fenster stand.

Der merkwürdig vertraute Duft begleitete ihn in den Schlaf.

Lauter nette Leute

„Die güldne So-o-nne voll Freud und Wo-o-nne ..." schallte es Tjaden entgegen, als er zum Frühstück hinunterging. *„... bringt unsern Grenzen / mit ihrem Glänzen / ein herzerquickendes liebliches Licht ..."* Einige unerschütterliche Sänger waren im Aufenthaltsraum versammelt und beendeten gerade unter leiser Harmoniumsbegleitung ihre Morgenandacht. Draußen war die güldene Sonne leider nicht aufgegangen, sondern blieb hinter einer dichten Wolkendecke versteckt. Im großen Speisesaal saßen die Familien mit ihren Kindern. Es war laut. Kleine Kinder in ihren Hochstühlchen schlugen mit dem Löffel auf den Tisch und gegen ihre Teller, dass es knallte, warfen Kakaobecher um und sträubten sich wütend gegen die warme Milch, die ihnen eingeflößt werden sollte. An den Wänden waren noch mehr Hochstühlchen aufgereiht, in Erwartung der vielen temperamentvollen Kinder, die noch kommen sollten. Eine junge Serviererin im weißen Kittel und mit mageren Oberarmen winkte Tjaden heran. „Sie sitzen nebenan!" beschied sie ihn.

Nebenan war es beängstigend still. Nur die Löffel klickten, wenn der Zucker im Kaffee umgerührt oder die Tasse auf die Untertasse gestellt wurde. Alle Köpfe, grauhaarig die meisten, waren über die Teller gebeugt, aufs Essen konzentriert. Hier saßen die älteren Herrschaften, die entweder ihre Kinder schon großgezogen oder ganz darauf verzichtet hatten. Aber auch jüngere Singles waren darunter, wie Tjaden mit einem unauffälligen Rundumblick feststellte. Hier kehrte man auch ein, um sich vom Berufsstress zu erholen. Mit oder ohne Lebensabschnittsgefährten, dies war ein christliches und ein liberales Haus.

Die Bedienung war nicht mehr jung, eine mollige grauhaarige Frau im weißen Kittel, die „Gretchen" genannt wurde. Sie wies ihm einen Tisch am Fenster zu, der für zwei Personen gedeckt war. Tjaden bestellte Kaffee und Rühreier. Er schaute aus dem Fenster, auf den Hospizplatz hinaus, wo das große Seezeichen in einen trüben Himmel ragte. Früher hatte es einmal den Seeleuten den Weg gewiesen. Auch Tjaden hätte sich jetzt gern zeigen lassen, wo es für ihn langging. Gerade hatte er sich angesichts der zahlreichen winzigen Näpfchen, die sich vor ihm türmten, für Aprikosenmarmelade entschieden, als am Nachbartisch ein Mann Platz nahm, der nur Pfarrer sein konnte. Evangelischer Pfarrer natürlich, dafür hatte Tjaden einen Blick. Wetten, dass er gleich seine schwarze Baskenmütze aus der Tasche ziehen würde? Aber zunächst verharrte er, nach innen gekehrt, sich sammelnd, vor dem reich gedeckten Tisch, um sodann mit frohem Mut - *„voll Freud und W-o-onne"* - in die Semmel frisch aus der Inselbäckerei zu beißen. Seine positive Ausstrahlung, herzerquickend wie das Sonnenlicht im Lied, war weithin zu spüren.

Und dann tauchte auch Tjadens Tischnachbarin auf. „Guten Morgen!" rief sie frisch. Ihr Name sei Wolny, teilte sie ihm mit, er murmelte seinen eigenen Namen, und sie nahm ihm gegenüber Platz.

„Schöner Tag heute, was", sagte Frau Wolny und griff nach dem Brotkorb. Eine Vierzigerin mit Kurzhaarschnitt, durchaus flott, aber doch ein wenig männlich herb, was Tjaden weniger schätzte. Ohne Ehering, registrierte er. Zum Glück auch ohne Damenbart, obwohl ein recht dunkler Typ. Der Anblick eines Damenbarts wäre das Letzte gewesen, das er an diesem Morgen ertragen hätte.

„Badezeit war heute bis halb acht, waren Sie auch schon schwimmen?" fragte Frau Wolny forsch und hieb ihre leicht vorstehenden Zähne in die Morgensemmel. „Ich gehe immer ganz früh zum Strand, zum Joggen und so ..."

Bewundernd, wenn auch mit einem leichten Schauder, betrachtete Tjaden Frau Wolnys braungebrannte muskulöse Arme. „Jeden Morgen - mein Gott, Sie haben ja Nerven! Das ist ja heroisch!"

Die Unterhaltung kam nur vorsichtig in Gang. Aber als beide ihr Kännchen Kaffee geleert hatten, wusste Tjaden immerhin, dass seine Tischnachbarin aus Bremen stammte, und sie hatte ihm entlockt, dass er in Wittmund wohnte - ausgerechnet in Wittmund.

„Und da machen Sie Urlaub so direkt vor Ihrer Haustür? Ist das nicht langweilig?" fragte sie sehr erstaunt. Er spürte ihre Neugierde. Einfühlung war nun einmal seine Stärke. Da saß dieser gutaussehende Anfangsvierziger - natürlich jünger aussehend – allein am Frühstückstisch. Was hatte ihn denn bloß auf die Insel verschlagen?

„Direkt vor der Haustür – das kann man so sagen." Tjaden hielt sich bedeckt. Es musste ja nicht sein, dass sein Beruf und der Anlass seines Inselaufenthalts überall bekannt wurde. Er schob seine Serviette in die mit Hohlsaum verzierte beigefarbene Serviettentasche, die ein Schildchen mit seinem Namen trug. Ganz unauffällig. Ohne Dienstgrad natürlich. In diesem Augenblick klingelte in der Jackentasche sein Handy. Gabriele Wolny schaute spöttisch von ihrem Joghurt auf, den sie gerade löffelte. Tjaden fühlte geradezu, wie sich die anderen, meist grauen Köpfe ruckartig ihm zuwandten.

„Sie sind ja ein vielbeschäftigter Mann!" flötete Frau Wolny überraschend süß. „Aber mit so einem Ding würde ich doch nicht auf Urlaub fahren. Man macht sich ja zum Sklaven der Technik! Wo bleibt denn da das Privatleben?"

Natürlich war der Chef dran.

„Ich ruf' gleich zurück!" rief Tjaden, murmelte eine Entschuldigung und lief aus dem Saal.

Draußen im Flur, in einer Ecke abseits von den Gästen, hörte er sich an, dass der Chef ihm einen tüchtigen Mann geschickt hatte und die Fangschaltung am frühen Morgen schon gelegt worden war. Und kurz darauf war tatsächlich der nächste Anruf bei Feinkost-Behringer eingegangen. Da das Müsli nicht mehr im Laden sei, werde er, der ostfriesische Robin Hood, sich jetzt den Joghurt vornehmen, und zwar werde er die Gläser mit Schraubverschluss vergiften, falls ihr Preis nicht unverzüglich auf Festlandniveau reduziert würde.

„Woher kam der Anruf?" fragte Tjaden knapp.

„Aus einer Telefonzelle natürlich."

Natürlich. So dumm war kein Robin Hood, so leicht ließ der sich nicht packen.

„Aus welcher?" fragte Tjaden weiter. Man musste dem Chef wirklich jedes Wort aus der Nase ziehen. Konnte der Mann seine Informationen nicht etwas zügiger rauslassen? In dieser Zeit konnte doch längst wieder sonst was passieren.

„Barkhausenstraße/Hospizplatz."

Tjaden pfiff durch die Zähne. Da hatte er sich auf der Insel ja perfekt postiert, die Telefonzelle stand ihm vor der Nase. Leider verdeckt vom Seezeichen und von Heckenrosen, aber immerhin.

„Was unternimmt Behringer?" fragte er.

„Er reduziert. Er kann ja nicht den ganzen Joghurt aus dem Regal nehmen. Da hätte er noch mehr Verlust." Der Chef räusperte sich. Es klang ratlos. „Außerdem schäumt er natürlich. Vor Wut. Die Saison läuft sowieso nicht berauschend bei diesem Wetter, und jetzt das noch. Na ja, er wird den Verlust auf die anderen Waren draufschlagen."

Mischkalkulation, dachte Tjaden.

„Und die anderen Läden? Gibt es da etwas Neues?"

„Die haben sich noch nicht bei uns gemeldet. Entweder wollen sie nichts an die große Glocke hängen, um gar nicht erst aufzufallen, oder der Erpresser hat Behringer aus einem ganz anderen Grund im Visier."

Tjaden war in sein Zimmer gegangen, um sich seinen gelben Ostfriesennerz zu holen, es war kühl geworden draußen. Gerade fuhr er mit den Armen in die Ärmel und schaute dabei gedankenverloren ins Leere, als ihm bewusst wurde, dass er eine Telefonzelle - die Telefonzelle! - im Blick hatte. Genau die: Barkhausenstraße/Hospizplatz! Eine Gestalt ging hinein, hielt den Hörer ans Ohr, kam nach kurzer Zeit wieder heraus.

Sofort rief er bei Feinkost-Behringer an. „Hat einer bei euch angerufen? Gerade eben?"

„Nein, wieso?" fragte Ekki. „Wir verschleudern gerade unseren Fruchtjoghurt, da kann der Kerl doch zufrieden sein."

Das wäre ja auch zu einfach gewesen. Aber er könnte die Zelle observieren lassen. Er würde den Chef um Verstärkung bitten. Oder die Ortspolizei sollte aufpassen. Hillrich Jansen, Otto Peters und wer da sonst noch herumlief. Aber er selbst? Was konnte er jetzt tun? Er musste warten, bis der wieder zuschlug.

In einem Straßencafé in der Barkhausenstraße hatte Tjaden sich zu einem Tee niedergelassen und musterte die Gesichter, die an ihm vorbeizogen. Trübes Wetter macht depressiv, und helle Farben heben die Stimmung, also hatte der Cafébesitzer, ein alter Insulaner, der wusste, wie Urlauber zu „handeln" waren, wie er neudeutsch gern bemerkte, ein grellgelbes Zelt über Tische und Stühle ausgespannt. Leider pochte jetzt doch der Regen darauf. Tjaden rührte in seinem Tee: ostfriesische Mischung, auf so etwas Exotisches wie Earl Grey ließ er sich nicht ein, wenn er auf Langeoog war. Die alten Fischer hatten das früher doch auch nicht getrunken.

Aber hatten die alten Insulaner nicht einen ordentlichen Grog vorgezogen? Bevor sie das Rettungsboot klarmachten, in die schäumende, tobende See stießen, alle mit ihren Rettungswesten aus Kork um die Brust, den steifen Südwester verwegen in der Stirn? Der Vormann allen voraus! Vormann Tjado Tjaden, auch den hatte es einmal gegeben. Es war sein Großvater, dessen Bild in der elterlichen Küche im „Haus Wattfried“ hing. Auch sein Enkel wäre gern Vormann gewesen, allerdings nicht im Rettungsboot in der kochenden See, sondern wenn es darum ging, die Welt von Verbrechern zu befreien. Fischer waren sie beide. Aus der Masse der durchschnittlichen Gesichter, die hier in der Barkhausenstraße an ihm vorbeizogen - irgendwie sahen die ja fast alle verdächtig aus - dasjenige herauszufischen, das besonders störte, Unfrieden stiftete, nicht hingehörte auf seine Insel, das wollte er. Vormann Onno Tjaden. Schön wär's. Bisher hatte er es nur bis zum Kriminalhauptkommissar gebracht.

Da, war das nicht Harm Eversmeier? Ein junger Mann kam mit tropfendem Haar aus dem Regen und auf ihn zu. „Hallo, Chef!“ Eversmeier setzte sich aufatmend neben ihn. Der junge Kriminalkommissar, gelernter Fernmeldetechniker, der die Polizeilaufbahn eingeschlagen hatte, sah jünger aus, als er war. Er hätte auch Azubi bei der Langeooger Gemeindeverwaltung sein können.

„Trinken Sie erst mal 'n Tee“, sagte Tjaden und legte seine Hände auf die Kanne, die vom Stövchen gewärmt wurde. „Und dann leihen Sie sich ein Fahrrad und fahren ein bisschen rum im Ort. Alle Telefonzellen im Augen behalten!“

„Und sonst? Was tut sich sonst?“

„Keine weiteren Erkenntnisse. Wo wohnen Sie?“

Der junge Kollege zuckte mit den Schultern. „Keine Ahnung. Der Ort ist voll. Alles belegt, laut Kurverwaltung.“

„Fragen Sie mal bei meiner Mutter im Polderweg, und wenn sie nicht will, sagen Sie ihr, aus kriminaltechnischen Gründen ist es wichtig, dass Sie bei ihr das Küchensofa beziehen!"

Nach einer Weile wanderte Harm Eversmeier weiter durch den Regen, und auch Onno machte sich auf, um bei seinen Eltern vorbeizuschauen. "Haus Wattfried" war seine Nachrichtenbörse. Mal hören, was die Insulaner sich so erzählten, das konnte nicht schaden.

Hinter der Seeschlange tauchte ein vertrautes Gesicht auf: Fenna, seine kleine Schwester. „Hi!" rief sie ihm entgegen. Sie schien sich richtig zu freuen, ihn zu sehen. Die kleine Schwester liebte den großen Bruder. Wahrscheinlich würde sie sich auch einen Mann nach seinem Bilde suchen, schmeichelte er sich manchmal. Seit Fenna studierte, kam sie nur selten nach Hause, angeblich bekam sie immer einen Inselkoller.

„Weißt du, was das heißt, Onno? Einmal links rum, einmal rechts rum, ich kenn' hier doch jeden Quadratzentimeter Sand! Länger als zwei Tage am Stück halte ich das nicht mehr aus."

„Und warum bist du heute da?"

„Weil der Bogatzki kommt, der aus dem Fernsehen. Das Literarische Terzett. Kennst du doch, Onno!" Fenna strahlte ihn an. „Ich soll berichten für den Anzeiger! Das ist meine Chance!"

An einem verregneten Tag muss das Essen der Lichtblick sein. Gretchen kam ins Schwitzen, so schnell hatte sie die dampfenden Terrinen heranzuschaffen. Es gab schwäbische Hochzeitssuppe: Nudeln, Rindfleischbrühe, feine Gemüsestreifen - reichhaltig und bürgerlich mild abgeschmeckt.

„Gesegnete Mahlzeit", erklang es pastoral an Tjadens Nachbartisch. Der Mann, der gerade seine Serviette entfaltete und einfach nichts anderes sein konnte als Pfarrer, hatte Gesellschaft bekommen. Die Frau neben ihm mochte Ende dreißig sein. Unauffällig, ganz unauffällig. Hatte Tjaden sie schon einmal gesehen? Es fiel ihm nicht ein, wo und wann, aber sie kam ihm irgendwie bekannt vor. Typ alterndes Mädchen, so zart, so fein, doch schon deuteten sich zwei resignierte Falten um den Mund herum an. Zu wenig gelacht, zu wenig geliebt, dachte Tjaden.

Verholzt inwendig, und schon mit Verdauungsproblemen. Sie trug ein Blüschen mit Rüschen am Bubikrägelchen. Ihr Haar bog sich mädchenhaft zur Innenrolle.

Seine forsche Tischnachbarin Gabriele Wolny tauchte nicht auf. Vielleicht joggte sie gerade zum Ostende und ließ das Mittagessen ausfallen. Statt ihrer nahm ein Mann ihm gegenüber Platz.

„Dr. Wellenkötter", sagte er knapp. „Sie gestatten?"

Akademiker, unverheiratet, taxierte Tjaden ihn blitzartig. Naturwissenschaftler natürlich, Biologe oder Gentechnologe oder so. Komischer Kauz, betont drahtig. Und doch legte er ein altrosa Leinenhütchen neben seinem Teller ab.

Im Hintergrund, am Fenster zum Hof, kämpfte jemand, der aussah wie ein seit Jahrzehnten pensionierter Postobersekretär, mit seinem Putenbraten. Pute, nicht Schwein. Hier wurde zwar nicht vegetarisch, doch biodynamisch korrekt gekocht. Tjaden konnte ihn schmatzen hören, oder bildete er sich das nur ein? Jedenfalls machte es ihn nervös.

Später, im Aufenthaltsraum mit Blick auf den regennassen Hospizplatz, bestellte er Tee. An den Fensterscheiben rannen die Regentropfen herab. Die mit dunkelbraunem Cord bezogenen Sessel waren abgeschabt, aber bequem. Ihm gegenüber hatten Dr. Wellenkötter und der Pfarrer Platz genommen. Die mädchenhafte Frau, eine Kreuzung aus Mia Farrow und Audrey Hepburn, blieb an der Tür stehen und starrte auf das Harmonium mit dem Kreuz darüber.

„Gehen Sie heute auch zur Lesung im Haus der Insel?" wandte sich Dr. Wellenkötter konversationslüstern an sein Gegenüber. Er schien vielseitig interessiert zu sein, nicht nur auf die Gene fixiert.

„Wer liest denn?" Auch Tjaden gab sich interessiert, obwohl er längst Bescheid wusste.

„Bodo Bogatzki. Der aus dem Fernsehen – vom Literarischen Terzett."

Tjaden musste nichts antworten, denn der Pfarrer rief Mia Farrow der Zweiten zu: „Kommen Sie, setzen Sie sich zu uns!" Zögernd, mit kleinen Trippelschritten, bewegte sie sich auf die Sitzgruppe zu. Ihre Turnschuhe hatte sie zur Feier des Mittagessens mit Sandaletten vertauscht.

„Es gibt auch ein sehr schönes Orgelkonzert in der Inselkirche. Pachelbel und Buxtehude", steuerte der Pfarrer zum Gespräch bei. „Und Bach natürlich."

Mia Farrow lächelte. Ihr Lächeln war schwer zu deuten. War es nur schüchtern? Vielsagend war es, aber unergründlich. Unecht, dachte Tjaden, irgendwie unecht. So als wenn der Cafébesitzer ein gelbes Dach ausspannt, um Freude zu verbreiten. Aber welche Farbe der Himmel wirklich hat, kümmert niemanden mehr.

Literarisches Terzett? Für solche Diskussionen im Fernsehen hatte Tjaden nicht viel übrig. Da wurden Bücher hin und her gewendet und durch die Mangel gedreht, aber eigentlich wollten sich die Herrschaften nur auf Deubel komm raus profilieren, Jahrmarkt der Eitelkeiten. Und Literatur, die sogenannte schöne Literatur, sagte ihm nichts. Romane lesen? Was hatte er davon, sich den Kopf mit dem zu füllen, was andere in ihrem Kopf hatten? Zeitvergeudung, er zog die Wirklichkeit vor. Nein, ein literarischer Kopf war Onno Tjaden eigentlich nicht. Zwar hatte auch er einmal ein paar Semester Germanistik studiert, eine Jugendsünde, über die er nicht gern sprach, aber sprachempfindlich war er immer noch. Es gab Wörter, bei denen ihm regelrecht schlecht wurde, mochten sich auch seine Kollegen darüber lustig machen. „Erstellen" war so ein Wort, und „Umstrukturierung" und „wellness" und ...

Draußen war es nun doch freundlicher geworden. Das war der Vorteil hier auf den Inseln: Das Wetter konnte schnell umschlagen, man konnte immer hoffen. Es hatte aufgehört zu regnen, und die Sonne war herausgekommen. Tjaden im Ostfriesennerz - sicher war sicher - schlug den Weg zum Strand ein. Er musste beobachten, wie sich das Badeleben entfaltete. Die ersten Sonnenstrahlen dieses Tages hatten die Urlauber gleich massenhaft an den Strand gezogen, die Strandkörbe quollen über. Viel Fleisch, weniger davon könnte mehr sein, dachte Tjaden. Gott sei Dank war die wilde Zeit, als die Frauen sich auch in Langeoog am liebsten „oben ohne" präsentierten, lange vorbei. Das war in den Siebzigern gewesen. Als frau noch beweisen musste, dass frau mit ihrem Körper ebenso frei umgehen konnte wie die Männer, wenn sie nur wollte. Dafür war jetzt wieder der FKK-Strand zuständig.

Tjaden wanderte zwischen den Burgen herum, warf hier und dort einen Blick hinein. Wie immer faszinierte ihn eine Beobachtung, die er wahnsinnig gern durch eine statistische Erhebung untermauert hätte - wenn er nur Zeit genug hätte, auch jetzt war er wieder im Dienst. In welchem Verhältnis, fragte er sich, stand der Zustand der Strandburgen zur Lektüre ihrer Insassen? Je größer und greller die Schlagzeile der Zeitung, desto höher und gepflegter der Wall. Wer sich allerdings mit einem anspruchsvollen Taschenbuch vor der Nase sonnte oder in der linksliberalen Wochenzeitung blätterte, was im Wind ein Kunststück war -der ließ es meist zu, dass der Seewind den Wall einebnete, oder saß einfach im Sand, ganz ohne Wall rundum. Kein Law, kein Order! Tjadens Hypothese lautete also kurz und knapp: Je mehr BILD, desto mehr Burg. Je mehr ZEIT, desto weniger Burg. Das mal nachweisen können! Wissenschaftlich! Aber es waren noch weitere interessante psycho-soziale Beobachtungen zu machen. Manche Strandburgbesitzer lagen auf der Lauer, dass keiner ihren Wall auch nur berührte. Empörte Rufe drangen aus den Körben, wenn sich ein durch den Sand stolperndes Kind näherte. Man hätte diese Leute mit Ameisenlöwen vergleichen können, die ihre Beute mit Sand bewerfen, bis sie schließlich in den Trichter rutschen, um verspeist zu werden. Doch der Vergleich hinkte, da diese Wallhocker nur eins im Sinn hatten: die Fremden abzuwehren, niemanden an sich heranzulassen.

Tjaden fühlte sich von allen Seiten beäugt, während er sich durch die Strandburgen schob. Sah er so komisch aus, so auffällig? Eigentlich nicht. Sein rotes Haar, verstrubbelt wie meistens, leuchtete, und er war etwas zu klein geraten. Das war aber auch alles.

Ein Rücken kam ihm bekannt vor: Gabriele Wolny lag auf einem knallgelben Badelaken und sonnte sich. Sie hatte ihren Büstenhalter gelöst, die beiden Enden schauten rechts und links über ihr Badetuch. Tjaden spürte, dass er gern auf ihr weißes Fleisch sah. Sie hatte gelesen, jetzt döste sie, vor sich ein giftgrünes Buch, dessen Titel er unauffällig zu entziffern suchte: „Wer schreibt, der bleibt". In großen Lettern prangte der Name des Autors darüber: Bodo Bogatzki. Hier war also der erste Fan, der dem Meister heute Abend im "Haus der Insel" lauschend zu Füßen sitzen würde. Gabriele Wolny, sieh mal einer an. Das hätte Tjaden in der herben Blondine gar nicht vermutet.

Einige Körbe weiter saß die junge Frau, von der Tjaden, da er im Hospiz einen Blick auf ihre Serviettentasche geworfen hatte, inzwischen wusste, dass sie Regine Steinhauer hieß. Ihr hätte er das Buch eher zugetraut. Doch sie saß regungslos in ihrem Korb und starrte hinaus auf den Ebbsand. Ihre fragilen Sandaletten hatte sie abgestreift, barfuß saß sie da und hielt ihre zarten Fußsohlen, so rosa wie ihr luftiger Strandanzug mit Top und knappem Höschen, der kostbaren Sonne entgegen.

Vor dem „Sportpalast" im Strandabschnitt S fand gerade die Strandgymnastik statt. Eine junge muskulöse Frau in der Mitte gab die Kommandos, und die ganze Runde folgte ihr: Arme hoch, und kreisen, kreisen! Und jetzt Rad fahren, auf der Stelle! Und jetzt schütteln wir die Arme aus, bitte ausschütteln, schütteln - und wir atmen tiiiiief ein! Die Frau in der Mitte, die einer Dompteuse ähnelte, griff nach einem Tamburin, pong - pong - pong, und alle in der Runde hoppelten wie fußkranke Hasen über den Sand. Eine besonders eifrige Teilnehmerin war eine mittelalte Person, die stramm wirkte, absolut stramm. Mit unbewegter Miene befolgte sie die Kommandos. Sie hatte etwas Robotermäßiges an sich. Stramme Waden, kräftige Schultern, und dazu diese praktische Kurzhaarfrisur mit Betonlocken. Was mochte sie von Beruf sein? Diese Frage stellte Tjaden sich immer gern. Gefängnisaufseherin? Oder Streetworkerin? Als die anderen schon außer Atem gerieten, blieb sie immer noch stoisch und ließ nicht nach. Gute Kondition, die Alte. Vielleicht eine ehemalige Marathonläuferin. Solche Frauen gab's ja, die gewannen den Hermannslauf in Teutoburger Wald.

Hatte er diese Frau nicht schon einmal gesehen? Vielleicht beim Paderborner Osterlauf, als er vor einigen Monaten mit Maria am Straßenrand gestanden hatte? Plötzlich tat ihm sein rechtes Schienbein weh, und es fiel ihm wieder ein. Natürlich, das war die Frau, die ihn auf dem Inselbahnsteig mit dem giftgrünen Schalenkoffer, diesem monströsen Werbegeschenk, gerammt hatte. Diszipliniert war die Dame ja, das musste er ihr lassen.

Das rhythmische Pong - pong - pong des Tamburins noch im Ohr, traf Tjaden draußen auf dem harten, gerippten Ebbsand auch seinen Tischnachbarn, Dr. Wellenkötter. Wie hieß der eigentlich mit Vornamen? „Dieter" hätte zu ihm gepasst oder „Horst-Werner". Das rosa Hütchen unverrückt auf dem Kopf, spielte er mit einigen halbwüchsigen Jungen Volleyball. Gerade hatte er gepunktet, seine junge Mannschaft grölte los und schlug ihm auf die Schulter, ein Junge sprang ihm begeistert auf den Rücken, ein anderer klatschte ihn ab. Auf Tjaden achtete niemand. Er fühlte sich plötzlich schmerzlich ausgeschlossen. Das hatte er manchmal. Aber Volleyball war ohnehin noch nie seine Stärke gewesen. Beim Kollegensport verstauchte er sich dabei regelmäßig die Daumen.

Von Dickmilch und Seehunden

Gerade hatte er sich, nahe am Dünenaufgang zum „Seekrug", auf eine Bank gesetzt, als sein Handy wieder klingelte. Es war Edo Kuper von der Gemeindeverwaltung. „Ich hatte gerade einen Anruf", rief er ihm aufgeregt ins Ohr. „Von der Meierei. Da ist was im Gange! Da hat jemand angerufen, anonym natürlich, und gesagt, mit der Milch würde was nicht stimmen - ob wir das schon gemerkt hätten. Mit der Dickmilch, genauer gesagt."

Dickmilch mit Sanddorn und Schwarzbrot - die Spezialität der Meierei. Bei schönem Wetter war die Gastwirtschaft auf dem Weg zum Ostende der Insel immer rappelvoll. Eine echte Goldgrube!

„Der wollte dich sprechen, den Mann von der Kripo, Tjaden. Er kannte deinen Namen. Der wusste genau Bescheid. Und du sollst dich sofort zur Meierei aufmachen. Er würde schon für eine Gelegenheit sorgen, dass er dir mehr sagt! Er hätte eine Aussage zu machen. Wenn du nicht kommst, will er die Milch vergiften."

Beim Behringer also Joghurt und Müsli, bei der Meierei die wunderbar naturbelassene Dickmilch. Von glücklichen Inselkühen, biodynamisch gemolken. Und mit dem exquisiten Saft von glücklichen inseleigenen Sanddornsträuchern.

„Ich kümmere mich darum", sagte Tjaden. „Wahrscheinlich wieder blinder Alarm. Aber sag mal - war das ein Mann, der Anrufer?"

Kuper zögerte. „Ich würde sagen - ja. Obwohl - so ganz sicher bin ich mir nicht. Es war eine ganz merkwürdige Stimme. Da braucht doch einer nur seine Stimme auf Kassettenrecorder aufnehmen und dann, am Telefon, das Ganze mit veränderter Geschwindigkeit abspielen. Merkt kein Mensch mehr, ob er da 'nen Mann oder 'ne Frau an der Strippe hat."

Strippe? Darüber war man doch längst hinweg. Aber erstaunlich, wie gut sich der Kuper auskannte. Hatte der vielleicht öfter mit anonymen Anrufern zu tun?

So'n Schiet, Tjaden fluchte vor sich hin. War das mit der Dickmilch ein schlechter Witz? Wollte ihn jemand auf den Arm nehmen, oder war das wirklich ernst? Allmählich ging ihm dieser

Kerl auf die Nerven. Aber er musste der Sache nachgehen, ob er wollte oder nicht.

Das Fahrrad kostete 10 DM Leihgebühr pro Tag. Der junge Mann vom Fahrradverleih, langhaarig und mit vielfach gepiercten, entzündeten Ohrmuscheln, bot ihm an, den Sattel niedriger zu stellen, aber Tjaden winkte ab. Als er ein paar hundert Meter gestrampelt war, merkte er, dass das ein Fehler gewesen war. Seine Beine waren einfach nicht lang genug für dieses Gerät. Aber nun war es nicht zu ändern. Schwitzend strampelte er durch die Dünen ostwärts. Einige Lachmöwen umkreisten ihn und lachten ihn aus. Sie würden in ihren braunen Köpfen schon wissen warum. Zum Glück hatte er keinen Gegenwind; den würde er bei der Rückfahrt genießen.

Junge Leute überholten ihn, immer wieder neue. Auf dem Watt leuchtete die Fähre, die neue Gäste zur Insel hinüberbrachte. Eine andere Fähre legte im Hafen von Langeoog ab. Es war ein ständiger Wechsel. Ankommen, Abreisen. Ankommen, Abreisen. Plötzlich packte ihn Sehnsucht nach Maria. Ankommende und abfahrende Schiffe machten ihn immer fertig. Wann würde sein Kind ankommen? Wie lange würde er noch auf der Insel festgehalten werden? Auch dieser Bogatzki würde heute ankommen, vielleicht stand er schon auf jener Fähre an der Reling und sah dem Wasserturm entgegen.

Ein Hase sprang über den schmalen gepflasterten Weg, nur wenige Meter vor dem Rad, das auf ihn zurollte. Man konnte Langeoog für ein Hasenparadies halten. Aber so war das nicht; denn im Herbst wurden hier regelmäßig Hasen gejagt. Wenn die Insel wieder den Einheimischen gehörte, für wenige Wochen. Ein paar Tierknochen bleichten im Graben, der den Radweg von der Düne abgrenzte. „Nicht betreten – Ruhezone!“ warnte ein blaues Schild. Hier im Naturschutzgebiet brüteten die Vögel. Langeoog – das Vogelparadies, auch das.

Am Zaun vor der Gastwirtschaft, einem roten Backsteingebäude, dem man noch ansah, dass es einmal ein ostfriesisches Bauernhaus gewesen war, stapelten sich die Fahrräder. Die Meierei, gut neun Kilometer vom Ort entfernt, war auf der Insel das einzige Ausflugsziel, das diesen Namen verdiente. Alles andere war ein Katzensprung, jedenfalls mit dem Fahrrad.

„Heute: Dickmilch mit Sanddorn!" war in Kreideschrift auf einer Tafel zu lesen. Unter weißen Sonnenschirmen drängten sich die Urlauber.

Da entdeckte Tjaden in der Menge ein bekanntes Gesicht: Sein Pfarrer aus dem Hospiz war da, und er hatte sich geoutet, wie es neudeutsch hieß, denn diesmal trug er tatsächlich seine protestantische Baskenmütze, der Wind war kühl. Er saß vor einem Schälchen Dickmilch, krümelte Schwarzbrot hinein und sah nicht auf, als Tjaden an ihm vorbeiging.

Auch in der Gaststube war es brechend voll, doch neben der Tür, die zu den Toiletten führte, war noch ein winziger Tisch für zwei Personen frei. Tjaden starrte auf ein Foto an der Wand: die Meierei im Schnee. Einsam, unvorstellbar einsam. Und daneben waren die beiden Kanonenkugeln ausgestellt, die man beim Ausschachten einer Baugrube tief in der Erde gefunden hatte. Vor einhundertundwieviel Jahren während der Kontinentalsperre Napoleons hatten die Franzosen Langeoog besetzt und von irgendeiner Schanze aus mit Kanonen geschossen. Aber auf wen? Tjaden ärgerte sich, dass er beim Geschichtsunterricht in der Schule nicht besser zugehört hatte. Beim Uwe würde er von Anfang an aufpassen, den Daumen draufhalten ... Er sah den Kleinen, fuchsig und mit kurzen Beinen, schon mit der Schultüte im Arm vor sich, doch da kam endlich die Bedienung zu ihm an den Tisch, und bevor er seinen Tee bestellen konnte, flüsterte sie ihm zu: „Die Chefin möchte Sie sprechen. Könnten Sie bitte einmal mit nach hinten kommen?"

Sie führte ihn in die Stube hinter der Theke.

„Onno!" rief die Chefin, „Moin! Gut, dass du kommst!"

Es war Rosi, natürlich, Rosi, die mit ihm einmal in dieselbe Klasse gegangen war. „Mensch Rosi", rief er verblüfft, „seit wann hast du den Laden hier?"

„Seit Anfang des Jahres!"

Inh. Eilts, stand auf der Speisekarte, aber der Name sagte ihm nichts. „Ich hab' letztes Jahr wieder geheiratet. Onno, ich muss mit dir sprechen, gut, dass du da bist! Ich hatte schon versucht, dich zu erreichen, per Telefon, aber du weißt ja, wie das sonntags ist – der Peters von der Polizei war nicht zu kriegen, und wir haben hier die Bude voll ..."

Er legte ihr leicht die Hand auf den Arm, der aus einem schneeweißen gestärkten Blusenärmel herausschaute. Der Arm war gebräunt, er fühlte sich weich an und doch drall und fest wie in alten Zeiten, damals in Esens, bei der Tanzstunde ... „Eins, zwei, drei und Wiegeschritt ..." Später hatten sie manches Schützenfest miteinander gefeiert.

Eigentlich sollte seine Hand auf ihrem Arm ihn beruhigen, stattdessen regte sie ihn um so mehr auf. Er hatte immer ein Faible für Rosi gehabt.

„Also hier ist was los!" sagte sie aufgebracht. Die Leute sind ja außer sich ... Hier ist doch der Wurm drin. Du solltest bloß mal hören, wie die Gäste reden! Die älteren, genauer gesagt. Die jungen weniger. Aber wenn die Burgen ständig zerstört werden, fühlen die sich doch nicht mehr zu Hause, nicht mehr sicher. Und dann die Bombe beim Dünensingen. Und das Feuer in der Düne! Wer weiß, was sonst noch alles passiert! Da ruft doch vorhin jemand bei uns an, hat sich zwar Mühe gegeben, tief zu sprechen, so mit irgendwas vorm Mund und ganz tief, aber ich glaube trotzdem, das war 'ne Frau. Sagt, wir sollen aufhören, die Dickmilch zu servieren und die Milch, das wär' Rohmilch, und die könnte verseucht sein mit - wie heißen die Viecher noch? - mit Listerien, sagt sie. Oder er. Wie auch immer. Für kleine Kinder und für alte Leute wären die hochgefährlich, aber vor allem für Schwangere. Das wäre eine Gefahr, und wir sollten mindestens mit einem großen Plakat darauf aufmerksam machen ..."

„Und was hast du geantwortet?"

„Ich hab gesagt, das wär' das Neueste, was ich höre. Und überhaupt, dann würden doch die Gäste wegbleiben von heut' auf morgen, und das könnten wir uns nicht leisten. In der Hochsaison!" Rosi verschränkte die drallen Arme kämpferisch vor ihrer Brust. „Und ich müsste mich erst mal selber informieren. Außerdem: Wer keine Rohmilch essen darf, muss das schließlich selber wissen."

„Das war also gestern", sagte Tjaden. „Und heute?"

„Heute morgen finde ich das hier an der Tür." Sie griff in eine Schublade des riesigen Küchenbuffets und entfaltete ein Plakat, auf dem in flammend roten Lettern stand: „Wollt ihr gesunde Kinder? Hände weg von Rohmilch! Listerien verursachen Fehl-

und Totgeburten! In der Dickmilch lauert der Tod!“ Das Foto darunter zeigte einen Teller mit blauweißem Zwiebelmuster, der mit einer weißen Masse gefüllt war. Jemand hatte ihn mit einem dicken Rotstift kreuz und quer durchgestrichen.

Tjaden ließ sich am Küchentisch nieder. „Kann ich dir was anbieten?“ fragte Rosi.

„Dickmilch mit Sanddorn bitte“, antwortete er automatisch.

„Na wunderbar!“ Die Wirtin schob ihm das Schälchen hin. „Bist du sicher, dass du nicht schwanger bist?“

Er lachte, aber das Lachen blieb ihm im Halse stecken. „Ich nicht, aber Maria. Meine Frau. Ich muss sie sofort anrufen!“ Er tippte ihre Nummer ins Handy.

„Listerien? Kann sein. Kommt mir irgendwie bekannt vor. Es soll gefährlich sein für werdende Mütter“, wußte Maria.

„Listerien sollen in roher Milch sein“, Tjaden versuchte sie auf die richtige Schiene zu bringen.

„Ich frage nachher mal den Arzt. Der kommt noch zur Visite. Ich ruf' zurück, wenn er hier war, o.k.?“

Die Dickmilch hatte hervorragend geschmeckt. Diese Süße des Sanddorns gab es nur hier. Und das Schwarzbrot mit Roggenmalz – auch wieder so ein Reklamewort? Als Tjaden zu seinem Fahrrad zurückkam, lag etwas Weißes auf dem Gepäckträger: ein Briefumschlag, mit Paketband festgeklebt, damit der Wind ihn nicht verwehte. Wie umsichtig! Um ihn herum war man damit beschäftigt, Fahrräder zur Rückfahrt klarzumachen. Eis lutschende oder quengelnde Kinder wurden in ihre Sitze vor und hinter den Eltern gehoben, Beine schwangen sich über die Stange, bunte Jogginganzüge nahmen auf neonfarbenen Tandems Platz. Niemand beachtete ihn. Er riss den Umschlag auf und entfaltete ein weißes DIN A 4-Blatt, auf dem mit zarter Feder in Königsblau geschrieben stand: „Wichtig! Sie erfahren, was Sie unbedingt wissen müssen! Kommen Sie um 20 Uhr zur Seehundbeobachtungsstation!“

In neutralen Druckbuchstaben natürlich, aber auch sie wiesen einige verräterische Eigenschaften auf, wie Tjaden auf einen Blick feststellte: die Rundbuchstaben – a oder o – alle sehr bauchig, und die einzelnen Buchstaben auffällig miteinander verbunden.

Schnelle Auffassungsgabe und Gefühl, konstatierte Tjaden, froh, dass er hier endlich einmal seine graphologischen Kenntnisse einbringen konnte. Der Schreiber war offenbar nicht in der Lage, Gefühl und nüchternen Verstand fein säuberlich getrennt zu halten. Ein Phantast mit weiblichem Einschlag. Oder eine Phantastin? Aber nicht ungefährlich. Dass die Ober- und Unterlängen so stark miteinander verhäkelt waren, gefiel ihm gar nicht. Etwas passte nicht zusammen. In diesem Kopf schien es chaotisch zuzugehen, und doch waren diese Buchstaben, jeder für sich, so säuberlich ausgemalt, dass es etwas Zwanghaftes hatte.

Und überhaupt! Seehundbeobachtungsstation! Was sollte der Unsinn? Machte der Kerl eine Schnitzeljagd mit ihm? Aber Tjaden konnte den Brief nicht einfach ignorieren, da musste er wohl oder übel hin. Aber er ganz allein am Ende der Insel? Wo vielleicht ein Verrückter auf ihn wartete? Sollte er sich Eversmeier noch als Verstärkung rufen? Ach Quatsch. Außerdem würde der sowieso nicht mehr rechtzeitig ankommen.

Also noch die paar Kilometer weiter bis zum Ostende. Tjaden stieg in die Pedale. Der Weg war jetzt leicht gewellt, führte an der Düne entlang. Kein Radfahrer folgte ihm, keiner war vor ihm zu sehen. Der Wind hatte zugenommen, kam immer noch von Westen und schob Tjadens Fahrrad vor sich her. Auf den Dünen rundum setzten sich schon die Vögel zur Ruhe.

Endlich. Das Ostende war erreicht. Hier war die Insel wirklich zu Ende. Und es war Ebbe, weit dehnte sich der Sand. In der Ferne war das Podest der Seehundbeobachtungsstation zu sehen.

Tjaden stellte das Fahrrad am Dünenrand ab, zog die Schuhe aus und wanderte los. Es war noch Zeit bis acht Uhr. Also untersuchte er das Strandgut, das es hier massenhaft gab, Strandgut hatte ihn immer fasziniert. Das lag wohl in der Familie. Viel Plastik lag hier herum, Reste von Netzen in Neonfarbe, grün und rot, schon halb mit Sand zugeweht. Merkwürdigerweise waren da auch die Überreste vieler bunter Luftballons, die noch an Schnüren hingen, das Gummi zerfetzt von der Flut. Aber auch Plastikflaschen, Margarinedosen, Plastiktüten waren angeschwemmt worden. Internationaler Wohlstandsmüll. Eine Tüte trug die Aufschrift „The Shuttle“, die war wohl in Calais oder Dover im

Wasser gelandet, nachdem jemand seine Schnapsflaschen aus dem Duty Free Shop darin weggeschleppt hatte. Auch Flaschen aus Glas lagen da. Wie ein kleiner Junge drehte Tjaden sie mit dem Fuß hin und her oder hob sie auf, um festzustellen, ob sich eine Flaschenpost darin verbarg. Eine Botschaft, nur für ihn bestimmt? Immer Fehlanzeige. Die moderne Flaschenpost würde wohl per Internet auf den Weg geschickt.

Die Aussichtsstation war, so weit er sehen konnte, leer. Oder doch nicht? Er hielt weiter darauf zu. Unterwegs schaute er auf die Uhr: halb acht vorbei. Der Wind zerrte an seiner Regenjacke.

Draußen war inzwischen tiefste Ebbe. Er stieg die Treppe zu der Aussichtsplattform hoch. Gegenüber lag die Nachbarinsel Spiekeroog, so nah, als könnte man hinüberlaufen. Auf der Sandbank in der Mitte dunkle Flecken, mit dem bloßen Auge gut zu erkennen. Tjaden blickte durch das Fernrohr, das für die Besucher aufgestellt worden war und erstaunlicherweise nichts kostete: Er sah sie aneinandergeschmiegt daliegen, lauter braune Körper. Auf dieser Sandbank bekamen die Seehunde ihre Jungen, wie auf der Schautafel zu lesen war. Nur wenige Stunden blieben den Müttern für ihr Kindbett. Wenn die Flut kam, mussten die Kleinen den Bauch der Mutter schon verlassen haben und schwimmen können. Wenn das mit Maria doch auch so einfach wäre ... Er schaute wieder auf die Uhr: fünf nach acht. Sein Gesprächspartner war unpünktlich, oder er versetzte ihn. Oder war das Ganze ein Scherz? Etwas Wichtiges sollte er hier erfahren. Aber der Schreiber der Nachricht meinte damit sicher nicht, die Seehunde zu sehen und etwas über ihr Kindbett zu erfahren. Da hatte jemand seinen Spaß daran, ihn an der Nase herumzuführen. Oder verfolgte er etwa ein ganz bestimmtes Ziel? Sollte Tjaden vielleicht abgelenkt werden? Hatte man ihn an dieses Ende der Insel gelockt, weil sich am anderen Ende gerade ...

„Guten Abend, Herr Kommissar!" unterbrach eine forsche Stimme seine Gedanken. Er fuhr herum.

„Wo kommen Sie denn her?" fragte er entgeistert. Wie konnte er sich so überrumpeln lassen! Das durfte ihm eigentlich nicht passieren. Dorothea Winkler trug einen sandfarbenen Anorak, einem Tarnanzug ähnlich. Vielleicht hatte sie sich damit unsichtbar gemacht. „So trifft man sich wieder", sagte sie lächelnd.

„Unsere Insel ist klein, man kann einander gar nicht aus dem Weg gehen". Dann zog sie ihr eigenes Fernrohr aus der Tasche, richtete es auf die Sandbank mit den Seehunden und rief entzückt: „Haben Sie das gesehen? Mindestens zehn Stück schon wieder! Wie die sich vermehren - unglaublich! Nach dem großen Seehundsterben - mein Gott, da hat man gedacht, jetzt ist es aus. Aber sie schaffen es wieder!" Ihre Stimme klang triumphierend, geradezu feurig. Das hätte er der kühlen Hausdame gar nicht zugetraut. Die Leidenschaft oder der scharfe Wind hatten ihr die Röte in die Wangen getrieben. Oder war es vielleicht seine Nähe, die sie so belebte? Oder - beunruhigte?

Sie hielt weiter ihr Fernrohr an die Augen gepresst, dann setzte sie es ab und richtete ihren Blick auf Tjaden. „Schön, dass Ihnen auch am jungen Leben gelegen ist", sagte sie. Täuschte er sich, oder hatte ihre Stimme einen leicht spöttischen Unterton? Und sogar hier draußen in der frischen Seeluft nahm er wieder ihren ganz besonderen Duft wahr.

Er beobachtete sie. Wartete, ob sie ihm sonst noch etwas zu sagen hatte. Aber sie zog schweigend ein Notizbuch aus der Tasche und schrieb etwas auf. Dann sah sie ihn wieder forschend an.

„Zum Abendbrot kommen Sie aber zu spät!" Das klang halb mütterlich, halb spöttisch.

„Sie auch", entgegnete Tjaden. „Und es ist schon ziemlich spät. Haben Sie keine Angst, so ganz allein?"

„Das Gute an unserer Insel ist, dass man sich hier so sicher fühlen kann", sagte sie und korrigierte sich sofort: „ - dass frau sich hier so sicher fühlen kann." Sie lächelte, jetzt eindeutig spöttisch. „Wo könnte ich sonst noch so allein herumlaufen? Mutterseelenallein?"

Sie lachte, und es klang beinahe kokett. Tjado traute seinen Ohren kaum. Wo war die kühle Hausdame geblieben?

„Darf ich Ihnen trotzdem meine Gesellschaft anbieten?" fragte er galant, während sie gemeinsam von der Station herunterstiegen. „Sie sind sicher auch mit dem Fahrrad da. Den Rückweg könnten wir doch gemeinsam machen."

Aber Frau Winkler wehrte ab. „Danke, das ist reizend von Ihnen, aber hier auf der Insel passiert nichts, da können Sie Gift drauf nehmen. Die ganze Insel ist doch von Urlaubern überschwemmt, und die passen gut auf! Hier hat kein Verbrecher eine Chance davonzukommen. Außerdem bin ich zu Fuß, ich laufe am Strand zurück. Schönen Abend noch, Herr Tjaden!"

Sie winkte ihm zu und bog in den Dünenweg ein, der zum Strand hinunterführte.

Die Sonne war hinter einer breiten Wolkenbank verschwunden. Bald würde es dunkel sein.

Der Tod steht Schlange

„Ein Buch ist keine Insel", sagte Bodo Bogatzki und ließ den Blick über sein Publikum schweifen, das sich unten im Dunkel drängte und gläubig lauschend zu ihm aufschaute, „... aber jede Insel ist ein Buch!" Der Große Saal im „Haus der Insel" war ausverkauft. Bogatzkis geschliffene Formulierungen waren aus dem Fernsehen bekannt, und nun musste er sich anstrengen, auch zu halten, was sein Name versprach. Wie die Plakate verkündeten, die ganz Langeoog überschwemmten, klapperte er als „Literatourist" die ostfriesischen Inseln ab und lockte damit das Publikum in die Kurhallen. Das Wetter spielte mit, dieser Sommer war bisher nicht gerade hitzerekordverdächtig. Statt im Strandkorb zu frösteln und auf den Ebbsand zu starren, war man froh über jedes bisschen Kultur, das geboten wurde. Und wenn dann noch jemand kam, der bekannt war aus Film und Fernsehen ... Bodo Bogatzki, ein Drittel des „Literarischen Terzetts", das im Fernsehen die Neuerscheinungen auf dem Buchmarkt entweder in den Himmel hob oder verdammte, hielt jetzt sein Buch, aus dem er vorgelesen hatte, aufgeklappt dem Publikum entgegen. Auf der Rückseite des giftgrünen Umschlags lächelte er selbst, seriös und doch kritisch: dunkles Brillengestell, das Haar an den Schläfen angegraut. Auf der Vorderseite saß er, eingerahmt von seinen Kollegen, vor der Kamera, saß wie jetzt im Scheinwerferlicht, lesend. „Wer schreibt, der bleibt!" zog sich in dicken schwarzen Lettern darüber hin.

„Ein Buch ist keine Insel", wiederholte er, „aber eine Insel ist ein Buch! Ich danke Ihnen hier auf –", er stockte, als müsse er wie der sauerländische, im Amt schlohweiß gewordene Bundespräsident seiner Jugend sich erst erkundigen, an welchem Ort seiner Tour er sich gerade befand, um dann fortzufahren: „ – hier auf Langeoog für Ihre Aufmerksamkeit!"

Er klappte das Buch zu, und Beifall rauschte ihm entgegen. Sofort bezog die Inselbuchhändlerin Stellung hinter ihrem Stand, wo nun die Flut der Käufer anbrandete, um schließlich in langer Reihe vor der Bühne sich anzustellen und das Werk sich vom Autor signieren oder sogar widmen zu lassen. Der Autor nahm die Tasse mit der ostfriesischen Rose in die Hand und schenkte sich aus der leuchtend blauen Thermoskanne, die neben ihm auf dem Tisch stand, Kaffee ein. Dann sah er der Schlange mit unbewegter Miene entgegen, nichts verriet, was in ihm vorging. Jeder Einzelne auf dem Weg zu ihm war ein Käufer, jeder Einzelne brachte ihm pro Buch 12 Prozent, eine Mark fünfzig beim Paperback, vier Mark fünfzig beim Hardcover, das mochte ihm im Kopf herumgehen, oder dass er sich nach seinem Hotelzimmer sehnte, wo er sich seinem geheimen Laster, dem Zappen vorm Fernseher, widmen konnte ...

Bogatzki zückte seinen Füllfederhalter und schrieb, schrieb seinen Namen, mit hoch und weit ausfahrenden Buchstaben und verwehtem i-Punkt, und doch mit so starkem Druck, dass die Feder sich spreizte, erkundigte sich, kurz aufblickend, für wen das Buch bestimmt sei, schrieb „für Hellmuth“, „für den lieben Marcel“ oder „für Tante Sigrid zum 60. Geburtstag“, schrieb „freundlich“ oder „mit besten Wünschen“, schrieb und schrieb, ließ die Unterlängen tief hinabstoßen und die Oberlängen in den Himmel greifen, während die Schlange seiner Leser sich an ihm vorbeischob und jeder sich in ein Kaninchen verwandelte, das hypnotisiert auf den aus seiner Feder hervorgleitenden, sich schlängelnden Schriftzug starrte oder auf seinen angegrauten Hinterkopf, übers Buch gebeugt, auf diese mageren bleichen Finger, die offensichtlich weder dafür gemacht, noch daran gewöhnt waren, ein Abflussrohr zu säubern oder einen Pflasterstein einzusetzen, sondern nur dazu taugten, einen Kugelschreiber zu halten oder die Tasten einer Schreibmaschine oder eines PC zu bedienen, die ebenso bleich waren wie diese Finger mit den breiten Nägeln, sorgfältig manikürt und mit großen weißen Monden, die über der Nagelhaut aufgingen, während er selbst, mit der rechten Hand, wieder nach der Tasse mit der Rose im Blätterkranz griff, die Tasse zum Mund führte, absetzte, den Kopf wieder senkte, um sogleich den Füllfederhalter in der anderen Hand weiter übers Papier gleiten zu lassen, das Buch, damit die Tinte trocknen konnte, noch geöffnet weiterzureichen, nicht aufblickend das nächste Buch, schon geöffnet, wie am Fließband entgegenzunehmen, während die Schlange weiterrückte und er wiederum zur Tasse griff – als plötzlich die Feder stockte, wild zum Rand hinausfuhr, kleckste, den bleichen Fingern entglitt, die Hände sich verkrampften, krampfend über die Tischplatte fuhren, das Buch, die Tasse, die Untertasse herunterreißend, Porzellan klirrte, der Kopf, würgend, keuchend, spuckend, blau angelaufen nach hinten fuhr, der Körper zuckend sich zu Boden warf, der Stuhl umstürzte, jemand schrie – so dass die Schlange sich auflöste, die Menschen ballten sich zu einem Pulk, in dessen Mitte der Körper sich wälzte. Sein linkes Bein zuckte noch ein paar Mal wie bei einem geköpften Huhn. Dann lag er still. „Ist denn kein Arzt hier?" schrie jemand. „Wo ist ein Arzt?"

Endlich beugte sich einer über ihn. Fingerte ratlos am Kragen herum, öffnete einen Knopf, presste den Brustkorb. Es war totenstill im Saal. Für einen Augenblick.

Zu spät

Tjaden strampelte gegen den Wind an. Er kämpfte, keuchend, schwitzend. Der Westwind hatte gegen Abend kräftig aufgefrischt, es war harte Arbeit, wieder ins Dorf zurückzukommen. Linker Hand das Watt und die Salzwiesen, rechter Hand die Dünen, die höchste von ihnen, die Melkhorndüne, immerhin 21,1 Meter „über NN“, wie er aus den Augenwinkeln von einem Schild ablas. Das erste N war klar, es stand für „normal“. Und das zweite? „Niveau“, das war's. „Die haben doch kein Niveau“, sagte seine Mutter gern von irgendwelchen Urlaubern, die als Tagesgäste vom Festland herüberkamen und, statt einen Strandkorb zu mieten, wie es sich eigentlich gehörte, wenn man zu den richtigen Langeoog-Urlaubern, zur guten Gesellschaft gehören wollte, mit ihren grellbunten Nylonhalbzelten, neudeutsch Windbreaker genannt, den Strand überschwemmten. Wie giftige Pocken sehe das aus, klagte seine Mutter, besonders wenn sie sich mit Frau Crecelius, die neben „Haus Wattfried“ eine Eigentumswohnung besaß, austauschte. „Unser schöner deutscher Strand“, hörte Tjaden die Dame aus Solingen jammern. „Richtig verschandelt wird der. Das hat es früher auch nicht gegeben! Das Auge soll sich doch auch wohlfühlen! Wer sich keinen Strandkorb leisten kann, der soll doch gleich in Bensersiel bleiben“, tönte sie und fügte noch auftrumpfend hinzu: „Am Watt!“

Während Tjaden stur und in kerzengerader Haltung in die Pedalen trat, „Gesundheitslenker“ hatten sie früher zu solch einem Ding gesagt, das er jetzt zwischen den Händen hatte, wanderte sein Blick hinüber zur Küste, die vorher im Regendunst gelegen hatte. Jetzt hatte es drüben aufgeklart, so dass die Windmühlen, die sich dort unermüdlich drehten, nur noch deutlicher zu erkennen waren. Wie er diese Dinger hasste! Auch sie verschandelten die Natur, nirgends konnte das Auge mehr ausruhen. Insgeheim, wie in einem ordinären Anfall, nannte er sie Windwichser und träumte davon, sie mit einer gewaltigen Sprengladung in die Luft zu jagen. Aber das wusste noch nicht einmal Maria.

Vor ihm die Silhouette des Dorfes: die evangelische Inselkirche, der Wasserturm, die Seenotrettungsstation. Am Vogelwärterhaus und an der Jugendherberge war er schon vorbei, strampelnd, kämpfend, der Regen lief ihm übers Gesicht, als es in seiner Jackentasche klingelte. Er stieg ab und holte sein Handy heraus.

„Also mit den Listerien, das stimmt", hörte er Marias Stimme. „Ich habe Dr. Pauls gefragt. Das sind Bakterien, die in Nahrungsmitteln stecken, besonders in roher Milch und Produkten, die aus Rohmilch gemacht sind."

„Und was passiert, wenn man sich damit ansteckt?"

„Bei gesunden Erwachsenen passiert normalerweise nicht viel. Das ist wie eine leichte Grippe, mehr nicht. Aber für alte Leute ist es ernst - und ganz besonders für Schwangere. Listerien lösen Fehl- und Todgeburten aus." Ihre Stimme klang etwas zu sachlich.

„Danke, Maria", sagte er.

„Eigentlich müsste bei jeder Schwangeren ein Test gemacht werden, ob sie schon mal mit diesen Listerien in Berührung gekommen ist ..."

„Also keine Dickmilch mehr, wenn du das nächste Mal auf Langeoog bist - und unser nächstes Kind erwartest!"

Erleichtert hörte er sie leise kichern. „Schlaf gut!" Er hauchte einen Kuss ins Handy und schwang sich wieder auf den Sattel.

Diese Person hatte also Recht mit ihrer Warnung. Wer steckte bloß hinter diesen ganzen merkwürdigen Dingen? Ein Verrückter? Ein Neurotiker, einer der es nicht ertragen konnte, dass auf der Insel alles seine Ordnung hatte? Dass sich Menschen hier zu Hause fühlten. Richtig wohlfühlten, einmal im Jahr. In den schönsten Wochen des Jahres! Oder einer, der auf Missstände aufmerksam machen wollte? Aufrütteln, warnen?

Während Tjaden gegen Wind und Regen anstrampelte, baute er sich ein Psychogramm zurecht. Eher weiblich, die Stimme verstellt. Und mittelalt. Vielleicht auf der Schwelle zur Menopause, im Bewusstsein, dass „alles" vorbei war. Kinderlos, ohne Mann. Oder ganz im Gegenteil: männlich, noch jung, Familienvater, der in der Ferienwohnung ein schreiendes Baby, zwei quengelnde Kleinkinder und nur den einen Wunsch hatte, seine Frustration abzureagieren. Jedenfalls litt diese Person unter einem Inseltrauma, so viel stand fest.

Wirklich? Eigentlich wusste er gar nichts.

Diese merkwürdige Mischung. Einer, der das Gute will – die Preise runterdrücken, die werdenden Mütter schützen –, doch zugleich die heile Inselwelt zerstört: Burgen zertrampelt, mit Gift und Bomben droht. Und wozu Möwenleichen im Strandkorb und Pseudoblut unter der von der Kurverwaltung installierten Süßwasserdusche? Um auf den Tod hinzuweisen? Das war doch wohl einem kranken Hirn entsprungen ...

Als Tjaden endlich über die Willrath-Dreesen-Straße holperte, deren Backsteinpflaster von französischen oder russischen Kriegsgefangenen gelegt worden war – er sah sie vor sich knien in ihren armseligen Klamotten, und wie sie auf dem Erdboden rutschten und die kleinen Steine verlegten, regelmäßig, so regelmäßig, alles musste doch seine Ordnung haben – , da hörte er von fern die Sirene, und Blaulicht zuckte. Der Krankenwagen! Neben der Feuerwehr das einzige Auto auf der Insel, das die wunderbar reine Seeluft mit Benzingestank verunreinigen durfte. Tjaden folgte ihm. Es steuerte das „Haus der Insel" an, fuhr sogar über den Radweg hoch, und Tjaden blieb ihm auf der Spur.

Vorm Eingang ballte sich eine Menschentraube. Tjaden stieg noch kräftiger in die Pedale. Aus den Augenwinkeln sah er das Plakat an der Tür: „Wer schreibt, der bleibt!" Das Gesicht kam ihm bekannt vor. Ach ja, dieser Bogatzki vom Literarischen Terzett! Er bahnte sich den Weg durch die wie versteinert schweigende Menge. In den Vitrinen rechts und links hockten ausgestopfte Seevögel und beobachteten ihn aus starren Glasaugen. Im Saal Halbdunkel, leere Stuhlreihen. Auf dem Podium, in grellem Licht, lag eine Gestalt, reglos.

Jemand sagte: „Er ist tot."

„Gut, dass du da bist, Onno, ich wollte – ich wollte dich – gerade rufen", stammelte Otto Peters, der total aufgelöst wirkte. „Das ist ein Fall für dich, gut, dass du da bist!" Bisher hatten er und seine beiden Kollegen nur mit Fahrraddiebstählen zu tun gehabt, auch mal mit Zechprellerei. Oder mit Müllfrevel, wenn jemand seinen Abfall nicht gewissenhaft trennte, wie es sich gehört hätte – Langeoog war natürlich ans Duale System angeschlossen – und alles zusammen in einem unappetitlichen Haufen in die Dünen kippte. Erwischt hatten sie so einen allerdings noch nie. Bei Unglücksfällen war die Feuerwehr zuständig.

„Ein Fall für mich? Wieso das denn?" fragte Tjaden.

Der Mann in weißen Leinenhosen und mit weißen Gesundheitssandalen, der über den Toten gebeugt war, richtete sich auf. „Atemlähmung!" Er zeigte auf das blau verfärbte Gesicht und auf das Erbrochene am Mund. „Sieht nach Vergiftung aus. Vermutlich Blausäure."

Blausäure? Tjaden schnupperte. Der Mann hatte Recht. Es roch auffällig nach Bittermandel, je näher er dem Toten kam. Tjadens Blick fiel auf die blaue Thermoskanne, die auf dem Tisch stand. Er schraubte den Deckel ab, roch am Inhalt. Kaffee, eindeutig Kaffee. Ein kleiner Rest war noch drin. Ohne Milch, schwarz. Ziemlich schwarz sogar. Aber irgendetwas fehlte. Bogatzki hatte doch nicht aus der Thermoskanne getrunken. Die Tasse! Die Tasse war verschwunden.

Dann sah er die Scherben am Boden. Eine zersprungene ostfriesische Rose. Ein Stück war bis an die Rückwand der Bühne gefallen. Man musste die Spuren sichern, man musste ...

Da schlug ihm jemand auf die Schulter. „Mensch, Onno, du kommst gerade richtig!" Eine Mädchenstimme. Er fuhr herum. Fenna, seine kleine Schwester!

„Ich war dabei, ich war dabei, ich hab' es gesehen!" Das hörte sich ziemlich hysterisch an.

„Mal ganz ruhig", sagte er. „Was hast du gesehen?"

„Eine lange Schlange, und alle wollten ihr Buch signiert haben, wie das immer so ist, der war doch berühmt, den kannte doch jeder aus dem Fernsehen, guck mal, ich hab mir auch eins geholt", sie hielt ihm das aufgeklappte Buch hin, „ich hab übrigens auch Fotos von ihm gemacht, bei der Lesung und beim Signieren", sie zeigte auf ihre Kamera, die um ihren Hals hing und ihr einen professionellen Anstrich gab. Richtig eifrig war sie bei der Sache, seine kleine Schwester, „und dann, auf einmal, da schrie jemand und ..."

„Und?"

„Er schlug um sich. Und dann kippte er vom Stuhl. Einfach so!" Plötzlich schluchzte sie los, dass es sie schüttelte. Tjaden nahm sie in die Arme und klopfte ihr beruhigend den Rücken.

Nebeltröpfchen leuchteten auf den weißen Heckenrosen in der Dunkelheit, Fenna spürte ihren Duft. Gerade war sie von der Hauptstraße in den schmalen Fußweg eingebogen. Einige junge Mädchen, die noch an der Eisdiele kichernd hinter ihr gewesen waren, blieben zurück. Ihre Stimmen waren kaum noch zu hören. Fenna ging schneller. Nur noch ein paar Schritte bis zu dem Haus, das die Seeschlange umgab, ein paar Schritte noch bis zur Laterne, die in die Augen der Schlange hineinleuchtete ...

Plötzlich, noch im Dunkeln, war jemand hinter ihr, warf sich auf sie. Er war schwer, furchtbar schwer. Wie schwer kann ein Mensch sein, schoss ihr durch den Kopf, und zugleich wusste sie genau, dass es ein idiotischer Gedanke war bei so einem Überfall, und es kam ihr vor, als wäre sie in einem Film, ungläubig stand sie neben sich und schaute zu, ohne Angst, verrückterweise ohne Angst, aber ungläubig, schaute zu, wie ihr die Tasche mit der Kamera vom Arm gerissen wurde, sie schlug um sich, versuchte zu schreien, doch ihr war der Hals wie zugeschnürt - und dann war die Zentnerlast von ihrem Rücken schon wieder weg, sie hörte Schritte, die sich entfernten, und als sie sich umdrehte und nur noch den leeren backsteingepflasterten Weg sah, der sich im Nebel verlor, schrie sie und schrie, schrie immer weiter, als sich die Haustür längst geöffnet hatte.

Tjaden war aufs Fahrrad gestiegen und strampelte den Radweg zur Barkhausenstraße hinunter. Wo war Fenna geblieben? Was war er für ein Idiot, natürlich hätte er sich um sie kümmern müssen, sofort, ihr die Kamera abnehmen, Spuren sichern - aber sie war so schnell einfach weggelaufen, einfach weg! Ihre Fotos, das war doch wichtiges Beweismaterial. So ein Schiet! Wo war Fenna abgeblieben? Die Straße war fast menschenleer inzwischen, es war nicht nur dunkel, sondern auch neblig. An der See konnte es plötzlich so neblig werden, dass man kaum noch die Hand vor Augen sah. Eine Frau auf einem Fahrrad überholte ihn. Sie thronte auf dem Pastorenbock, wie die Insulaner sagten, sehr gerade, ohne rechts und links zu sehen. Die Kapuze ihres Jogginganzugs hatte sie sich über den Kopf gezogen. Aber wo war Fenna?

Und dann kam ihm, auf dem Fußgängerweg hinter der Eisdiele, Dr. Wellenkötter entgegen. Ausgerechnet der! Sein rosa

Hütchen sah blass aus im Laternenlicht, angegraut. Er grüßte nicht einmal. Hatte er Tjaden nicht erkannt? Das Treffen schien ihm peinlich zu sein, oder... Als Tjaden um die nächste Ecke bog, wäre er um ein Haar mit einer anderen Radfahrerin zusammengestoßen. Es ging so schnell, dass er wenig von ihr wahrnahm. Kräftig, und nicht mehr jung? Er drehte sich nach ihr um, aber sie war schon im Nebel verschwunden.

Die Tür des „Hauses Wattfried" stand offen, laute Stimmen waren zu hören. Fenna! Was war passiert? Er stürmte ins Haus.

Vierhundert Zeugen

„Geh aus mein Herz und su-uche-e Freud ...“ sangen einige Unverdrossene in der Halle des Hospiz'. Das Harmonium eilte munter anspornend voraus, aber die Sänger und Sängerinnen waren heute müde, spärlich und müde. Trotz des herrlichen Wetters. An diesem Morgen war die Sonne an einem wolkenlosen Himmel aufgegangen. Endlich! Der Wind hatte gedreht, wehte jetzt von Osten, und es war wärmer geworden. Das Tief „Ulrike“ war im Laufe der Nacht vom lange erwarteten Hoch „Willy“ abgelöst worden. Wie früher, fiel ihm ein, als das Hoch immer männlich war und das Tief weiblich. Maria sagte immer: Typischer Fall von frauenfeindlicher Meteorologie!

Statt des Harmoniums war das Fernsehgerät nebenan umlagert. Jeder wollte noch vor dem Frühstück die Tagesschau sehen.

Vor dem Foto Bodo Bogatzkis, der betont seriös durch eine randlose Brille in die Kamera schaute, verkündete der Nachrichtensprecher, der auch jetzt leicht zu lächeln schien: „Der bekannte Autor und Literaturkritiker Bodo Bogatzki ist tot. Er starb am Sonntagabend unter noch ungeklärten Umständen auf der Nordseeinsel Langeoog. Die Kriminalpolizei ermittelt.“

Das Lächeln verging nicht. Der Mann verbreitete weiter freundliches Einverständnis mit seinem Publikum, der Welt und sich selbst. Seid unbesorgt, schien dieses Lächeln zu sagen. Seht, ich verkündige euch großes Unheil, aber was ich euch auch zu sagen habe, alles ist gut, alles ist in Ordnung, der Bogatzki ist tot, die Ursache wird noch untersucht, aber nur keine Angst, ich lächle weiter.

„Wann hört der endlich mal auf mit seinem verdammten Grinsen?“ brach es aus Mia Farrow der Zweiten heraus. Tjaden traute seinen Ohren nicht. Das waren starke Worte aus einem zartrosa angemalten Mund in einem zarten rosa Gesichtchen. Was ging in diesem Köpfchen vor, das aus dem weißen Krägelchen ragte? Erstaunlich, welchen Anteil sie nahm. Der Pfarrer legte ihr beruhigend die Hand auf den Arm. Na ja, wenigstens zwei, die das Schicksal zusammengebracht hat, dachte Tjaden.

„Das Wetter!“ jubilierte der Lächelnde abschließend. „Das Hoch Willy breitet sich über ganz Norddeutschland aus. Der

Sommer hat endlich begonnen!“ Heiter bis wolkig, Temperaturen an der Küste heute bis 25 Grad ...

Der Tote war noch in der Nacht mit dem Seenotrettungskreuzer aufs Festland gebracht worden. Im Gerichtsmedizinischen Institut von Wittmund waren jetzt die Pathologen gefragt.

Kriminalhauptkommissar Onno Tjaden hatte vor Ort die Aufklärung des Falles übernommen.

Die Urlauber im Frühstücksraum freuten sich über die frischen Inselbrötchen auf ihrem Tisch. Das Frühstücksei war gerade richtig, nicht zu weich und nicht zu hart, der Kaffee stark genug, um den Schlaf zu ersetzen, den Tjaden in dieser Nacht entbehrt hatte. Er streckte die Hand nach dem Brotkorb aus - und zog sie wieder zurück. Eigentlich war ihm gar nicht nach einem Inselbrötchen, so kross es auch immer sein mochte, zumute.

„Blass sehen Sie aus“, sagte Gabriele Wolny mit aufreizend mütterlichem Unterton. „Keinen Appetit? Die Sache ist Ihnen wohl aufs Gemüt geschlagen?“ Dabei gab sie sich ganz cool. „Und hat man schon Verdächtige?“

Natürlich hatte es sich längst herumgesprochen, dass er von der Kripo war. Derjenige welcher, Mordkommission und so weiter. Wer dieses Wissen verbreitet hatte, wusste er nicht, aber nun war es egal, er musste sowieso sein Inkognito lüften.

„Jeder ist verdächtig, der an diesem Abend dabei war. Das gesamte Publikum also“, sagte er und köpfte mit einem energischen, doch seelenlosen Schlag sein Frühstücksei. Leider bewies er wenig Fingerspitzengefühl, denn das Gelbe floss heraus, floss über den Eierbecher mit dem feinen blauen Rand, floss auf den Teller. „Sauerei“, murmelte Tjaden. „Ungeschickt lässt grüßen, sagt meine Mutter immer.“

„Na, Herr Kommissar, für Ihre Untersuchungen wünsche ich Ihnen aber mehr Gefühl!“ lachte Gabriele Wolny. „Und mehr Beherrschung. Sie lassen Ihre Frustration ja an dem armen Ei ab. Das kann doch nichts dafür, dass Sie da einen ziemlich undankbaren Job übernommen haben.“

Tjaden schwitzte. Die Morgensonne knallte auf den Tisch, dieser wunderbare Fensterplatz hatte auch seine Tücken.

„Waren Sie denn gestern Abend auch dabei?“ fragte er, so harmlos wie möglich, ganz beiläufig. Das hatte sie nun davon. Er konnte ohne weiteres gleich mit dem Verhör beginnen, sie hatte schließlich das Thema angeschnitten. Mit einem Tjaden spielte frau nicht einfach so herum. Auch dieser Speisesaal für die älteren und alleinstehenden Herrschaften war kein Schonraum für Gäste.

„Ja“, antwortete die Wolny, klopfte mit dem Eierlöffel leichthändig auf ihr Frühstücksei und begann, geradezu zärtlich die zertrümmerte Schale abzupellen. Unter ihren kräftigen Fingerspitzen mit den kurzgeschnittenen Nägeln tauchte glatt und jungfräulich unberührt die weiße Kuppe auf. „Klar war ich da. Das war doch das Ereignis des Jahres hier auf der Insel. Ist doch sonst nicht viel los. Die halbe Insel war da.“

Die halbe Insel? Das war nun doch leicht übertrieben, aber Tjaden ließ sie reden, zuhören konnte nie schaden, vor allem in seinem Beruf.

„Der Saal war rappelvoll. Keinen Stuhl konnten Sie mehr kriegen. 15 DM Eintritt, ganz schön happig, so viel wie eine Kinokarte, bei Film mit Überlänge, und Überlänge ist praktisch immer. Aber den Bogatzki wollte man sich doch nicht entgehen lassen, den ...“

„Lieben Sie Literatur?“ unterbrach Tjaden sie nun doch und biss so abrupt in sein Brötchen, dass die Mischung aus Butter und Aprikosenmarmelade ihm seitlich zwischen den Zähnen hervorquoll. Er hob schnell die Serviette zum Mund, um zu verhindern, dass ihm das klebrige Gemisch auch noch in den Mundwinkeln hängen blieb.

„Literatur?“ antwortete die Wolny gedehnt. „Eigentlich weniger. Aber der Bogatzki hat mich interessiert.“

„Also persönliches Interesse?“

„Kann man so sagen.“ Seine Tischnachbarin verstummte, wischte sich mit ihrer Serviette über den Mund, faltete diese, ließ sie in der mit Hohlsaum verzierten Serviettentasche verschwinden und stand auf. „Schönen Tag noch, Herr Kommissar! Und machen Sie was draus!“ Täuschte er sich, oder war in ihren Worten Ironie versteckt, ein heimlicher Hinter- und Doppelsinn?

In der Halle sah er Dorothea Winkler vor ihrem Büro stehen, Gäste um sie herum. Eine schwarze Baskenmütze und ein altrosa

Leinenhütchen ragten aus der Menge heraus, die auf die Hausdame einredete. Aus dem allgemeinen Gemurmel – „Abreisen! Unerhört! So was auf Langeoog, unerhört!" – hob sich ein Satz heraus: „Man ist ja seines Lebens nicht mehr sicher!" rief ein älterer Herr mit beigefarbenem Blazer und ebensolcher Hose, die Frau an seiner Seite mit grauem Pagenschnitt wiederholte echoartig: „Nicht mehr sicher, nicht mehr sicher", und die Hausdame schüttelte nur beruhigend den Kopf und wiederholte beschwörend, immer lauter und lauter: „Jetzt ist Badezeit, Hochflut um zehn, warum gehen Sie nicht an den Strand? Wir haben doch alle so lange auf das schöne Wetter gewartet!"

Der Wasserturm erhob sich blendend weiß vor knallblauem Himmel, als Tjaden zur Polizeistation an der Kaapdüne hochging. Wie aus dem Bilderbuch, dachte er. Junge Eltern zogen ihre Kinder in Bollerwagen, mit bunten Eimerchen, Schippchen und Förmchen beladen, zum Strand hinunter. Sogar der Geruch von Sonnenöl lag schon in der Luft. Nussartig, dachte Tjaden, Kindheitsdüfte, so riecht die heile Welt! Aber über dieses idyllische Bild schob sich das Bild des Toten, wie er mit gebrochenen Augen, Schaum vor dem Mund und verkrampften Gliedern im "Haus der Insel" am Boden gelegen hatte ...

Am Schaufenster der Inselbuchhandlung hing noch das Plakat, das für seine Lesung werben sollte. Das Foto des Autors und Kritikers war das gleiche wie das aus der Tagesschau heute Morgen, ein Standardfoto. Wahrscheinlich hatte Bodo Bogatzki sich darauf besonders gut gefallen. Die wohlgeformte Hand ans Kinn gehoben, wirkte er jedenfalls wie ein Mann von Geist. Leute, die schrieben, sollten ja ganz besonders eitel sein. Ihm, Tjaden, wäre es nicht im Traum eingefallen, sich mit der Hand am Kinn ablichten zu lassen. Aber bei einem Kriminalbeamten waren die Hände vielleicht auch nicht so wichtige Werkzeuge, nicht vorgesehen für eine so edle Tätigkeit wie die eines Schriftstellers.

Mit Maria hatte Tjaden schon gesprochen. Keine Chance, dass er bald zurückkäme, jetzt schon gar nicht. Jetzt hatte er den Auftrag seines Lebens, jetzt wurde er wirklich gebraucht.

Er habe wohl Blut gerochen, hatte Maria am Telefon geklagt, und dies, hatte er entgegnet, sei doch wohl ein recht gewagtes, ja unpassendes Bild, woraufhin sie schnippisch erwidert hatte, hier passe doch wohl gar nichts mehr, ganz egal welches Bild sie wählen würde, jetzt und in Zukunft, es passe ihr nämlich überhaupt nicht, dass er nicht an ihrer Seite sei, es könne schließlich jeden Augenblick losgehen, der Tropf würde doch nichts bringen, und dann käme ihr Kind hutzelklein und mit verkümmerten Lungen auf die Welt, und sie war in Tränen ausgebrochen, woraufhin er sie mit zärtlichen Lauten zu besänftigen versucht hatte ... Warum er nicht ein paar Tage Urlaub nehme, hatte sie ihn schließlich sogar noch gefragt. Der Täter sei doch bestimmt längst über alle Berge. Höchstens übers Watt, hatte er sie korrigiert, um dann doch ernsthaft darauf hinzuweisen, dass dies ja gar nicht gesagt sei, denn auf der Insel falle es auf, wenn jemand vor der gebuchten Zeit verschwinde. Man werde die Listen der Kurgäste überprüfen. Wenn es denn überhaupt ein Kurgast gewesen sei ...

„Moin, Herr Kommissar!“ schallte es ihm entgegen.

Das blaue Schild der Polizeistation leuchtete mit dem blauen Himmel um die Wette. Das Gebäude war schon von Leuten mit Kameras vor dem Bauch und auf dem Buckel umlagert. Als jemand mit Mikrofon auf ihn zustürzte, eine Fernsehkamera im Schlepptau, winkte Tjaden ab. Durch drängelnde Rücken und Ellenbogen hindurch bahnte er sich seinen Weg zum Eingang.

„Geduld, meine Herren“, rief er souverän, und eine Stimme korrigierte ihn prompt: „Und Damen, Herr Kommissar!“ Tatsächlich tauchte hinter einer Kamera ein weibliches Gesicht auf, und die ganze Person kam ihm schon bedrohlich nahe.

Doch Peters öffnete rechtzeitig die Tür. „Moin, Onno!“ Sie setzten sich an den Tisch, der Polizist holte eine Thermoskanne und schenkte ihm, ohne zu fragen, Kaffee ein.

„Hier ist was los“, stöhnte er. „Wir machen 'ne Pressekonferenz, heute um 12.“

„Meine Schwester ist heute nacht überfallen worden“, sagte Tjaden.

„Was? Und davon weiß ich nichts?!“ Die Thermosflasche in Peters' Hand geriet ins Zittern und kleckerte.

„Einer hatte es auf ihren Fotoapparat abgesehen. So ein ganz modernes Ding, eine Digitalkamera.“

Ein Raubüberfall auf Langeoog? Beschaffungskriminalität vielleicht? Otto Peters war wie elektrisiert, so etwas kam hier auch nicht alle Tage vor. Vielleicht hatte ein Junkie die Insel und ihre Gäste entdeckt. Natürlich würde er Fennas teure Kamera sofort zu Geld machen, und als Tjaden sich gerade vorstellte, wie die Kamera in irgendeinem Rucksack übers Watt transportiert wurde, sah er wieder seine kleine Schwester vor sich, die kleine Pressefotografin, die ihre Karriere anvisierte ... „Fenna hat doch Fotos von der Lesung gemacht! Und auf den Bildern..."

„... ist möglicherweise der Mörder zu sehen", beendete Peters den Satz und nahm einen herzhaften Schluck aus dem Kaffeebecher.

„Da wollte vielleicht jemand gar nicht die Kamera, sondern die Fotos. Könnte doch sein, oder? Und wenn das so war, was schließen wir daraus?"

„Dass der Mörder Angst hat. Auf Nummer sicher gehen will. Wahrscheinlich hat ihn deine Schwester gerade erwischt, wie er sich sein Autogramm vom Meister abholt. Oder - wie er das Gift in die Kaffeetasse fallen lässt. Oder ..."

„Ach ja: Gift", hakte Tjaden ein. „Gibt es Neues aus der Gerichtsmedizin?"

Peters schob ihm ein sich rollendes Faxpapier über den Tisch. „Hier, das vorläufige Ergebnis: Zyankali. Den Bogatzki hat eindeutig einer vergiftet." Peters fühlte sich sichtlich unwohl in seiner Haut. „Mensch Tjaden, das ist mir drei Nummern zu groß, bloß gut, dass du schon hier bist."

„Zyankali wirkt sofort. Es muss ihm also unmittelbar vor dem Zusammenbruch verabreicht worden sein. Das heißt also ..."

„Bei der Lesung. Oder genauer noch: als er die Bücher signierte." Der Tod stand Schlange - das wäre eine tolle Überschrift für BILD, dachte Tjaden - und schon fiel ihm wieder Fenna ein.

„Gestern Abend haben gleich ein paar Leute übereinstimmend ausgesagt, dass der Bogatzki sich mehrmals aus dieser blauen Thermoskanne bedient hat", sagte Peters. „Den ganzen Abend hat der Kaffee getrunken. In der Kanne kann das Gift also nicht gewesen sein. Erst bei der letzten Tasse - da ist es passiert."

Verdächtig waren alle, die bei der Lesung dabei waren. Alle, die vorn gestanden hatten und ihr Buch vom Meister signiert haben wollten. Aber vor aller Augen ihm Gift in die Kaffeetasse zu tun, das war ein wahnsinniges Risiko ... Eins konnte man schon jetzt festhalten: Der Täter hatte Mut. War es vielleicht der Mut der Verzweiflung? Was trieb einen dazu, so tollkühn zu sein? Das Motiv, was war das Motiv?

„Sieh dir doch mal das hier an", sagte Peters und legte Tjaden ein Blatt Papier auf den Tisch. „Meinst du, dass das was mit dem Mord zu tun hat?"

In Druckbuchstaben, die Tjaden schon bekannt vorkamen, aber diesmal mit breitem schwarzen Filzstift gemalt, stand darauf:

DIE DÜNE BRENNT - GIFT IM BABYGLAS -
BOMBEN AUF DAS DEUTSCHE VOLKSLIED ...
ALLES NUR VORSPIEL: DER LETZTE AKT FOLGT!

„Wir waren gewarnt!" rief Tjaden. „Menschenskind, Peters, wo hast du denn das her?"

„Es steckte im Postkasten, ich hab' es erst heute früh gefunden. Nicht gestern Abend noch, wie's wohl gedacht war."

„Hätte das was geändert?"

„Wohl kaum. Hätten wir dem Bogatzki eine Leibwache stellen sollen? Personenschutz auf Langeoog, im Haus der Insel - das wär' doch lächerlich gewesen. Wer konnte denn überhaupt ahnen, dass die es jetzt auf den abgesehen hatten!"

„Die?"

„Na, der Täter, die Täter - was weiß ich."

„Oder - die Täterin?"

Was hatte all das, was vorher passiert war und für Unruhe auf der Insel gesorgt hatte, mit diesem Mord zu tun? Das war die Frage.

Tjaden räumte ziemlich kleinlaut ein, dass er keine Ahnung habe, ob es da einen Zusammenhang gab. Als erstes müssten sie sich mit Bogatzki befassen. Hatte er mit irgendwem auf der Insel in Beziehung gestanden? Hatte er jemanden getroffen oder treffen wollen? Man müsste sich um sein Hotelzimmer und sein Gepäck kümmern. Und wo war er gewesen, ehe er auf die Insel gekommen war? Zwei Tage vorher hatte sich das „Literarische

Terzett" im Hamburger Fernsehstudio getroffen, Bodo Bogatzki sei in Hochform gewesen, hieß es. Er wohnte in Bremen und war unverheiratet. Gab es Verwandte, Freunde? Tjaden hatte die Kollegen drüben schon darauf angesetzt, das private Leben des prominenten Toten vor Ort zu durchleuchten. Sie sollten Bogatzkis Wohnung und seinen PC unter die Lupe nehmen. Mit wem hatte er korrespondiert, mit wem in Verbindung gestanden? Gab es Briefe, Tagebücher, sonstige Aufzeichnungen? Und dann war zu klären, woher der Täter das Gift hatte. War irgendwo Zyankali gestohlen worden?

Und wie war hier auf der Insel vorzugehen? „Circa 11 000 oder 12 000 Urlauber befinden sich auf Langeoog, außerdem 2 200 Insulaner", sagte Tjaden. „Gehen wir davon aus, dass der Täter bei der Lesung anwesend war. Rund 400 Besucher waren da, der Saal war ausverkauft. Wir haben also rund 400 Verdächtige. Und bisher keinerlei Anhaltspunkt, wer der Täter sein könnte."

„Man könnte schon mal ein Flugblatt erstellen", sagte Harm Eversmeier eifrig. Erstellen! Da war es wieder, dieses Wort, bei dem Tjaden schlecht wurde. Aber dennoch, keine schlechte Idee. „Gut, Eversmeier" – er sah ihn vielsagend an, der junge Kollege kannte die Marotte seines Chefs – „entwerfen Sie bitte ein Flugblatt und fordern Sie alle auf, die bei der Lesung waren, sich als Zeugen bei der Polizei zu melden. Klar? Und die Zettel dann bitte auf der ganzen Insel verteilen!"

Als er, Eversmeier im Schlepptau, aus der Tür trat, klickten die Kameraverschlüsse, Blitzlicht zuckte, Mikrofone streckten sich ihnen in den Weg, und eine Männerstimme rief: „Gibt's was Neues, Herr Kommissar? Können Sie uns etwas über den Stand der Ermittlungen sagen?"

Tjaden schob die Mikrofone beiseite. „Um 12 Uhr, meine Damen und Herren, um 12 Uhr!"

Der letzte Termin

Bodo Bogatzki war im „Friesischen Hof“ abgestiegen, einem Hotel im Ortszentrum. Den Schlüssel hatte Tjaden in der Jackentasche des Toten gefunden und das Zimmer noch in der Nacht versiegeln lassen. Jetzt legte er der jungen Frau an der Rezeption seinen Dienstausweis auf die Theke. Die Frau warf einen misstrauischen Blick auch auf Eversmeiers Ausweis, den dieser ihr unter die Nase hielt, und sagte endlich: „Sie können nach oben fahren. Dritter Stock, Nummer 317.“ Es klang gönnerhaft, so als könnten die beiden Herren von der Kripo froh sein, dass diese Dame ihnen im Namen der Geschäftsleitung erlaubte, jener unangenehmen Mordsache in ihrem Hotel nachzugehen.

Natürlich war das Zimmer leer. Aber es schien sogar noch leerer, als es normalerweise war, wenn der Gast abwesend war. Total unbewohnt. So verlassen, dass es einen in der Kehle würgen konnte. Tjaden räusperte sich und warf einen scheuen Seitenblick auf Harm Eversmeier, der neben ihm stumm darauf wartete, dass sein Vorgesetzter mit der Spurensuche begann. Nur eine dunkelblaue Reisetasche mit auffälligem Markenzeichen stand auf der Gepäckablage, ein unförmiger Fremdkörper, der in diesem total leeren Hotelzimmer gestrandet war. Tjaden öffnete den Reißverschluss und schaute hinein. Kulturbeutel, Leder, braun. Schlafanzug, Jersey, gemustert mit kleinen schwarzen Golfschlägern auf grünem Grund. Ein Paar Boxershorts, Baumwolle, gemustert, kleine grüne Golfschläger auf schwarzem Grund. Ein Herrenoberhemd, jeansfarben, korrekt gefaltet. Ein Paar grüne Herrensocken, ebenfalls mit Golfschlägermuster, und ganz unten noch ein Buch: „Garantiert schreiben lernen“, von einer gewissen Gabriele Paco. Nie gehört, notierte Tjaden in Gedanken, schlug es auf und sah erstaunt, dass jemand dieses Buch offenbar kräftig durchgearbeitet hatte: Die Ränder waren mit Kommentaren vollgekritzelt und die Zeilen mit verschiedenen Farben markiert. Wer wollte hier denn noch schreiben lernen? Der Kritiker Bogatzki beherrschte doch wohl sein Metier. Aber wahrscheinlich wollte er nun auch noch das Dichten anfangen. Während Tjaden in dem Buch blätterte, zog sein Kollege aus einer Seitentasche des Gepäckstücks eine, nein, zwei Badehosen heraus: Nylon, Stretch, alle beide schwarz und äußerst knapp. Er hielt sie mit spitzen Fingern hoch und fragte seinen Vorgesetzten. „Wie finden Sie denn die?"

Tjaden grinste. „So eine war in meiner Jugendzeit in katholischen Gegenden noch verboten. Mit Dreiecksbadehosen flog man raus aus dem Schwimmbad!"

Harm Eversmeier starrte ihn verwundert an. „Woher kennen Sie sich denn mit katholischen Schwimmbädern aus?"

„Meine Patentante wohnte in Cloppenburg", sagte Tjaden mit leiser Wehmut in der Stimme, denn ihm wurde gerade bewusst, dass dies alles, seine Kindheit und Jugend, unwiederbringlich vorbei war. „In den Schulferien habe ich Tante Angela manchmal besuchen dürfen. Da badeten Männlein und Weiblein noch streng getrennt. Nur an einem Nachmittag in der Woche war Familienbadetag. Aber nicht in solchen Hosen, kann ich Ihnen sagen!"

Auf dem Nachttisch kein persönlicher Gegenstand, das Bett unberührt. Er öffnete die Tür zum Bad. Ein Handtuch und das hauchdünne Scheibchen Gästeseife zeigten Spuren von Gebrauch. Im Zahnputzglas steckte eine Zahnbürste mit violettem Griff, aber ungemustert, ohne Golfschläger. Daneben eine Flasche Mundwasser. Tjaden schraubte den Verschluss auf und roch daran. Kein Zweifel, Mundwasser und sonst nichts. Der Gast hatte sich offenbar nach der Reise kurz frisch gemacht. Und die Toilettenbrille war hochgeklappt. Bei diesem Anblick hätte sich seine Mutter schon wieder lauthals erregt. In ihrem Haus hatte sie den Männern verboten, weiterhin im Stehen zu pinkeln. Das sei nämlich absolut unhygienisch, weil es spritzte. Nur Machos lassen noch im Stehen der Natur ihren Lauf, hatte sie ihrem Sohn verkündet. Der gehorchte mittlerweile, wenn er bei seinen Eltern zu Gast war. Bogatzki also, so viel stand schon fest, war ein Macho. Gewesen, ergänzte Tjaden in Gedanken. Ein Macho also. Vielleicht war er aber auch nur ohne dauerhaften weiblichen Einfluss gewesen, ohne Lebenspartnerin in gemeinsamer Wohnung, ein einsamer Wolf, dem höchstens eine Zugehfrau hinterherwischte.

„Einen Boonekamp aus der Minibar hat er getrunken", rief Eversmeier, der den Papierkorb inspizierte.

„Ein Magenbitter? Also hatte er Magenprobleme", stellte Tjaden fest. Und sofort war er froh, dass Maria das jetzt nicht gehört hatte. Sie machte sich immer gnadenlos über ihn lustig, wenn er etwas Selbstverständliches von sich gab.

„Und eine Flasche Pikkolo. Wahrscheinlich der Begrüßungssekt vom Hotel. Mehr nicht. Magere Ausbeute."

Mut hatte der sich doch wohl nicht antrinken müssen. War doch alles Routine, diese Tingeltour. Jeden Tag ein anderer Saal, aber überall das gleiche saftige Honorar.

Magere Ausbeute. Aber hier, was war das ... Tjaden zog die Nachttischschublade auf, worin eine Bibel lag und ein kleines schwarzes Büchlein mit Goldschnitt. Bogatzkis Taschenkalender!

Am 17. Juli, dem Tag seiner letzten Lesung, also gestern, war eingetragen: „20 Uhr: Haus der Insel, Langeoog".

Darunter stand: „Anruf S. R. Tel. 738".

Am 19. Juli wollte er mit dem ersten Schiff zurückfahren nach Bensersiel. Die Inselbahn ging um 8.15 Uhr.

„Einen ganzen Tag wollte er auf der Insel bleiben, ohne Hin- und Rückfahrt, einen ganzen Tag. Was hatte er hier vor? Wenn wir das herausgefunden haben, sind wir schon einen Schritt weiter."

„Vielleicht wollte er nur ausgiebig in der Nordsee baden?" fragte Eversmeier grinsend. „Eine Badehose zum Wechseln hatte er ja dabei. Das nasse Zeug auf der Haut soll ja so ungesund sein. Vor allem in seinem Alter!"

Tjaden angelte nach seinem Handy und wählte: 0 4 9 7 2 7 3 8.

„Haus Sanddorn", sagte eine Frauenstimme.

„Hier Tjaden, Kriminalpolizei. Ich habe eine Frage an Sie." Am Telefon sprach Tjaden immer mit natürlicher Würde und hörte sich äußerst seriös an, das wusste er nicht nur von Maria.

„Moin, Onno!" jubelte es ihm entgegen. „Bist du auch mal wieder im Land? Diesmal dienstlich, ist ja toll aufregend, was da gestern Abend passiert ist, was? Und das bei uns auf Langeoog! Wer hätte denn so was für mög ..."

„Haus Sanddorn, Vangerow-Pad, ist das richtig?" Nur mit Mühe war es Tjaden gelungen, den Redestrom der Frau zu stoppen. Außerdem hatte er keine Ahnung, wer sie war. „Ich komme gleich mal vorbei!" Und er fügte noch hinzu: „Dienstlich." Sicher war sicher.

„Ich freue mich!" jubelte es wieder, bis er sein Handy ausschaltete.

Den Taschenkalender steckte er ein, alles andere würde abgeholt werden.

„Wer zahlt die Rechnung?" fragte die junge Frau an der Rezeption. „Die Kripo vielleicht? Und können wir das Zimmer wieder belegen? Ist doch Hochsaison!"

„Ich lasse das Zimmer morgen früh räumen", versprach Tjaden. „Und wegen der Rechnung - da hören Sie von uns. Wir prüfen noch, ob der Tote Verwandte hatte."

Die Frau sah ihn skeptisch an. Sie konnte wohl gar nicht glauben, dass ein Kriminalhauptkommissar so unwissend war. Aber über die persönlichen Lebensverhältnisse Bogatzkis wusste er wirklich noch viel zu wenig. Wieder schlug er den Taschenkalender auf. Im Adressenverzeichnis unter „B" wie Bogatzki nur ein Eintrag: „Ella Bogatzki, Kurt-Schumacher-Str. 33, Essen". Vielleicht eine Schwester? Im Ruhrpott. Jedenfalls musste sie sofort benachrichtigt werden.

Im „Haus Sanddorn" musste Tjaden erst die Erinnerungen der Kati Lübbers über sich ergehen lassen. Sie empfing die Herren im Flur. Tjaden kannte sie aus der Zeit, als er sich in Esens auf sein Abitur vorbereitet hatte. Dunkel erinnerte er sich an Küsse, die nach Lippenstift schmeckten. Auf den Lippen Sand, überall Sand. Kati war ins Hotelfach gegangen.

„Ich bin geschieden und jetzt überzeugter Single", sagte sie. „Und du?"

„Verheiratet. Zum ersten Mal. Wir bekommen gerade unser erstes Kind."

„Und da läufst du hier noch rum? Musst du nicht Händchen halten?"

„Geht jetzt nicht." Dass er eigentlich froh darüber war, sagte er nicht. Er konnte Maria nicht leiden sehen, aber was ging das Kati an. „Du weißt doch, weshalb ich hier bin?" Tjaden hatte Mühe, den Anlass seines Besuchs zur Sprache zu bringen, "rüberbringen" hätte Fenna das genannt. „Bogatzki. Der tote Kritiker!"

„Und?“ fragte Kati kokett zurück. „Was hab' ich damit zu tun? Meinst du, der Mörder wohnt hier bei uns?“

Tjaden zog sich einen Stuhl heran und setzte sich. „Wir wissen aus dem Terminkalender des Toten, dass er eure Nummer entweder anrufen wollte oder tatsächlich angerufen hat. Weißt du etwas darüber?“

Kati stellte fest, dass sie von einem solchen Anruf keine Ahnung habe. Es sei aber auch ihr freier Nachmittag gewesen, und vielleicht habe ihr Kollege Frerk Göke den Anruf entgegengenommen.

„Wir haben Zimmertelefon, aber Gespräche müssen von der Rezeption aus vermittelt werden“, sagte sie. „Der Frerk ist heute Abend wieder im Dienst, da kannst du ihn selber fragen.“

„Wohnt denn bei euch jemand, dessen Name die Initialen S. R. hat?“

Kati holte das Gästeverzeichnis hervor, und beide gingen die Namen durch. Sie fanden eine Susanne und einen Stefan, aber die Familiennamen passten nicht. „Fehlanzeige“, murmelte Kati. „Aber hier! Sandra Rosemann. Vor acht Tagen angekommen. Die könnte es sein!“ rief sie triumphierend. Bestimmt hatte sie sich auch immer gewünscht, einmal in einem „Tatort“ mitzuspielen, wenigstens als Statistin.

Tjaden warf einen Blick auf die Eintragungen: Knapp 19 Jahre alt, Studentin, Wohnort: Gießen. Seit drei Tagen war sie auf der Insel, zwei Wochen hatte sie gebucht. Was hatte sie mit Bodo Bogatzki zu tun? War sie ein Groupie, das ihm nachreiste und sich in seinem Fernsehruhm sonnte? So etwas sollte es geben. Und der Bogatzki sollte ja ein ziemlicher Frauenheld gewesen sein. Prominenz macht sinnlich, Macht macht attraktiv. Und als Literaturpapst hatte es ihm an Macht zweifellos nicht gefehlt.

„Ist Frau Rosemann denn da?“ Eigentlich unwahrscheinlich bei dem Bombenwetter, da strömte doch alles an den Strand. Wozu war man denn hier auf der Insel? Bestimmt nicht dazu, um in einem miefigen Pensionszimmer vor sich hinzudämmern. Die Sonne ließ 12 000 Menschen wie die Lemminge an den Strand strömen. Wer im Zimmer blieb, musste entweder krank oder verrückt sein.

„Ihr Zimmerschlüssel ist nicht da. Wir schauen mal nach.“

Zwei Treppen hoch, ein enger dunkler Gang. Zimmer 37. Kati klopfte an. Nichts rührte sich.

Sie klopfte noch einmal und rief: „Frau Rosemann?"

Endlich öffnete sich die Tür. Langsam, wie in Zeitlupe. Eine junge Frau in einem dunkelgrünen Bademantel starrte sie an. Eigentlich noch ein junges Mädchen, früher hätte Tjaden „Fräulein" zu ihr gesagt. Sie hatte offenbar geweint, ihre Augenlider waren geschwollen. Ihr dunkles, sehr kurz geschnittenes Haar sah verstrubbelt aus, als wäre sie gerade aus dem Bett aufgestanden.

„Frau Rosemann? Ich bin Hauptkommissar Tjaden. Kann ich Sie einmal sprechen?"

Erschrocken war sie, das ließ sich nicht übersehen. „Einen Augenblick", murmelte sie. „Ich ziehe mir nur etwas an."

Dann saß Tjaden ihr gegenüber. Sie trug ein weißes T-Shirt mit dem Aufdruck „Eine Rose ist eine Rose ist eine Rose" und hellblaue Bermudashorts. Er ließ den Blick durch das winzige Pensionszimmer wandern. Ein Bett, ungemacht, ein Schrank, schmal, ein Tisch, ein Rattansessel. Ein winziger Fernsehapparat. Und neben der Tür ein Koffer, offensichtlich fertig gepackt.

„Sie brechen Ihren Urlaub ab?"

Das junge Mädchen nickte stumm.

„Sie sind Studentin?"

„Ich fange im Herbst an. Mit Jura."

„Ich habe ein paar Fragen an Sie im Zusammenhang mit dem Tod von Bodo Bogatzki. Sie haben davon gehört, nehme ich an?"

Die junge Frau nickte wieder stumm und starrte auf die Resopalplatte des Tisches, auf der eine Muschel lag, eine große weiße Sandklaffmuschel. Eine halbe Muschel, genauer gesagt.

„Waren Sie gestern Abend auch im Haus der Insel?"

Wieder nickte die junge Frau. Sie griff nach der Muschel und hielt sich an ihr fest.

„Wir haben die Telefonnummer dieses Hauses und die Initialen Ihres Namens im Kalender des Toten gefunden. Hat er Sie angerufen?"

„Ja." Sandra nickte wieder, räusperte sich, als sei ihr die Kehle zugeschnürt. „Wir haben kurz miteinander gesprochen. Wir – wir wollten uns nach der Lesung treffen."

„Und in welcher Beziehung standen Sie zu ihm?"

Die junge Frau starrte vor sich hin. Sie presste die Muschelhälfte in ihrer Hand, dass die Haut über den Knöcheln sich spannte und blass wurde. Plötzlich hob sie den Kopf und sagte überraschend laut und deutlich: „Ich - er - ist mein Vater." Und dann, wieder kaum hörbar: „Das glaube ich jedenfalls."

„Sie sind sich nicht sicher?"

„Nein. Ja. Ich weiß es nicht. Ich habe meinen Vater nie gekannt. Meine Mutter war - alleinerziehend. Und an meinem 18. Geburtstag - da hab' ich endlich wissen wollen ..."

„Und Ihre Mutter hat Ihnen seinen Namen genannt."

„Ja. Bodo Bogatzki. Sie waren mal Kollegen gewesen, bei irgendeiner Zeitung, glaube ich."

„Und dann haben Sie Verbindung mit ihm aufgenommen?"

„Ich habe ihm geschrieben. Ihm gesagt, dass ich seine Bücher bewundere und überhaupt - und dass ich ihn gern kennen lernen würde. Ich wusste ja, dass er nach Langeoog kommt."

„Und - was haben Sie am Telefon vereinbart?"

„Dass ich nach der Lesung auf ihn warte. Ich hab' so getan, als wär' ich ein Fan von ihm. Ich konnte ihm doch nicht sagen - ich wollte ihn nicht schockieren - ich meine, ich weiß doch gar nicht, was er gesagt hätte, wenn ..." Sie brach in Tränen aus.

Tjaden stand auf, ging ans Fenster und betrachtete lange den Hinterhof eines Getränkeverlags im Nachbarhaus. Leere Bierkästen stapelten sich, dahinter ragte die Düne auf. Und darüber der wolkenlos blaue Himmel. Langeoog hatte endlich seinen Sommer.

Er wartete, bis Sandra sich hinter ihm geräuschvoll die Nase geputzt hatte. Dann fragte er: „Wo waren Sie, als er zusammenbrach?" .

„Ich stand noch in der Schlange. Ich hatte ein Buch dabei, das meiner Mutter gehört, da stand auch ihr Name vorne drin, sie hat es mir geschenkt, ein Buch über Langeoog, das wollte ich ihm hinlegen zum Signieren - so sollte er mich erkennen, hatte ich mir gedacht, und ich wollte wissen, wie er reagieren - ob er mich erkennen würde ..." Wieder brach die Stimme ab.

Im Hof war ein Elektrokarren vorgefahren, und ein junger Mann mit kräftigem Pferdeschwanz und üppigen Tätowierungen auf den Oberarmen wuchtete Bierkästen auf die Ladefläche.

„Und? Da standen Sie nun in der Schlange. Sind Sie bei ihm angekommen?"

„Nein!" stieß sie hervor. Das klang trotzig, wütend. Ein Mörder war schneller gewesen als sie, er hatte es ihr verwehrt, den Vater auf die Probe zu stellen, er hatte die Hoffnung zerstört, der Vater könnte sie, die Tochter, erkennen und annehmen. Aber er hatte sie auch vor der Enttäuschung bewahrt, abgewiesen zu werden und den Vater auf eine noch brutalere Art zu verlieren, als ihr jetzt zugestoßen war. Ganz und gar und für immer.

„Und gesehen haben Sie nichts? Wer war vor Ihnen?"

„Das weiß ich nicht, ich habe nur seine Hände gesehen. Er ist, er war Linkshänder, genau wie ich. Und er hatte meine Fingernägel! Hier, sehen Sie!"

Sie streckte Tjaden ihre Hände entgegen. Schmal, aber mit breiten Nägeln, die etwas unharmonisch wirkten. Sie hatten auffallend große weiße Monde.

Wie alle anderen hatte sie nur seine Hände gesehen. Und den gesenkten Kopf, von der Seite oder von oben. Niemand hatte die Kaffeetasse beachtet und jene Hand, die wie zufällig über ihr war, für den Bruchteil einer Sekunde über ihr schwebte, sie abschirmte und etwas hineinfallen ließ ...

Vor den Augen aller ein Verbrechen begehen, und doch sieht es niemand. Weil alle woanders hinschauen, etwas anderes im Blick haben. Zauberkunststücke funktionieren so. Im Russischen heißt der Zauberer „fokusnik", weil er die Blicke aller auf einen Fokus lenkt, damit niemand wahrnimmt, was er gleich tun wird. Im Haus der Insel war offenbar auch solch ein „fokusnik" am Werk gewesen.

„Wer vor mir war? Ein paar Frauen – ob ich sie wiedererkennen würde, weiß ich nicht. Ein paar Männer waren auch dabei. Junge und ältere ..."

Das führte nun nicht gerade weiter.

„Und plötzlich, kurz bevor ich dran war – bei ihm war ..." Sie schluchzte laut auf.

Tjaden ging zu ihr hinüber und legte ihr tröstend die Hand auf die Schulter. Unter dem dünnen Stoff ihres T-Shirts spürte er ihr Schlüsselbein – zart wie die Knöchelchen eines Vogels.

„Können Sie mir das Buch zeigen?" fragte er nach einer Weile.

Sie stand auf, so dass seine Hand von ihrer Schulter rutschte und für einen Augenblick nutzlos auf der Sessellehne lag, während sie doch sonst dazu diente, professionellerweise Trauernde zu trösten und dennoch Abstand zu wahren, Sandra stand auf, ging zum Bett, griff unter das zerknüllte Kopfkissen und holte ein Buch im roten Einband hervor. Und schlug es auf.

„Marie-Luise Rosemann" stand dort in fester zügiger Schrift. Schon leicht verblasst, aber noch war sichtbar, dass die Schreiberin eine handfeste Person war, mit beiden Beinen auf der Erde.

„Ihre Mutter", stellte Tjaden fest.

Das junge Mädchen nickte.

Es war ein Buch mit Abbildungen alter Postkarten. Im handlichen Querformat. Tjaden begann zu blättern. Badekarren, Strandleben um die Jahrhundertwende. Frauen mit Badeanzügen bis zum Knie. Das Rettungsboot in den tobenden Wellen. Vormann Otten, Vormann Tjaden. Die Männer alle im steifen Ölzeug, den Südwester tief in die Stirn gezogen. Die hatten nur eines im Blick: die Rettung von Schiffbrüchigen. Was sonst um sie herum geschehen wäre, hätte keiner von ihnen wahrgenommen. Es galt nur, Menschen, die um ihr Leben kämpften, aus der tobenden See zu holen. Manchmal waren sogar Frauen mitgerudert, wenn Not am Mann war, aber von denen gab es natürlich keine Postkarten.

Tjaden blätterte weiter. Dünenblick, Strandkörbe, die alte Inselbahn, die eine Pferdebahn war. Den Pferden stand das Wasser bis zum Hals. Plötzlich fiel ihm wieder der Traum ein, den er in der vergangenen Nacht gehabt hatte. Wie die Pferde auf diesem Foto sollte er selbst die schweren Wagen übers Watt ziehen. Das Wasser stieg und stieg ihm über den Kopf, bis er unterging.

„Kannte Ihre Mutter Langeoog?"

Sandra lachte. Sie lachte zum ersten Mal und wirkte plötzlich viel jünger, als sie war. „Ob sie Langeoog kannte? Nicht richtig. Sie war ja nie mehr da gewesen - danach."

„Aber einmal war sie da?"

„Ja. Zusammen mit meinem Vater. Ein einziges Mal. Das war vor meiner Geburt. Ich bin - sie ist hier schwanger geworden."

Deshalb also hatte das junge Mädchen diesen Ort gewählt, um ihren Vater zu finden. Aber immerhin war sie nicht nur eine

Trauernde, sondern auch eine Verdächtige. Gelegenheit hätte sie gehabt. Aber das Motiv? Dem Anschein nach gab es keins. Ein Kriminalbeamter durfte jedoch nicht dem Anschein trauen, er musste ihn hinterfragen, wie es in seiner Ausbildungszeit geheißen hatte. Auch so eine blödsinnige Floskel. Sie könnten auch ein bisschen hintenrum fragen, hatte ihr Ausbilder immer gesagt. Also hinterfragte Tjaden, wenigstens ein Stück weit.

„Wo ist Ihre Mutter jetzt? Was macht sie?"

„Sie wohnt in Hessen, in der Nähe von Gießen. Das Dorf heißt Leihgestern."

„Wie heißt das?" fragte Tjaden ungläubig.

„Ein schöner Name, nicht?" Nun lächelte Sandra ein wenig. Offenbar hatte sie Sinn für Sprache. Hatte sie den von ihrem literaturbeflissenen Vater geerbt? „Meine Mutter unterrichtet da an einer Gesamtschule."

„Hatten Sie seit gestern Abend Kontakt mit ihr?"

Sandra schüttelte den Kopf.

„Warum nicht? War sie dagegen gewesen, dass Sie hierher fuhren, um Bogatzki zu treffen?"

„Sie war nicht gut auf ihn zu sprechen. Sie wollte mir das Ganze ausreden. Aber ich, ich wollte doch ..."

Einen Vater haben, ergänzte Tjaden stumm. Einen Vater wollte sie haben, ganz gleich, was für einen.

„Haben Sie einen Strandkorb gemietet?" fragte er.

Sie starrte ihn verblüfft an. „Warum wollen Sie das wissen? Nein, hab' ich nicht. Ich mag nicht so lange an einer Stelle sitzen. Das macht mich verrückt! Ich bewege mich lieber. Die vielen kleinen Kinder, das Geschrei, diese Familien um mich herum. Das macht mich verrückt! Außerdem ist mir ein Strandkorb zu teuer. Das kann ich mir nicht leisten."

„Aber Sie gehen regelmäßig schwimmen?" Am Fenster hing ein rostroter Badeanzug zum Trocknen.

„Ja. Das liebe ich an der Nordsee. Sich in der Brandung treiben lassen. Gegen die Wellen kämpfen." Plötzlich kam doch wieder ein Glanz in ihre Augen. „Meine Mutter ist auch so. Wir sind früher in den Schulferien immer an die Nordsee gefahren."

„Aber nicht nach Langeoog?"

Wieder schüttelte sie den Kopf.

„Und ein Fahrrad? Haben Sie sich ein Fahrrad gemietet? Wenn Sie sich doch so gern bewegen - zu Fuß hier auf der Insel hat man doch keinen so großen Bewegungsradius ..."

Merkwürdigerweise wurde Sandra rot. Die Röte stieg ihr aus dem Ausschnitt des T-Shirts, stieg den Hals hoch und ergoss sich über ihr Gesicht. „Manchmal - nehme ich mir ein Fahrrad. Für ein paar Stunden."

Meinte sie mieten oder nehmen ohne zu zahlen? Der Fahrraddiebstahl blühte auf Langeoog, aber das war Sache der Ortspolizei.

„Und fahren Sie dann auch manchmal zur Meierei und ans Ostende?"

„Ja. Andere Möglichkeiten gibt's ja nicht viele, oder? Neun Kilometer hin, neun Kilometer zurück. Und zwölf Kilometer, wenn man ganz bis ans Ende will. Land's End. Wo's nicht mehr weitergeht."

„Wann waren Sie denn das letzte Mal da, in der Meierei, meine ich?" Er betrachtete sie forschend.

„Gestern", antwortete sie, ohne zu zögern, nichts regte sich in ihrem Gesicht, das jetzt undurchdringlich war, eine freundliche Maske.

„Es war sehr voll. Es hat mich bestimmt jemand gesehen - falls ich ein Alibi brauche. Aber ob sich die Bedienung noch an mich erinnert ..."

Das hörte sich jetzt noch trotziger an als vorher, jetzt richtete sich ihr Zorn eindeutig gegen diesen Kommissar mit der väterlichen Larve vorm Gesicht.

„Aber was hat die Meierei mit dem Tod meines Vaters zu tun? Und ob mir ein Strandkorb zu teuer ist oder war und ob ich mich manchmal in einen fremden Strandkorb setze, den ich nicht gemietet habe? Gehören Sie etwa auch zu diesen Schnüfflern hier auf der Insel, die herauskriegen wollen, wer keine Kurtaxe zahlt? Alles dreht sich doch bloß ums Geld, alles! Ich hasse das! Ich hasse das!" Sie schrie plötzlich.

Vor der Zimmertür räusperte sich jemand. Sicher stand Kati davor, natürlich nicht, weil sie neugierig war, sondern um ihrer Geschlechtsgenossin Beistand zu leisten gegenüber diesem Macho, der sich Hauptkommissar nannte und glaubte, sich mit einem lächerlichen Ausweis Einlass verschaffen zu können in die intimsten Bereiche einer Frau.

Sandra war zur Waschecke hinübergegangen, schaute in den Spiegel, griff zur Haarbürste und fuhr damit in wütenden Strichen über ihr kurzes Haar. Es hätte nur noch gefehlt, dass sie sich selbst die Zunge herausgestreckt hätte. Aber damit wäre natürlich eigentlich Tjaden gemeint gewesen. Die Aggression gegen sich selbst kehren, memorierte Tjaden sein psychologisches Lehrbuch. Also Vorsicht!

Auf einem Regal neben der Waschecke lag ein angebrochenes Paket Brot neben einem Margarinebecher und zwei Äpfeln.

„Verpflegen Sie sich selbst?"

„Ja. Ich habe nur Zimmer mit Frühstück gemietet."

„Und wie finden Sie die Preise auf der Insel?"

„Was hat denn das mit meinem Vater zu tun? Sie denken doch auch bloß wieder ans Geld, ans verdammte Geld!"

„Nichts hat es damit zu tun", räumte Tjaden ein. Allmählich wurde er müde. „Nichts. Sie haben ganz Recht. Mein Beileid übrigens!"

Es klopfte. Tjaden riss die Tür auf. Verdammt, konnte man denn nicht einmal in Ruhe gelassen werden? Natürlich stand Kati davor, ein Tablett mit Flaschen und Gläsern in der Hand. „Ich dachte - vielleicht brauchen Sie eine Erfrischung", sagte sie betont munter und versuchte, mit flinken Augen zu erfassen, was im Zimmer vor sich ging.

„Eigentlich wollte ich nicht gestört werden, Frau Lübbers", antwortete Tjaden. Ganz kühl, die Form wahrend. Schließlich war er im Dienst.

Kati verteilte die Gläser auf dem Tisch, goss Mineralwasser ein und baute sich wartend im Türrahmen auf.

„Danke, aber ich muss weiter", sagte Tjaden. „Ich muss Sie aber bitten, Frau Rosemann, sich bis auf weiteres zu meiner Verfügung zu halten."

„Aber - ich fahre morgen ab", antwortete Sandra schniefend.

„Daran kann ich Sie nicht hindern. Ihre Adresse müssen Sie allerdings auf der Polizeistation hinterlassen. Sie müssen erreichbar bleiben für uns, verstehen Sie?"

Als er schon die Türklinke in der Hand hielt, drehte er sich noch einmal zu dem jungen Mädchen um. „Was ich noch fragen wollte – hatten Sie oder Ihre Mutter eigentlich Kontakt zu einem anderen Mitglied der Familie Bogatzki? Da soll es doch eine Schwester geben ..."

„Ja", sagte sie. „Ella heißt die, wohnt in Essen. Ich hatte mir ihre Adresse über diese CD-Rom besorgt, weil ich – ich wollte einfach wissen, was das für eine Familie ist ... Ich hab' sie angerufen, vor ein paar Wochen."

„Und? Was für einen Eindruck hatten Sie von ihr?"

„Zu mir war sie ganz freundlich. Nicht mehr jung, älter als mein Vater. Und sie hat auf ihren Bruder geschimpft, auf den war sie gar nicht gut zu sprechen. Ich sollte mich bloß fernhalten von ihm, das gäb' sowieso nur eine Enttäuschung. Meine Ansprüche geltend machen bei ihm, das sollte ich schon – aber bloß nicht erwarten, dass der mich plötzlich liebevoll in die Arme schließt, das nicht! So ein Mensch wär' ihr Bruder nicht. Aber wenn ich mal nach Essen käme, vielleicht nach dem Urlaub, dann würde sie sich freuen ..." Sandra strich sich das Haar aus der Stirn. Jetzt ist Schluss! sagte diese Geste. Mehr will ich nicht sagen, mehr kann ich auch nicht sagen. Jetzt ist wirklich Schluss.

Im Hinausgehen hörte Tjaden, wie Kati das junge Mädchen freundlich, aber bestimmt aufforderte, doch endlich mit hinaus in die Sonne zu kommen, wer wüsste denn, wie lange die noch scheinen würde, es sei doch gerade Hochflut, wunderbares Badewetter, und dann folgte, als Tjaden die Tür gerade geschlossen hatte, doch die Klinke noch in der Hand hielt, die im Flüsterton hervorgestoßene Frage: „Was wollte der denn von dir?" Die Worte sprangen ihn durch die Tür an.

Seit wann duzte Kati denn die junge Sandra? Dass Frauen sich so schnell verbrüdern konnten ...

Fisch will schwimmen

Die Pressekonferenz lag hinter ihm. Tjaden hatte sich bemüht, die Neugier der Journalisten zu befriedigen, sich jedoch, was den Stand der Ermittlungen anging, bedeckt gehalten.

Bogatzki war ein sehr prominenter Mann gewesen; Langeoog stand plötzlich im Mittelpunkt des nationalen Interesses - eine kleine ostfriesische Insel, deren Namen in Bayern oder Sachsen-Anhalt kaum jemand je gehört hatte.

In einem „Special" - *Ende einer Idylle: Mord auf Langeoog* - würde man auch ein Interview mit dem Kurdirektor senden. Ganz offensichtlich war er kein Ostfriese. Seine Sprache war rheinisch gefärbt, was ihm einen weltmännischen Anstrich gab. Er trug ein lässig elegantes Jeanshemd mit einer Krawatte, auf der sich auf blauem Grund lauter kleine Langeooger Wassertürme drängten, und sagte feierlich ins Mikrofon, das man ihm vor den Mund hielt, der letzte Mord auf Langeoog sei 600 Jahre her. Vor 600 Jahren sei die Insel auch zum ersten Mal urkundlich erwähnt worden, die große Jubiläumsfeier stehe unmittelbar bevor, und er hoffe, dass jener bedauerliche Vorfall - den Namen Bogatzki nahm er nicht in den Mund - sich nicht negativ auf das Image der Insel auswirken werde.

Schließlich werde sie heute bekanntlich die „Insel fürs Leben" genannt.

Auf die Frage, wer denn den Fall bearbeite, und ob denn jetzt nicht die Urlauber gestört, gar schockiert würden durch die Anwesenheit von Polizeikräften, entgegnete er entwaffnend charmant, momentan werde es so gehandelt, dass alles personalgünstig gefahren werde. Im Übrigen - so fuhr der Kurdirektor fort, angesichts der auf ihn gerichteten Kameralinsen und Mikrofone war die Gelegenheit günstig, für Langeoog zu werben und der Welt mitzuteilen, was es denn mit dieser Insel im ostfriesischen Meer auf sich habe –, im Übrigen habe die Insel schon eine Corporate Identity, das sei das Schlüsselwort, sehr bald schon werde auch die Inselcard eingeführt, da könne niemand, der keine Kurtaxe bezahlt habe, mehr einfach so auf die Fähre zurück nach Bensersiel, der Gemeinde entgingen ja Millionen durch nicht gezahlte Kurtaxe, das sei ein Betrug am ehrlichen Kurgast, der für all die anderen die Strandsäuberung und die Rettungsschwimmer und die Süßwasserdusche mitbezahle, dem sei nun endgültig ein Riegel vorzuschieben, und der Kurdirektor zeigte sich so engagiert, dass die Wassertürme auf seinem Schlips bebten und der Reporter Mühe hatte, ihn behutsam auf das Thema „Mord“ zurückzuführen. Der Zuschauer mochte den Eindruck haben, dass das eigentliche Verbrechen, das hier begangen worden war, darin bestand, dass schon wieder einer sich der Pflicht, seinen finanziellen Beitrag zum Gemeinwesen zu leisten, entzogen hatte.

Auch Wattführer Udo Kröger kam zu Wort, Tjadens Schwager, Mann seiner Schwester Helke, der gern seine Witzchen machte, wenn er mit seinen Gästen bis zu den Oberschenkeln in der Wattmatsche stand und zum allgemeinen Entzücken sich darin schräg legte. Das Fernsehen zeigte zwei Fotos aus Udos Diashow „Insel for Beginners“, die er ein paar Mal im Monat im "Haus der Insel“ vorführte. Auf dem ersten war der Bahnhof zu sehen, wie er unmittelbar nach Ankunft der Inselbahn von Urlaubern überschwemmt war, das zweite Foto zeigte Kühe auf den Inselwiesen, und eingeblendet wurde Udos scherzhafter Kommentar dazu: Früher hätten die Insulaner von dem Rindvieh gelebt, das bei ihnen in Pension war, und heute seien es eben die Badegäste. Die müsse man auch melken, aber schlachten dürfe man sie nicht. „Melken, aber nicht schlachten“, wiederholte der Sprecher süffisant und fuhr fort: „Wie geht diese Insel mit ihren Gästen um? Was geschah mit Bodo Bogatzki?“

Wattführer Udo selbst erschien auch im Bild. Er stand tief im Schlick, auf dem Kopf die bunte Strickmütze, ohne die er sich nie den Gästen zeigte, und wurde von einem Reporter gefragt, ob es denn möglich sei, dass der Täter übers Watt entkommen sei. Udo legte sich malerisch schief und rief ins Mikrofon, das sei ausgeschlossen. Einer, der sich mit dem Watt und seinen Gefahren nicht hundertprozentig auskenne, habe keine Chance, das Festland zu Fuß lebend zu erreichen.

Auf der Polizeistation erörterten Tjaden und Eversmeier die Lage, während beide in ihrem großen Pott Kaffee rührten. Serviert hatte ihn diesmal der Ortspolizist Hillrich Jansen, der mit roten Ohren zuhörte.

Die einzigen Fotos, die gemacht worden waren, Fennas Pressefotos, waren gestohlen worden. Oder hatte doch noch jemand fotografiert? Die Buchhändlerin vielleicht, die den Autor eingeladen und hinter ihrem Büchertisch seiner Lesung gelauscht hatte? Sie kam ganz oben auf die Liste derer, die zu befragen waren.

„Ansonsten liegt der Schlüssel zu diesem Mord bei dem Toten. Wir müssen uns fragen, wer ein Motiv gehabt haben könnte, gerade ihn umzubringen. Hatte er Feinde? Wer waren die?" Tjaden hielt seinen Becher dem Polizisten entgegen: Komm, gieß nach!

Gegen Mittag war ein weiteres Fax in der Polizeistation eingegangen. Die Todesursache stand nun endgültig fest. Bogatzkis Mageninhalt - Spuren einer Fischmahlzeit mit Brot, Alkohol in Form eines Kräuterbitters, Salat und Kaffee - ließ darauf schließen, dass der Kaffee, den er während der Lesung zu sich genommen hatte, vergiftet worden war, genauer gesagt, dass ihm mit dem Kaffee Zyankali zugeführt worden war.

„Teuflisch", sagte Eversmeier. „So was machen immer Frauen. E 605 in den fünfziger Jahren, ist doch bekannt!"

Tjaden war da nicht so sicher. „Immer sollen es die Frauen gewesen sein. Da würde ich mich nicht so schnell festlegen. Wir müssen uns nach dem Motiv fragen. Eifersucht? Wer könnte ihn so gehasst haben, dass er oder sie ihn aus dem Weg räumen wollte?"

Um diese Marie-Luise Rosemann sollte sich sein junger Kollege jedenfalls mal kümmern. Wohnhaft da unten in Hessen irgendwo. In diesem Leihgestern. „Stell fest, wo sie sich gerade aufhält, und lass die Gießener Kollegen rausfinden, wie sie zu Bogatzki stand. Und ob die Story ihrer Tochter stimmt. Ich hab' da so meine Zweifel ..."

Das Mittagessen im Hospiz hatte Tjaden ausfallen lassen. Jetzt knurrte ihm der Magen, in dem sich mindestens ein Dreiviertelliter Kaffee oder kaffeeähnliche Flüssigkeit befanden. Ohne Kaffee ging es nicht, ohne Kaffee konnte er keinen Gedanken fassen. Seine Mutter versuchte immer, ihn davon abzubringen. Das sei nicht gut fürs Herz, und den Magen mache er sich auch damit kaputt. „Steig doch auf Tee um, der ist viel gesünder!"

Ob er für Bodo Bogatzki auch gesünder gewesen wäre? Vielleicht hätte er im Tee das Gift eher herausgeschmeckt und den tödlichen Schluck nicht mehr getrunken, sondern ausgespuckt? Über die blütenweiß aufgeschlagene Doppelseite seines Bestsellers hinweg, dem andächtig schauenden Leser ins Gesicht? Das wäre nur peinlich gewesen, aber nicht tödlich. Also sollte man vielleicht doch auf Tee umsteigen in Zukunft?

Tjaden machte bei einer Imbissstube halt, bestellte ein Fischbrötchen auf die Hand und eine Cola und schleppte das Ganze auf eine Bank am Wasserturm. Wie ein solider Wächter thronte dieser über den Menschen, die sich durch die Straßen und die Dünen hinauf- und hinunterschoben. Das Wahrzeichen von Langeoog - verlässlich, unveränderlich. Aber bald werde es ein neues Logo geben, hatte der Kurdirektor angekündigt, Großes war im Kommen, man würde die Insel schon auf Vordermann bringen. Von wegen immer nur „Shantie-Chor" und „Likedeeler" ...

Das Bismarckhering-Brötchen schmeckte nach Meer, wonach denn sonst. Und salzig, vor allem salzig. Fisch will schwimmen, sagte seine Mutter immer. Tjaden betrachtete die Coladose. Der Verschluss machte ihm immer Angst, er litt an einer ausgeprägten Coladosenaufmachphobie. Er hatte Angst, dass der metallene Nippel abreißen würde und ihm der Inhalt der Dose für immer verschlossen bliebe. Vorsichtig bewegte Tjaden den Nippel. Da war noch die andere Angst: dass er sich bespritzen, also lächerlich machen würde. Unter den Augen der Leute, die von da oben die Aussicht über Dorf und Meer genossen. Aussicht mit rothaarigem Kriminalhauptkommissar auf kurzen Beinen - von oben sahen die sicher noch kürzer aus, als sie ohnehin waren - und mit Coladose, Reste eines Fischbrötchens zwischen den Zähnen.

Es zischte. Natürlich hatte sein Hemd etwas abbekommen. „Immer musst du dich bekleckern", hörte er die Stimme seiner Mutter. „Kannst du nicht besser aufpassen? Ungeschickt lässt grüßen!"

Weil sie ihm ständig vorgehalten hatte, ein Meister im Kleckern zu sein, hatte er eines Tages beschlossen, es allen zu zeigen. Wer sich mit Ruhm bekleckert, dem sieht man die Flecken nach. Er grinste und spürte, wie die eiskalte Flüssigkeit ihm durch die Kehle rann.

Wie war das noch? Fisch will schwimmen. Eins folgt aus dem anderen. Auch Bodo Bogatzki hatte irgendwo Fisch gegessen, bevor er in dem Kursaal aufs Podium stieg, und vom Vorlesen hatte er noch mehr Durst bekommen. Aber was war vorher vorgefallen, wo lag der Grund für den Mord?

Eins folgt aus dem andern.

Das eine war klar. Aber was war das andere?

Das Geschäft seines Lebens

Zu Füßen des Wasserturms, neben der Apotheke, lag die Inselbuchhandlung. Tjaden warf die leere Coladose in den Papierkorb, erhob sich von der Bank und wischte sich die Hände an einem Papiertaschentuch ab, als ein Junge auf ihn zukam und ihm einen Zettel reichte: „Zeugen gesucht!" stand darauf in dicken schwarzen Lettern.

Offenbar wusste der Junge nicht, wen er vor sich hatte. „Danke", sagte Tjaden mechanisch. Eigentlich konnte er froh sein, dass ihn noch nicht jeder hier kannte. Sein Inkognito funktionierte noch. Aber wenn er in sich hineinhorchte, wurmte es ihn doch ein wenig, oder, wenn er ganz ehrlich war, wurmte es ihn sogar sehr, dass seine Prominenz noch nicht einmal hier auf Langeoog, wo er als echter Insulaner geboren war - es war eine Hausgeburt gewesen -, so weit reichte, dass die polizeilichen Hilfskräfte ihn erkannten. Vielleicht lag es an seiner Sonnenbrille?

Aber er hatte sich getäuscht. „Moin! Wie sieht's aus, Herr Kommissar?" fragte der Junge vertraulich, während Tjaden den Zettel studierte. „Schon irgendwelche heißen Spuren?"

„Leider nicht, ich muss dich enttäuschen. Aber was nicht ist, kann ja noch werden. Es wird bestimmt! Verteil deine Zettel mal schön weiter!"

„Weitermachen!" hätte er anordnen müssen, kurz und knapp. Wie der Hauptmann, der seine Leute in die Schlacht schickt. Aber das Kommandieren hatte ihm noch nie gelegen.

Er stieg zur Buchhandlung hinunter. Der Laden war voll. Es gab auf der Insel nur diese eine Buchhandlung. Keine Konkurrenz, ein paradiesischer Zustand für Einzelhändler. Tjaden betrachtete die Auslagen. Zwischen Kuscheltieren und Tigerenten packte Hase Felix seine Koffer, Kalender mit viel Sturmflut und untergehenden Sonnen mischten sich mit den Bestsellern der Saison. Natürlich jede Menge Ingrid Noll. Da wurde der Hahn kaltgemacht, die Apothekerin trieb ihr mörderisches Unwesen, und nicht einmal das Heideröslein durfte bleiben, was es harmlosen Gemütern immer gewesen war. Weshalb dachten sich ältere Damen so gern Verbrechen aus? Das würde er nie verstehen.

Und was war sonst noch im Schaufenster? Muschelsuchen in Cornwall, auch das musste sein, und immer wieder Marinebücher mit Schlachtschiffen, schwarz-weiß-rot, für jede Generation etwas. An der Scheibe hing noch das Plakat, das Bogatzkis Lesung ankündigte. Das hätte die rührige Buchhändlerin ja nun abnehmen können, schon aus Pietät. Bogatzkis Gesicht sah von oben herab den Betrachter an: hohe Stirn, gelichtetes Haar, ein Bärtchen unter der Nase. Die Lippen sinnlich üppig, und irgendwie sah der Typ aus, als ob er immer schwitzte. Geschwitzt hätte, korrigierte Tjaden sich in Gedanken.

An der Kasse lag sein Buch, „Wer schreibt, der bleibt", ein hoher Stapel. „Signierte Exemplare" stand auf einem Schild. Hinter der Kasse stand die Chefin. Was hatte die denn hier unter den Wasserturm verschlagen? Eine echte Karrierefrau, die wurden ja heutzutage immer jünger und flotter. Ein aparter dunkler Pagenkopf, und superschlank. Diese Dame konnte bei all den Ratgebern über verschiedenste Diäten, die sie anzubieten hatte, immer sagen: „Den kann ich empfehlen, danach richte ich mich auch!" Manuela Freese war eine erfreuliche Ausnahme neben all den mittelalten Frauen, mit denen Tjaden bisher bei diesem Fall zu tun gehabt hatte. Die Tochter Sandra ausgenommen, die jetzt allein in ihrem dunklen Pensionszimmer saß, mit Aussicht nach Norden, mit Aussicht auf tätowierte Männerarme und leere Bierkästen, und um den Vater trauerte, den sie nie hatte.

Manuela Freese trug ein schwarzes Top mit Spaghettiträgern und eine Kette mit einer silbernen Venusmuschel um den Hals.

„Frau Freese?" fragte er.

Die Chefin nickte.

Er schob seinen Ausweis über den Tresen: „Tjaden, Kriminalpolizei." Obwohl er sich bemüht hatte, seine Stimme zu dämpfen, drehten sich etliche Köpfe nach ihm um.

„Am besten kommen Sie in mein Büro", forderte Manuela Freese ihn mit heller Silberstimme auf und eilte voraus. Die Kasse fiepte, während Tjaden um die Ladentheke bog und der Frau in das dunkle Hinterzimmer folgte. Ihre aufregend geformten Beine waren nur zu ahnen.

„Was kann ich für Sie tun?" Zwischen Stapeln von unausgepackten Bücherkartons hatten sie Platz genommen. „Der Platz, wir haben keinen Platz", sagte die Chefin. „Das ist unser größtes Problem in der Saison." Sie legte den schwarzen Kugelschreiber parallel zu dem Bleistift, der mit lauter kleinen gelb-schwarzen Tigerenten bedruckt war und auf dem Schreibtisch zwischen ihr und Tjaden lag, parallel zu dem schwarzen Kuli, auf dem der Name eines Verlagskonzerns mit Buchclub stand. An der Wand hingen Portraits deutscher Dichter. Hilde Domins gütige Augen (*„Es gibt dich / weil Augen dich wollen, / dich ansehen und sagen / dass es dich gibt."*) begegneten ihm, und gleich daneben die Augen Bodo Bogatzkis. Das Plakat, das die tödliche Lesung angekündigt hatte, hing auch hier noch an der Tür. Diese Augen schienen Tjaden zu folgen, wohin er auch ging. Sie folgten ihm wie jene auf den Gemälden alter Meister. Du entkommst mir nicht! sagten sie.

Auch Manuela Freese sah ihn an: lächelnd, sympathisch. Abwartend auch. Wie ein offenes Buch. Übrigens hatte sie leuchtend blaue Augen. Ob sie wirklich so blauäugig war? Vorsicht, dachte er, geschäftstüchtig war diese Frau bestimmt. Ihr Blick machte ihn unsicher, dabei hatte er doch gar nichts zu verbergen. „Kommen wir zur Sache!" sagte er abrupt. „Sie haben Bodo Bogatzki nach Langeoog eingeladen?"

„Ja." Sie hörte nicht auf, blauäugig zu lächeln.

„Wann?"

„Im Herbst letzten Jahres. Im Oktober, um genau zu sein. Wir trafen uns auf der Frankfurter Buchmesse - das wollten Sie doch wissen, oder?"

„Wie kam es, dass er bereit war, hierher auf die Insel zu kommen? Ziemlich weit weg vom Schuss" - er räusperte sich - „und auch ein bisschen klein für Fernsehprominenz, oder?"

Die Buchhändlerin hielt seinem Blick lächelnd stand. „Dafür war das Honorar - anständig. Außerdem fallen auch Prominente wie er ins Sommerloch. Die leben doch davon, vom Publikum wahrgenommen zu werden. Sogar der Bundeskanzler macht seine Sommertour hier über die Inseln."

Das stimmte. Am Tag zuvor war er nebenan auf Norderney gelandet und hatte unter den Augen der Fernsehkameras zwar kein Bad in der kühlen Nordsee, doch ein unerschrockenes Bad in der Menge genommen, die sich danach drängte, ihm die

Hand zu schütteln. Ein echter Bundeskanzler! Zum Anfassen! Bis Langeoog allerdings war er nicht gekommen. Noch nicht.

„Und wie hoch war das Honorar?"

„Vierstellig", sagte sie. „Der Große Saal im Haus der Insel war ausverkauft."

„Bogatzki war nicht nur eine Zugnummer als Fernsehstar. Er hatte doch Einfluss, oder?"

„Ja", antwortete Manuela Freese. „Ein Buch, das im Fernsehen vom Literarischen Terzett positiv besprochen wird, ist sofort auf der Bestsellerliste. Und wir verkaufen es stapelweise. Das können Sie wörtlich nehmen: stapelweise."

„Und ein Buch, das verrissen wird?" Er wusste, dass Bogatzki ekelhaft scharf sein konnte, ätzend, ein Meister der Provokation. Wegen seiner glänzend formulierten Verrisse wurde er von allen bestaunt und bejubelt – nur von einem nicht: dem Autor.

Aber die Buchhändlerin entgegnete: „Auch das heißt noch nicht, dass ein Buch weg ist vom Fenster, vom Schaufenster, wenn Sie so wollen." Tjaden grinste, er liebte Wortspiele. Diese Frau wusste, wie sie ihn für sich einnehmen konnte. „Es bekommt wenigstens Publicity nach dem Motto: Any news is good news. Hauptsache, man ist überhaupt in den Medien präsent, egal wie. Die Autoren, die von ihm kritisiert werden wollen, stehen doch Schlange! Es ist die Chance für sie!"

Prompt tauchte vor Tjadens Augen eine lange Menschenschlange auf, die sich auf Bogatzkis Sessel zubewegte, und jeder in der Schlange schwenkte ein Buch und versuchte, mit Händen und Füßen die Aufmerksamkeit des Kritikerpapstes zu erringen ... „Kannten Sie Bogatzki persönlich?"

Der rechte Mundwinkel der Buchhändlerin zuckte beinahe unmerklich. Doch Tjaden entging dieses Zucken nicht. Hinter der glatten Fassade brodelte es. Aber was da brodelte, davon hatte er keine Ahnung. Er hatte höchstens eine Hypothese im Kopf. Junge, vermutlich noch unbemannte Frau, einen Ehering trug sie jedenfalls nicht, und dieser erfolgreiche Mann, prominent sogar, einflussreich, Macht macht erotisch. Wer weiß, was er für diese Manuela gewesen war, in Wirklichkeit oder nur in der Phantasie. Eine unwiderstehliche Vaterfigur vielleicht? Ach nein, so alt war Bogatzki doch noch gar nicht gewesen.

Natürlich wich sie aus. „Was heißt persönlich?"

„Kannten Sie ihn nur als Autor, den Sie zur Lesung einluden und mit dem Sie ein anständiges Honorar aushandelten, oder –"

„Oder? Was wollen Sie damit sagen?" Jetzt klang die Silberstimme überraschend scharf, ebenso scharf wie die des Kritikers Bogatzki, wenn er ein schwaches Machwerk am Wickel hatte. „Kommen Sie bitte auf den Punkt, Herr Kommissar, ich habe ein Geschäft zu führen. Sie haben doch gesehen, was draußen los ist!"

Warum reagierte sie auf einmal so empfindlich? Tjaden nahm den Bleistift vor ihm zwischen Daumen und Zeigefinger. Jetzt drehten sich die Tigerenten possierlich.

„Ich hatte mit ihm kein Verhältnis, falls Sie das andeuten wollten. Ich habe ihm nur ein sehr anständiges Honorar geboten. Das genügte."

„Genügte - wofür? Dass er sich nach Langeoog verirrte?"

Ihre Antwort fiel denkbar knapp aus: „Ja." Tjaden hatte seine Frage auch nicht gerade galant formuliert. Es war gut vorstellbar, dass allein diese attraktive Frau und nichts anderes Bodo Bogatzki nach Langeoog gezogen hatte. Von „Verirren" konnte also keine Rede sein.

„Haben Sie ihm auch den Kaffee gekocht?" hakte Tjaden nach. Wieder sah sie ihn mit diesen tiefen blauen Augen geradeheraus an. Als könnte sie kein Wässerchen trüben, hätte seine Mutter gesagt. „Ja, natürlich. Das ist so üblich, dass ich meine Gäste mit Getränken versorge. Die meisten Autoren trinken Mineralwasser zur Lesung. Ein Superweib - Sie wissen schon, wen ich meine - hat einmal Sekt verlangt. Das einzige Mal, dass jemand Alkohol wollte - bei der Lesung, wohlgemerkt. Bogatzki wollte Kaffee."

„Erzählen Sie doch mal, wie das war", forderte er sie auf.

„Ich habe Kaffee gekocht und ihn in meine Thermoskanne gefüllt. Bogatzki trank ihn übrigens schwarz. Die Kanne hat die Polizei beschlagnahmt, wie Sie sicher wissen. Die Tasse auch."

Die Tasse nicht. Aber das behielt Tjaden für sich.

„Könnte ich mal Ihre Küche sehen?" fragte er höflich.

Sie zuckte mit den Schultern. „Natürlich." Sie führte ihn eine Treppe hoch in ihre Wohnung. Die Küche war eine kombüsenähnliche Einrichtung, ganz singlemäßig, mit zwei Elektroplatten, ohne Backofen, aber mit einem Wasserkocher.

„Darf ich?" Tjaden öffnete den Hängeschrank über der Minispüle. Richtig, hier stand das Geschirr. Er zählte die Tassen mit Rosenmuster. Es waren sieben. Eine fehlte.

Tjaden sah aus dem winzigen Fenster nach draußen auf die Dünen. Das Dünensingen, hier fand es immer statt, genau hier. Jeden Dienstag, seit Jahrzehnten. Ob die Buchhändlerin jemals dabei gewesen war? Er konnte sie sich schwer vorstellen mit einer Klampfe im Arm. Sie sah wirklich nicht so aus, als hätte sie einmal eine Pfadfindergruppe geführt, und für ein Kind auf dem Schoß war sie wohl auch noch zu jung. Erst die Karriere, so dachten heute ja fast alle Frauen. Jedenfalls konnte sie von hier aus die Veranstaltung in den Dünen weder übersehen noch überhören, sie hatte immer einen Logenplatz. Aber das konnte auch lästig sein.

„Sagen Sie mal, Frau Freese - wann ist denn Herr Bogatzki eigentlich in die Buchhandlung gekommen? Er hat doch für Sie Bücher signiert, wie ich unten gesehen habe. Das braucht doch seine Zeit."

„Er kam gegen 6."

„Haben Sie ihm etwas zu essen angeboten? Fischbrötchen vielleicht?"

„Ja - die mochte er besonders gern. Davon konnte er gar nicht genug bekommen, wenn er auf Langeoog war."

Eine erstaunlich persönliche Aussage. Da hatte die clevere Buchhändlerin, die sich sonst streng bedeckt hielt, doch noch etwas geradezu Intimes preisgegeben: Sie kannte sich aus mit den Essgewohnheiten des Autors und wusste außerdem, dass er des Öfteren, wenn nicht gar regelmäßig, auf der Insel gewesen war.

„Und das wussten Sie schon vorher?"

Sie zuckte nur mit den Schultern.

Als sie durchs Treppenhaus zurückgingen, das bis zur Decke vollgestopft war mit Büchern, fragte Tjaden betont beiläufig: „Frau Freese, Sie sind doch eine belesene Frau. Wissen Sie zufällig, was Listerien sind?"

Sie blickte ihn von der Seite an. Überrascht, ganz bestimmt überrascht. Oder sogar schockiert? Auf jeden Fall versuchte sie sehr geschickt, ihre Erregung zu überspielen. „Natürlich weiß ich das." Total cool, hätte Harm Eversmeier gesagt.

„Und woher? Haben Sie..." Tjaden stockte. „haben Sie schon Kinder?"

„Ich wüsste nicht, was das mit Ihren Ermittlungen in diesem ..." hier stockte auch Frau Freese – „in diesem Mordfall zu tun hat." Es klang längst nicht mehr so gewinnend wie das, was sie bisher von sich gegeben hatte. Sie bemühte sich sichtlich, wieder zu lächeln. „Aber ich sag' es Ihnen gern: Ich lebe allein. Und ich führe ein Geschäft, wie Sie sehen."

„Und was machen Sie, wenn die Saison vorbei ist? Entschuldigen Sie die neugierige Frage."

Sie lächelte undurchschaubar. Wie eine Sphinx. Oder eine Siamkatze, die hatten doch auch so wunderschöne blaue Augen und waren so glatt und nur scheinbar sanft. Ja, Manuela Freese hatte etwas von einer jungen dynamischen Katze, die ihre Krallen eingezogen hatte und doch auf dem Sprung war. Auf dem Sprung, die Krallen blitzschnell auszufahren, sie dem Gegner durchs Gesicht zu ziehen, um dann angesichts der blutigen Striemen zu lächeln. Katzenkühl und undurchschaubar.

Katzen sind falsch, sagen die Hundefreunde.

Falsch? Unberechenbar sind sie. Tjaden erschrak über seine eigenen Phantasien. Wohin verirrte er sich?

Die Chefin hielt schon die Klinke der Ladentür in der Hand, als Tjaden stehen blieb. „Eine letzte Frage, Frau Freese. Wo waren Sie bei der Lesung?"

„Am Büchertisch, schräg vor der Bühne."

„Und als er signierte?"

Es entging ihm nicht, dass die Frau kurz zögerte. „Auch am Büchertisch", sagte sie dann. „Die Leute kauften ja sein Buch – stapelweise."

„Und jetzt? Kaufen sie weiter?"

„Ja. Das Buch verkauft sich besser als je zuvor."

Man hätte sagen können, dass Bogatzki das Geschäft seines Lebens machte. Leider war er tot.

In der Eisdiele gegenüber bestellte Tjaden einen Espresso, schlug sein Notizbuch auf und skizzierte hinter dem Namen „Manuela Freese" ein Buch mit einem großen Fragezeichen als Titel. Sieben Siegel zu zeichnen, dafür fehlte ihm die Geduld.

Auf der Polizeistation empfing ihn Peters, offensichtlich erleichtert. „Gut, dass du kommst, Onno! Jede Menge Anrufe und Zeugen“, sagte er verlegen grinsend. „Genauer gesagt: vier. Bisher.“ Immerhin der hundertste Teil, besser als gar nichts. Die Leute waren wohl vom Strand nicht wegzukriegen, kein Wunder bei diesem Bombenwetter, schließlich fand an diesem heißen Julitag der Sommer statt. Und viele wollten mit der zwar sensationellen, doch auch irgendwie unerfreulichen Sache nichts zu tun haben.

„Dann wollen wir uns mal um die Zeugen kümmern“, sagte er. „Wo steckt eigentlich Eversmeier?“

„Ist schon unterwegs.“

„Du hältst die Stellung, Otto. Gegen Abend, wenn die Leute vom Strand kommen, werden sich vielleicht doch noch ein paar melden. Und viele werden erst abends im Ort das Flugblatt sehen.“

Aber Peters belehrte ihn, dass sie selbstverständlich auch am Strand die Flugblätter verteilt hatten. Als ganz besondere Postwurfsendung. In jeden Strandkorb eine!

Die Befragung der Zeugen hatte keine neuen Erkenntnisse gebracht. Weder der Standesbeamte i. R. aus dem Städtchen im Emsland („Wir sehen immer das Literarisse Terzett im Fernsehen, nein, in der Sslange haben wir nicht gestanden, wir waren sson unterwegs zum Ausgang.“), noch seine Gattin, noch der pensionierte Richter am Landgericht Bielefeld („Das hat es früher auf Langeoog auch nicht gegeben!“), noch der Oberstudienrat aus dem Hessischen hatten irgendetwas Verdächtiges beobachtet. Niemand hatte sich auffällig benommen, niemand war gesehen worden, wie er wegrannte. Aber diese Kurgäste fühlten sich einfach verpflichtet, ihre Zeugenaussage zu machen, das sei schließlich Staatsbürgerpflicht.

Tjaden schwang sich aufs Fahrrad. Am besten schaute er jetzt bei seinen Eltern vorbei, um die neuesten Inselnachrichten zu hören und mit Fenna noch einmal über die Ereignisse am Mordabend zu sprechen

Seine Mutter saß mit ihrer Nachbarin Tomma Gerdes im Garten. Einstimmig riefen ihm die beiden entgegen, was er doch für eine fabelhafte Figur gerade eben im Fernsehen gemacht habe, und dabei wurde ihm Tee eingeschenkt und ein Riesenstück gefüllter Bienenstich - natürlich aus der Inselbäckerei - auf den Teller gepackt.

„Junge, so kenne ich dich gar nicht!" sagte Mutter Antje. „Das hätte ich dir gar nicht zugetraut. Bei dieser Pressekonferenz und so. Fast so vornehm wie der Felmy damals."

Tomma Gerdes stimmte in die Lobeshymne mit ein. Aber seine Mutter hatte dann doch noch etwas einzuwenden. „Einen Schlips hättest du dir noch umbinden müssen. Bei so einem Anlass! Du weißt doch, das fällt alles auf uns zurück!"

„Was gibt's denn Neues?" fragte Tomma Gerdes eifrig. „Weißt du schon, wer der Mörder ist? Oder hast du wenigstens 'ne Ahnung? Ach, ich seh' doch immer so gern den Manfred Krug, wenn der den Kommissar spielt, so richtig echt!" Also noch ein Fan von dem, auch Tjadens Mutter ließ keinen „Tatort" mit ihrem Liebling Manni Krug aus, und insgeheim nahm sie es ihrem Sohn übel, dass er so ganz anders aussah als dieser Hüne mit der hohen Stirn. Tjaden wucherte es üppig rötlich auf dem Schädel, und er hatte kurze Beine. Keine Ahnung, von wem er die geerbt hatte, ostfriesische Gene waren das wohl nicht. Früher hatte er sogar hohe Absätze getragen wie ein ehemaliger Bundeskanzler, aber seit er Hauptkommissar war, hatte er das nicht mehr nötig.

Die beiden Frauen schauten ihn erwartungsvoll an. Schweigend rührte Tjaden in seiner Teetasse. Man musste immer beharrlich weiterrühren, bis der Kandis sich aufgelöst hatte. Dies war ein schwerer Brocken, genau wie dieser Mordfall, ein besonders schwerer Brocken.

„Die Untersuchungen sind im Gange", sagte er endlich und nahm den ersten Schluck Tee, der jetzt die Farbe dunklen Bernsteins angenommen hatte. So dunkel und milchig sah Bernstein aus, wenn er länger der Luft ausgesetzt war. Als Junge hatte Tjaden oft Bernstein gesucht. Bei tiefster Ebbe, und es musste Ostwind sein. Möglichst nach einem Sturm - dann war Bernsteinwetter. Tjaden hatte immer gern gesucht. Jetzt suchte er einen Mörder.

Wie konnte der Mörder eigentlich wissen, dass Bogatzki Kaffee trinken würde und nicht Tee? Wie gut hatte er ihn persönlich gekannt? Gut genug, sonst hätte er wohl kein Motiv gehabt, Zyankali zu dessen Lesung mitzubringen.

Tjaden ließ den Wortstrom der beiden Frauen hinter sich und sein geistiges Auge über den Ebbsand wandern, in der Hoffnung, dass etwas aufblitzen möge vor ihm - ein Klumpen goldgelben Harzes ... „Ich kenne den Bogatzki ja noch von früher", hörte er Tomma Gerdes. „Ich hab' mir noch mal das Foto angeguckt." Sie holte das Flugblatt aus der Tasche und legte es neben das Stövchen auf den Gartentisch.

„Von früher? Wie denn das?" Seine Mutter nahm ihm das Fragen ab, er brauchte nur zuzuhören - in entspannter Aufmerksamkeit, wie er es gelernt hatte.

„Natürlich. Der war vor - ich weiß nicht, vor wie vielen Jahren - ein paar Mal Gast bei uns nebenan, bei Göken. Aber man kannte sich. Einmal war er auch bei uns, als Wilma alles voll hatte."

Bodo Bogatzki - ein alter Gast auf Langeoog?

„Damals war er noch ein junger Mann. Hatte noch keine Karriere gemacht und so. Hatte seine Freundin mit. Zwei Einzelzimmer mit Frühstück, damals war das ja noch nicht so wie heute mit Lebensgefährten und Doppelzimmer und so." Tomma zerteilte druckvoll mit der Kuchengabel ihren Bienenstich und schob ihn sich mit Schwung in den Mund.

„Sag mal, ihr hattet doch immer diese Gästebücher", schaltete Tjaden sich ein. „Die hebt ihr doch sicher auf. Könnte ich die mal sehen?"

„Klar. Die sind irgendwo. Ich such mal nach 'nem Autogramm für dich."

„Sofort?"

„Sofort, wenn's sein muss." Tomma stand auf. „Du hast schon richtig was vom Manfred Krug. Wenn auch nicht äußerlich, aber so im Wesen. So souverän. Hätte ich gar nicht gedacht von dir." Die Gartenpforte schlug hinter ihr zu.

Unterdessen war Fenna gekommen und setzte sich zu ihnen an den Tisch. Sie sah blass aus.

„Wie geht's dir?" fragte Tjaden besorgt.

„Schiet", sagte sie nur. „Jetzt hätte ich die Fotos gehabt und lasse sie mir abnehmen! Das passiert mir nicht noch einmal, sag' ich dir. Ich mache jetzt sofort einen Kurs in Selbstverteidigung – für Frauen!"

„Hast du irgendwas gesehen – war es ein Mann oder eine Frau?"

„Keine Ahnung. Nicht groß, nicht klein. So mittel. Aber kräftig war der Typ. Und schnell! Ich hatte kaum gecheckt, was lief, da war er schon wieder weg."

„Sag mal, Fenna – warst du die Einzige, die Fotos gemacht hat?"

„Soweit ich mich erinnere, ja. Ich bin zwischendurch ein paar Mal aufgestanden und hab' fotografiert, als Bogatzki vorlas – und dann hab' ich beim Signieren Fotos gemacht. Die Gesichter haben mich gereizt. Alle so erwartungsvoll und ehrfürchtig irgendwie. Und der Bogatzki ganz cool. So nah, wie die ihm alle auf die Pelle gerückt sind, so cool blieb der. Ließ keinen an sich ran!"

„Und es hat wirklich kein anderer fotografiert? Das kann ich mir gar nicht vorstellen. Das war doch die Attraktion für die Leute!"

Fenna runzelte die Stirn. „Kann sein, dass da noch jemand anderes war", sagte sie zögernd. „Kann sein. Ich hab' mich auf meine Arbeit konzentriert. Wer da sonst noch war, weiß ich nicht. Keine Ahnung."

Noch in der Nacht hatte sie ihren Artikel zu Papier gebracht. Aber sie hatte sich viel zu lange damit herumgequält. Woran das lag, war ihr nicht klar. Vielleicht hatte der Überfall sie mehr schockiert, als sie wahrhaben wollte. Vielleicht war sie auch einfach zu ehrgeizig, zu selbstkritisch. Denn dieser Artikel war doch ihre Chance, zum ersten Mal groß herauszukommen. Zum ersten Mal konnte sie über etwas schreiben, das die Grenzen von Ostfriesland sprengte und von nationalem, ja sogar von internationalem Interesse war. Schließlich hatte Bodo Bogatzki in seinem „Literarischen Terzett" auch manchen ausländischen Autor in die Pfanne gehauen oder dessen Werk zum Bestseller hochgejubelt. Früh am Morgen hatte Fenna endlich ihren Bericht per Telefon der Redaktion übermittelt. Ein Faxgerät hatten die Tjadens nicht.

„Welche Überschrift?“ fragte Onno, in dem sich, wie er gerührt feststellte, Stolz auf die tüchtige kleine Schwester regte.

„Das entscheidet der Redakteur. Aber ich habe ihm Vorschläge gemacht: 'Letzte Lesung Langeoog', das hört sich so schön stabgereimt an: dreimal das L! Oder: 'Der Tod stand Schlange', das klingt auch geil.“ Tjaden zuckte zusammen, er hasste dieses Wort. „Schiet, dass ich kein Foto habe! So ein Schiet!“ Fenna ballte die zierlichen Fäuste und schlug auf den Teetisch, dass die ostfriesischen Rosen klirrten. „Das wäre das Titelbild vom STERN gewesen, und in der BILD der Aufmacher!“

„Nun sei bloß froh, dass dir nichts Schlimmeres passiert ist“, schaltete sich die Mutter ein. „Ich weiß überhaupt nicht, weshalb ihr so wild seid auf diese Verbrechergeschichten. Ihr seid doch beide gleich! Komisch, das hat es bei uns in der Familie noch nie gegeben, das liegt bei uns nicht. Stimmt doch, Vatter, oder?“

Tjado Tjaden schüttelte stumm den Kopf. Er war kein großer Redner. In dieser Familie führten die Frauen das Wort, und tatsächlich warf Fenna sofort ein, das stimme doch nun nicht, wie die Mutter das mit der Familiengeschichte und den Erbanlagen darstelle, schließlich sei einer ihrer Vorfahren väterlicherseits, ein Tjaden also, Inselvogt gewesen, der habe sich genug mit Strandräubern und anderen verbrecherischen Elementen herumschlagen müssen, oder etwa nicht?

In diesem Augenblick kam Tomma Gerdes mit einem bunt eingeschlagenen Buch unter dem Arm zurück. „Da ist er“, sagte sie.

Bodo Bogatzki, wissenschaftlicher Assistent. Damals wohnte er noch in Oldenburg. „Wer immer lesend sich bemüht, den werden wir erlösen“, hatte er in Tommas Gästebuch geschrieben. Ansonsten leider Fehlanzeige, der Name seiner Begleiterin fehlte. Wer auch immer sie gewesen war, sie hatte den Spruch nicht mit unterzeichnet.

Ostfriesische Bohnensuppe

An der Kaapdüne, auf einer Bank bei den Rosenbeeten, saß eine Frau und blätterte in einer Zeitung. Als sie Tjaden auf dem Weg zur Polizeistation vom Fahrrad steigen sah, stand sie auf und ging auf ihn zu.

„Herr Kommissar, ich muss Sie sprechen! Mein Name ist Reimers, Sibylle Reimers. Darf ich Sie zu einer Tasse Tee einladen?" Sie war etwa Ende 60, hatte ihr graues Haar in einem dünnen Knoten zusammengefasst und trug einen quergestreiften bunten Rock, der verdammt handgewebt aussah. Richtig jugendbewegt. Von ihrem Alter her wäre der BDM, der Bund deutscher Mädel, noch in Frage gekommen, so gerade noch. Sie faltete die Zeitung zusammen, hinter der angeblich immer ein kluger Kopf steckte. Aber diese Dame wirkte schon ein bisschen tüdelich. Wieder so eine, die sich nicht nur bei der Volkshochschule wichtig tat.

„Ich wohne hier um die Ecke", sagte sie, und er folgte ihr. Nach den kahlen Wänden der Polizeistation hatte er keine Sehnsucht. „Ich habe eine Zweitwohnung hier auf der Insel, schon seit Jahren. Seit mein Mann tot ist. Früher sind wir immer gemeinsam hierher gefahren. Zweiunddreißigmal! Wir sind schon Ehrenkurgäste. Eigentlich wollte man uns die Kurtaxe auf Lebenszeit erlassen, aber jetzt gibt es bloß einen bunten Nachmittag und vielleicht ein paar Shanties von den 'Likedeelern', wenn's hochkommt. Es wird eben überall gespart." Sie schloss die dunkelblau gestrichene Tür eines kleinen verklinkerten Hauses auf, und sie gingen die Treppe hoch.

Dann saß er ihr gegenüber. In altdeutscher Wohnlandschaft, gehobener Gelsenkirchener Barock. Und der Wasserturm schaute ins Fenster; er wirkte heute etwas griesgrämig. Die Frau zog eine Kommodenschublade auf und nahm einen Umschlag heraus. Öffnete ihn – und hielt ein Filmröllchen in der Hand. „Hier", sagte sie. „Das wird Sie interessieren!"

„Was ist das?" Er musste sich räuspern, die Spannung saß ihm in der Kehle. Sollte ihm ausgerechnet hier, bei diesem altdeutschen Mädel, der Durchbruch gelingen?

„Fotos von Bogatzkis Lesung. Die können Sie doch gebrauchen, oder?" Es klang fast kokett.

„Wer hat sie gemacht?“ Er sah Fenna vor sich, sah wie der schwere Schatten sich auf sie warf und ihr die Tasche wegriss.

„Ich“, antwortete die Frau und lächelte fein. Miss Marple auf Langeoog! „Darf ich Ihnen sonst noch etwas anbieten? Ostfriesische Bohnensuppe vielleicht?“

Er nickte, überrumpelt. Mein Gott, war er denn ein Tourist, dem man mit solchen Albernheiten kommen konnte? Nicht dass er etwas gegen Schnaps hatte, und die Rosinen darin waren eine nette Beigabe, nur dieser Name musste doch nicht sein. Alles für die Touris, hörte er Fenna sagen.

Sie stellte ihm ein Glas hin, in dem dunkle Rosinen im Branntwein schwammen.

„Sie haben fotografiert? Wissen Sie, wie gefährlich das war? Meine Schwester wurde überfallen, weil sie Fotos von der Lesung gemacht hatte!“

Sibylle Reimers lächelte. „Ach, wissen Sie, auf so Frauen wie mich achtet man nicht. Ich fotografiere mit wenig Aufwand. Ganz unauffällig, wenn Sie wissen, was ich meine. Hier mal knipsen, da mal knipsen. Und ohne große technische Finessen. Ich bleibe sowieso lieber im Hintergrund.“

Nicht im Fokus sein, das war's. Der Schnaps rann ihm feurig durch die Kehle, belebte ihn und seine Hoffnung. Sein Herz klopfte. Endlich – dies könnte ihn weiterbringen! „Darf ich fragen, weshalb Sie bei der Lesung waren?“

„Ja – wenn es der Wahrheitsfindung dient!“ Wo hatte sie denn nun diesen Spruch des alten Fritz Teufel her? 1968 und so weiter. Sibylle Reimers lächelte fein. Dieses Lächeln verwandelte ihr Gesicht in eine vielfältige Landschaft, Fältchen umspielten ihre Augen, die listig wirkten, richtig listig ... „Wer kennt – oder vielmehr wer kannte Bodo Bogatzki nicht aus dem Fernsehen!“

„Aber ist das unbedingt ein Grund, ihn sich im Urlaub auch noch anzutun?“ Tjaden hatte das bewusst salopp formuliert. Ein Versuchsballon, mal sehen, wie Frau Reimers darauf reagieren würde. Er hatte durchaus bemerkt, dass es in diesem Wohnzimmer kein einziges Buch gab.

„Ich war eben neugierig“, gab sie zu. „Wissen Sie, ich habe oft im Fernsehen miterlebt, wie scharf der Mann war, wie zersetzend. Wie er andere verrissen hat. Geradezu verdammt hat er sie. Ich interessiere mich eben für Menschen."

Und als Tjaden freundlich abwartend nickte – lass sie kommen, sagte er sich, lass sie kommen – , fuhr sie fort, nun immer lebhafter und sich in Eifer redend: „Und irgendwie passte der Mann doch gar nicht hier auf die Insel. Einer, der alles zersetzt. Einer, der alles kaputt macht. Und was er dann immer für Bücher gelobt hat – das war doch die reinste Pornographie! Nur Schmutz und Schund! Was die Menschen heute so unter Liebe verstehen. Sex und Gewalt. Das war das Schlimmste! Wie in diesem amerikanischen Film vor ein paar Jahren, da lag der Eispickel gleich neben dem Bett, in dem ..." Sie brach ab. Errötete aber nicht, sondern holte tief Luft und redete weiter. Voller Entrüstung. „Auf Langeoog sollten solche Filme überhaupt nicht aufgeführt werden! Und dann dieser Kindesmissbrauch überall, wo Sie hingucken. Der Bogatzki war es doch auch, der diese ekelhafte Geschichte über ..." Sie stockte wieder und fuhr dann entschlossen fort: „... über Babymissbrauch in den Himmel gehoben hat. Damals bei der Preisverleihung in Österreich. Nicht in Wien, in Klagenfurt, richtig, da war das. Ich sehe das seit Jahren im Fernsehen, diese Lesungen." Das klang schon leidenschaftlich empört. Wo war die ruhige Miss Marple geblieben? Offenbar kannte sich diese Frau aber auch weit besser aus mit der Literatur, als sie Tjaden zunächst hatte glauben machen wollen.

„Und da sind Sie aus reiner Neugier in die Lesung gegangen? Warum haben Sie diesen Mann denn nicht einfach ignoriert, anstatt ihn noch mit Ihrem Besuch aufzuwerten?"

Sibylle Reimers fingerte an ihrem Nackenknoten herum, als ob sie ihn vor der Auflösung retten müsste, aber bei ihrer Frisur war alles in bester strammer Ordnung. Eine Übersprunghandlung also. Körpersprache war verräterisch. „Sie halten mich für sensationslüstern, nicht wahr? Vielleicht bin ich das, aber das ist mir egal. Ich wollte dabei sein. Ich wollte diesen Auftritt hier auf der Insel dokumentieren. Und ich sage Ihnen ganz offen: Ich finde es bodenlos, was die Kurverwaltung uns Gästen zumutet. Dagegen wollte ich protestieren!"

„Durch Ihren Besuch?" Tjadens skeptische Frage rief bei ihr nur ein resigniertes Lächeln hervor.

„Ja", sagte sie schlicht. „Aber nicht nur. Allerdings – kam es nicht mehr dazu. Er fiel um und war tot."

„Was hatten Sie denn vor?"

„Muss ich das vor Ihnen ausbreiten? Ich spreche nicht gern über misslungene Vorhaben. Nehmen Sie lieber noch eine Portion Bohnensuppe." Sie füllte ihm das Glas aufs Neue. „Man muss den Feind – entschuldigen Sie, aber so ist es, er war mein Feind – man muss den Feind genau studieren, ehe man ihn angreifen kann. Oder wirksam bekämpfen."

„Das ist ja nun nicht mehr möglich", bemerkte Tjaden trocken und rollte eine prall mit Branntwein gefüllte Rosine genüsslich im Mund hin und her. „Jemand ist Ihnen zuvorgekommen. Und der hat ganze Arbeit geleistet."

Er sah sie an. Die Frau hielt seinem Blick stand. Tjaden zerbiss die Rosine und spürte, wie süße Wärme sich auf den Geschmacksknopsen seiner Zunge ausbreitete. Er schluckte und fragte endlich: „Wo waren Sie, als Bogatzki umfiel?"

„Am Büchertisch", antwortete Sibylle Reimers so prompt, als hätte sie auf diese Frage schon ungeduldig gewartet. „Ich wollte mir ein Buch kaufen und es signieren lassen."

„Und haben Sie eins gekauft?"

„Nein. Ich brauchte es nicht mehr. Ich wollte seine Unterschrift, nicht das Buch."

„Haben Sie etwas gesehen? Wie es passiert ist?"

„Nein. Ich stand gerade mit dem Rücken zur Bühne und blätterte in den Büchern. Die Buchhändlerin wird sich an mich erinnern – vielleicht."

„Aber fotografiert haben Sie doch auch. Wann?"

„Ab und zu habe ich mich umgedreht und fotografiert. Aber als die Leute schrien und – er dalag – und –", sie brach ab. Offenbar hatte sie dieses Erlebnis doch stärker mitgenommen, als sie wahrhaben wollte. Nun gut, er würde jetzt nicht weiter in sie dringen, er würde den Film sofort entwickeln lassen und konnte sich selbst davon überzeugen, was sie darauf festgehalten hatte.

Doch bevor er ging, zog er noch sein Notizbuch heraus und zeichnete hinter Sibylle Reimers' Namen einen langen quergestreiften Rock, der herunterreichte bis zu unsichtbaren Füßen und für die Werte stand, die diese Dame verkörperte. Undenkbar, dass sie mit Hot Pants über die Promenade lief oder gar ihr Top abnähme. Und dann notierte er noch, dass er die Buchhändlerin nach Sibylle Reimers fragen wollte. War sie ihr als Kundin bekannt?

„Was ich noch sagen wollte –", ganz beiläufig sollte das klingen, wie bei Inspektor Columbo, „kannte Bogatzki eigentlich Ihren Namen? Hatten Sie schon einmal Kontakt mit ihm aufgenommen?"

War das ein spöttisches Lächeln, das in ihren Mundwinkeln lauerte? „Nein", sagte sie. „Der kannte mich nicht. Der hatte bestimmt noch nie von mir gehört." Und nach einer winzigen Pause fügte sie hinzu: „Da können Sie Gift drauf nehmen!"

Der steinerne Gast

Das abendliche Telefongespräch mit Maria war nur kurz. Zu kurz. Er versicherte ihr, wie sehr er an sie und an Uwe dachte, aber im Hinterkopf bedrängten ihn Fragen, die er nicht einfach wegschieben konnte. Er ließ Maria reden und hatte ständig das schrecklich entstellte Gesicht Bogatzkis vor Augen, so dass sie ein wenig schnippisch das Gespräch mit den Worten beendete, nun sei jedenfalls wieder ein Fall in sein Leben eingetreten, und in diesem Falle werde sie sich besser verabschieden: „Schönen Abend noch!" Dabei wusste sie genau, dass er diese unverbindliche Allerweltsfloskel nicht leiden konnte. Sie passte nicht zu ihnen beiden. Maria ließ ihm nicht einmal mehr Zeit, ihr seinen üblichen Kuss durchs Handy zu schicken.

Was hatte sie verdrossen gesagt? „Ich liege hier und trage dein Kind aus, und du amüsierst dich auf Langeoog!" Und unwirsch hatte er entgegnet: „Amüsieren? Ich bin im Dienst!" Frauen!

Beim Abendessen fehlte wieder Gabriele Wolny. Ob sie abgefahren war? Da Dr. Wellenkötter es offenbar vorzog, für den Rest seines Urlaubs einem Herrn am Nachbartisch Gesellschaft zu leisten, hatte Gretchen einen neuen Gast an seinen Tisch gesetzt. Einen Mann mit dichter dunkler Haarbürste, hoch angeschoren, mit randloser Brille.

„Szymaniak", stellte er sich knapp vor. Sein Händedruck war sehr lasch. Als müsste er unbedingt vermeiden, seine Hand auch nur dem Risiko auszusetzen, von einem Wildfremden allzu kräftig gedrückt zu werden. Herr Szymaniak machte allein Urlaub. „Ein paar Tage ausspannen", murmelte er. Hatte er nicht sonst an einem anderen Tisch gesessen, in der Nähe der Tür? Womit hatte er wohl Gretchen bestochen, dass sie ihn neben Tjaden platzierte? War er als Tischnachbar jetzt so begehrt? Als Herr Szymaniak, der mit Vornamen Horst hieß, wie Tjaden mit einem unauffälligen, schnellen Blick auf dessen Serviettentasche feststellte, ihn nach dem Stand der Ermittlungen im Fall Bogatzki ausfragte, dämmerte es ihm. War dieser Herr etwa von der Presse?

Tjaden wollte essen und keinen Fall diskutieren. Nicht auch noch abends, nicht auch noch beim Kartoffelsalat! Er schaufelte also den Salat in sich hinein und sorgte dafür, dass sein Mund ständig voll war, und da ein wohlerzogener Mensch nicht mit vollem Mund spricht, erübrigte sich eine Antwort auf neugierige Fragen. Tjaden brummte nur Zustimmung oder einen unverständlichen Kommentar dazu, bis sein Tischnachbar kapierte, was los war, mit beleidigter Miene sich umso hektischer die Butter aufs ostfriesische Schwarzbrot mit Roggenmalz schmierte und schließlich verstummte.

Tjaden fühlte sich plötzlich von neugierigen Augen und Ohren umzingelt. Presseleute lauerten, und wenn es keine Medienfiffis waren, wie er sie heimlich nannte, diese emsigen Nachrichtenbeschaffer und Kommentatoren, die zu allem ihren Senf dazugaben, dann witterte er doch in allen, die sich hier wie er den Kartoffelsalat mit Fischfrikadellen schmecken ließen, die Gier, etwas von ihm zu erfahren, um daraus irgendwo, irgendwie Geld zu machen. Für heute war ihm der Appetit vergangen.

Später am Abend ging er noch einmal auf die Promenade und machte Halt an der Strandhalle. Von hier oben hatte man einen schönen Blick nach Westen, aufs offene Meer und zur Nachbarinsel Baltrum hinüber. Er setzte sich auf eine Bank. Neben ihm saß ein altes Paar, das den Sonnenuntergang bewunderte. Beide waren durch eine Wolldecke, die über ihre Knie gebreitet lag, miteinander verbunden. Und noch ein anderer Mensch saß da, hager und allein, den Blick aufs Meer gerichtet. Wie versteinert. Woran der nun wohl dachte, während der Wind in den Haarsträhnen spielte, die auf diesem Kopf sorgfältig von einer Seite auf die andere gebreitet waren, um Fülle vorzutäuschen, wo keine mehr war?

Am Geländer zur Düne hin standen ein paar junge Leute und sahen auch aufs Meer hinaus. Das eine junge Mädchen hatte sich eine Glatze scheren lassen. Sie trug einen Ring in der Nase und einen im linken Ohr. Und sie hatte einen ungeheuer breiten Mund. Tjaden hatte einen breiten Mund immer schon erotisch gefunden. Ungeheuer erotisch sogar.

Eigentlich war das Betreten der Dünen verboten, aber die jungen Leute waren gerade dabei, das Verbotene zu tun und mit einer Flasche Sekt in die Dünen zu ziehen. *Erst was verboten ist, das macht uns richtig scharf ...* Gelächter und Gesprächsfetzen wehten herüber. „Himmel, bin ich kaputt!", stöhnte das Mädchen mit der Glatze, und einer ihrer Begleiter, der das üppige Haar zum Pferdeschwanz gebunden trug, pflichtete ihr bei. „Scheißjob - und diese Massen von Touris - total krass!"

Dieses infantile Neudeutsch, es schauderte Tjaden. Das hatte sich nun eingebürgert und war nicht mehr rauszukriegen aus der Sprache: „Touris" für Touristen, „Studis" für Studenten, „Erstis" für Erstsemester, „Rollis" für Rollstuhlfahrer ... Total krass, fett geradezu!

„Gleich - gleich ist es soweit!" rief die alte Frau auf der Bank aufgeregt.

Die rote Sonnenkugel tauchte aus dem Wolkendickicht auf, das über dem Horizont lagerte, und versank in der tiefblauen See. In diesem Augenblick ploppte es, irgendwo im Dünensand lag nun ein Sektkorken. Gelächter. Dann war es still in der Düne, ganz still.

Und in demselben Augenblick, kaum war die Sonnenkugel verschwunden, sagte der alte Mann neben seiner Gefährtin auf der Bank befriedigt: „So!", sprang auf und ging weg. Seine Gefährtin musste erst noch die Sitzkissen einsammeln und die Wolldecke falten und in Tragetaschen verstauen, ehe sie ihrem Partner folgen konnte, der schon überraschend leichtfüßig in Richtung der Tennisplätze verschwunden war.

In der Düne war es jetzt sehr still. Der steinerne Gast auf der Bank blieb sitzen und rührte sich noch immer nicht. Er starrte aufs Meer hinaus, das immer dunkler wurde.

Es wurde kühl. Zeit, sich auf den Heimweg zu machen. Tjaden erhob sich fröstelnd, mit schon steifen Knochen. „Schönen Abend noch", murmelte er, aber der steinerne Gast antwortete nicht. Leute gab's!

Wie sagte seine Mutter immer? „Morgen ist auch noch ein Tag."

Auf dem Weg zum Hospiz, als er am Atelier des Inselmalers Anselm vorbeiging, überholte ihn eine dunkle Gestalt und streifte ihn ganz leicht mit dem Jackenärmel. Dabei raunte ihm eine sonore Stimme zu: „Kalt ist der Abendhauch! Gute Nacht!“ Es war der Pfarrer vom Nachbartisch, der jetzt mit Elan ausschritt und Längen vor ihm beim Hospiz ankommen würde. Es fehlte nur noch, dass ihn der Talar im Westwind umflattern würde. Seine Baskenmütze trug er nicht, er setzte sein dünnes Haupthaar dem Abendwind aus, der darin spielte.

Du sollst nicht falsch Zeugnis geben!

„Hier sind die Fotos, die diese clevere alte Dame gemacht hat. Kommt Ihnen da jemand bekannt vor?“ Harm Eversmeier schob ihm einen Packen bunter Bilder über den Schreibtisch zu. Tjaden betrachtete sie genau, eins nach dem anderen. Die richtige Reihenfolge war wichtig. Diesmal hatte Eversmeier sich zusammengerissen und die Fotos nicht durcheinandergebracht, wie er es sonst mit den Schnappschüssen vom Betriebsausflug immer machte.

Hier saß Bodo Bogatzki vor seinem Buch. Daneben die Tasse mit der Rose. Er hielt den Kopf gesenkt, er schrieb. Um ihn herum Gesichter, Köpfe, wartende Gestalten. Tjaden nahm die Brille ab und hielt das Bild dicht vor die Augen. Dieser Hinterkopf - den kannte er doch aus dem Hospiz. Am Nachbartisch, vorne rechts. Der Pfarrer, natürlich, das war der Pfarrer. Die Frau daneben aber sagte Tjaden nichts. Auch die anderen in der Reihe: Fehlanzeige. Und hier schien Bogatzki gerade den Namen der Frau zu schreiben, die ihn erwartungsvoll anlächelte. Sie trug den Kopf glatt rasiert und einen Ring in der Nase. Ein breiter Mund lächelte. Das Mädchen aus der Düne! Das Mädchen mit der Sektflasche unterm Arm. „Diese Touris, total krass!“ hörte er eine Stimme.

Frau Reimers hatte aber noch einige andere Motive aufgenommen, zum Beispiel hatte sie ziemlich blind in die Menge geschossen, die sich am Eingang zum Großen Saal drängte. Jetzt erkannte Tjaden wieder ein Gesicht. Es war die Tischnachbarin des Pfarrers, Regine Steinhauer. Mit verlorenem Blick starrte sie in die Vitrine mit den Seevögeln. Sie sah aus, als wäre sie selbst aus dem Nest gefallen und dann ausgestopft worden. Sie weckte Beschützerinstinkte, sogar auf dem Foto.

Bevor Tjaden die Bilder in seiner Aktentasche verschwinden ließ, sah er sie noch einmal durch. Ein Foto fiel ihm auf, das er beim Durchschauen kaum wahrgenommen hatte. Er ging zum Fenster und hielt es ins Sonnenlicht. Hinter Bogatzki war schemenhaft eine andere Gestalt zu erkennen. Er hätte wetten können, dass es die Buchhändlerin, war. Hatte die nicht gesagt, sie sei die ganze Zeit an ihrem Büchertisch gewesen? Emsig mit dem Verkauf beschäftigt? Was hatte die denn nun hinter dem Rücken ihres Autors zu schaffen?

Dem war nachzugehen. Und auch mit dem Herrn Pfarrer würde er sich unterhalten müssen. Ein wichtiger und ein undurchsichtiger Zeuge. Was wusste er? Warum hatte er sich nicht längst gemeldet? Das Schloss der Aktentasche schnappte ein, und Tjaden verließ die Polizeistation.

Die Sonne schien, und es war Badezeit. Tjaden schlängelte sich durch die mühevoll geschippten Wälle und blickte forschend in die Strandkörbe. Eine kräftige Dame, an deren Ohrläppchen es üppig glitzerte, cremte sich gerade ein. Sie trug eine dunkle Sonnenbrille. Ihre Oberschenkel, die breit in der Sonne lagerten, wirkten erstaunlich muskulös. Sie hatte eine Wäscheleine um ihren Strandkorb gespannt und daran ihren nassen Zweitbadeanzug und ihr Badehandtuch angeklammert. Diese Dame war bestens organisiert, ihr Leben hatte Struktur, das sah Tjaden auf einen Blick. Ein Buch allerdings entdeckte er nicht in diesem Korb. Nur eine ostfriesische Tageszeitung lag auf dem Polster, die fette Schlagzeile lautete: „Der Inselmord – Kripo ratlos!"

Ein paar Schritte weiter verzierte ein beleibter Mann gerade seinen Wall. Er hatte aus Muscheln die Worte gelegt: „Langeoog grüßt Gütersl". Hier stockte die Schrift, der Muschelvorrat war ausgegangen.

Doch nebenan, von einem vernachlässigten Minimalwall umgeben, saß jemand lesend im Strandkorb. Es war der Gesuchte: der Pfarrer.

„Guten Morgen", sagte Tjaden, nicht so forsch wie gewöhnlich. Mit Pfarrern konnte er einfach nicht ganz entspannt und locker umgehen, seine protestantische Erziehung steckte ihm noch in den Knochen. Damals war ein Pfarrer für ihn noch durchaus eine Autorität gewesen, schließlich befasste er sich Tag und Nacht mit dem großen Geheimnis, wie Tjaden das immer bei sich nannte. Dagegen war ja das, was er in seinem Beruf aufzuklären hatte, ein Kinderspiel. „Darf ich mich einen Augenblick zu Ihnen setzen?"

Pfarrer Hegemann rückte bereitwillig zur Seite. In diesen Strandkörben war immer Platz für zwei, singlemäßig waren sie noch nicht zu haben. Der Pfarrer hielt einen schmalen Band auf den Knien. Tjaden entzifferte den Titel: „Wenn Nähe ans Licht kommt."

„Predigten von meinem Kollegen, dem Inselpastor", bemerkte Pfarrer Hegemann. „Er ist ein starker Prediger vor dem Herrn."

Wenn Nähe ans Licht kommt ... Wer war Bodo Bogatzki zu nahe gekommen, und wann würde endlich ans Licht kommen, wer das gewesen war?

Eine Silbermöwe, die auf dem Gütersl-Wall gelandet war, beäugte beide Männer aufmerksam.

„Sie waren auch bei der Lesung im Haus der Insel?" fragte Tjaden. Er hasste lange Vorreden.

„Ja." Eine klare Antwort, aber nicht mehr als das. Der Pfarrer schaute immer noch ins Buch.

„Warum haben Sie mir nichts davon gesagt? Wir suchen Zeugen, das wissen Sie doch."

„Weil es nichts zu berichten gibt." Jetzt klappte der Pfarrer das Buch zu und streckte die nackten Beine von sich. „Ich stand in der Schlange, war aber noch - mindestens drei, vier Personen von ihm entfernt, als er nach der Tasse griff und trank und- ", er strich mit der Rechten beinahe liebevoll über den Schutzumschlag des Buches, auf dem eine helle Herzmuschel, stark vergrößert, aus dem Ebbsand auftauchte, räusperte sich und beendete seinen Satz: „- als er umfiel."

Irgendwas stimmte hier nicht. Auf dem Foto war er ziemlich nahe dran gewesen, mit Bogatzki fast schon auf Tuchfühlung. Warum log der Mann? Hieß es nicht in der Bibel: „Du sollst nicht falsch Zeugnis geben"? Die nächste Frage! Er würde ihm schon auf die Schliche kommen. „Haben Sie auch Frau Steinhauer gesehen?"

Täuschte er sich, oder war der Pfarrer zusammengezuckt?

„Ja", sagte er zögernd. „Am Eingang, aber dann nicht mehr."

Die Möwe äugte immer misstrauischer und kam über den Nachbarwall getrippelt, genau auf sie zu. Da flog aus dem Strandkorb links neben ihnen ein Brocken Brot herüber, auf den sich der Vogel gierig stürzte. „Füttern Sie diese Viecher doch nicht, die wird man nie wieder los!" ertönte es schrill aus dem

Strandkorb rechts von ihnen. Die Möwe, ihre Beute im gelben Schnabel, schlug mit den Flügeln und hob sich in die Luft.

„Sehet die Vögel unter der Sonne! Sie säen nicht und ernten doch.", zitierte Tjaden falsch in Erinnerung an seine Konfirmandenzeit, und er zitierte es gern. Vielleicht würde er, wenn er sich als Sympathisant zu erkennen gab, des Pfarrers Zunge lockern. So eine Vertrauen stiftende Maßnahme wirkte manchmal Wunder.

Aber der Pfarrer schwieg.

„Haben Sie sonst noch Bekannte getroffen an jenem Abend?" fragte Tjaden endlich.

Der Pfarrer verneinte.

„Warum waren Sie überhaupt da? Schätzten Sie denn Bodo Bogatzki?"

„Aus Neugier", antwortete der Kirchenmann schlicht. „Ich könnte auch sagen: Als Seelsorger muss ich den Zeitgeist studieren. Sagt Ihnen das mehr zu?"

Als Tjaden sich umdrehte, um die kümmerliche Burg zu verlassen, sah er noch aus den Augenwinkeln, dass der Pfarrer sofort wieder sein Buch aufgeschlagen hatte, um dem Text aufs Neue nahe zu kommen. Sympathisch irgendwie, aber nichts für ihn.

Auf seinem Weg am Flutsaum entlang begegnete ihm Regine Steinhauer. Barfuß lief sie über den Ebbsand, lief mit gesenktem Kopf und schien Tjaden gar nicht wahrzunehmen. Als er sich nach einer Weile umschaute, weil er ein merkwürdiges Gefühl im Rücken hatte, sah er, dass das scheue Reh stehen geblieben war und ihm nachschaute. Ihre Blicke begegneten sich. Wie ein kleines Mädchen sieht sie aus, dachte Tjaden. Dabei musste sie auf die 40 zugehen. Ein alt gewordenes kleines Mädchen. Und ziemlich verbittert.

Er wanderte weiter. Das gleichförmige Rauschen des Meeres und die gleichförmige Bewegung seiner Beine, seines ganzen Körpers, leicht gegen den Wind geneigt, machte seinen Kopf frei. Er ließ die Gedanken jetzt einfach kommen, zensierte nicht, griff nicht ein, ließ sie einfach kommen, und da tauchte wieder dieser Erpresser auf, dieser Nestbeschmutzer und Chaot, er schien jetzt auf der Insel Ruhe zu geben, als habe er sein Pulver verschossen, oder war der Mord an Bodo Bogatzki der Höhepunkt, auf den alle anderen früheren Vorfälle, alle Störungen hinauslaufen sollten, von dem sie sozusagen gekrönt wurden, und er verwarf diese unpassende Bezeichnung nicht, weil er sich hütete, jetzt zensierend einzugreifen, oder, auch das kam ihm in den Sinn, während er den Sand unter seinen Fußsohlen spürte und das Wasser bei jedem Schritt kühl unter seinen Zehen wegspritzte, oder hatte dieser Störer, der Erpresser, dieser Chaot vor lauter Schreck von seinem Treiben abgelassen, weil ihm der Boden zu heiß geworden war, denn er war kein Mörder? Bei Feinkost-Behringer jedenfalls war von heute auf morgen schlagartig nicht mehr von Gift und Erpressung die Rede, die Babygläschen wurden wieder so teuer verkauft wie vorher, auch das vollwertige Ostfriesenmüsli ruhte unangetastet in seiner Cellophanhülle, die Feuerwehr konnte im Schuppen bleiben, und niemand drohte mehr, das Dünensingen hochgehen zu lassen, die Idylle, die heile Welt, war wiederhergestellt. Konnte man meinen.

Tjaden blieb stehen. Beinahe wäre er über ein Stück Strandgut gestolpert. Es war ein Balken, von dem blaue Farbe bröckelte und der vielleicht einmal zu einem Steg gehört hatte, den die Flut weggerissen hatte. Dann sah er die Frau, die ihm entgegenkam. Sie wich seinem Blick aus, und er spürte, verrückterweise, wieder einen Stoß – sein rechtes Schienbein erinnerte sich schmerzhaft an den giftgrünen Schalenkoffer, dieses notorische Werbegeschenk. Und war diese Frau nicht dieselbe, die bei der Strandgymnastik, pong – pong – pong, immer so diszipliniert ihre Runden zog? Tiiief einatmen! Und eins und zwei und eins und zwei ... Offenbar gehörte sie auch zu denen, die hier alles richtig machten. Hatte sie nicht vorhin noch ölglänzend in irgendeinem Strandkorb gelegen?

Sein Handy klingelte. Es war Eversmeier. „Hallo, Chef! Ich habe bei der Kurverwaltung abgecheckt, ob und wie oft der Bogatzki schon früher mal auf der Insel war. Also der war tatsächlich schon öfter hier. Vor zwanzig Jahren zum ersten Mal. Meistens im Haus Victoria, ein paar Mal in einer Pension, die längst zugemacht hat, und einmal im Haus am Rosengarten."

„Ist bekannt", sagte Tjaden. „Gibt's denn keine neuen Erkenntnisse?" Er kam einfach nicht voran.

„Sorry, Chef. Keine." Jetzt hörte Eversmeier sich beleidigt an, weil der Chef seine Mühe nicht würdigte.

Aber „Haus Victoria", dem sollte Tjaden nachgehen. Die Gästebücher ansehen, und ob jemand in Bogatzkis Begleitung gewesen war. Vielleicht würde er dort fündig werden, auch wenn es bei Tomma Gerdes nichts gebracht hatte.

„Was willst du sehen? Unsere uralten Gästebücher?" Wilma Göken stemmte die Arme in die Hüften. „Weiß der Himmel, wo die sind. Na ja, ich guck' mal nach."

Unterdessen stand Tjaden hinter Wilmas Wohnzimmergardine verborgen und starrte durch den gerafften Tüll in den Vorgarten, wo zwei Festlandgartenzwerge den Inselrasen auflockerten. Am Zaun vorbei strömten die Touristen, viele per Fahrrad. Touris über Touris, hörte er die junge Glatzköpfige sagen. Während er sich noch deren breiten, dunkel geschminkten Mund vor Augen rief, hielt ihm Wilma Göken schon zwei dicke Bücher im Kunstledereinband auf ihrem Couchtisch auf. Tjaden setzte sich und begann zu blättern. Tatsächlich, da war wieder der alte Spruch - mein Gott, war dem denn nicht einmal was Neues eingefallen, als Kritiker forderte er doch auch immer Innovation: „Wer immer lesend sich bemüht, den werden wir erlösen! Bodo Bogatzki." Schon damals war seine Unterschrift mit dieser üppig ausgebeulten Unterlänge - Geldsack, sagten die Graphologen - so hochfahrend, tief ausholend und am Ende rigoros abgerissen wie später, als der Schreiber in der Mitte des Lebens war. Mit zarter Feder, hauchdünn und königsblau, hatte jemand „mit Regine" hinzugefügt.

Regine? Das war kein allzu seltener Vorname. Aber er würde das Fräulein Steinhauer fragen müssen.

Zum Mittag gab es Jägerschnitzel mit Apfelrotkohl und Kroketten. Als Dessert wartete neben dem Teller ein Schälchen mit rosa getöntem Quark, von einer Erdbeere gekrönt. Auf den Nachtisch freute Tjaden sich immer, er liebte süße Sachen.

Herr Horst Szymaniak, sein Tischnachbar, war ein langsamerer Esser als er. Er forderte bei Gretchen ein schärferes Messer an, da seines zu stumpf sei, um das Fleisch zu schneiden. Dann stieß er mit stillem Behagen die Spitze des ihm gereichten Geräts ins Fleisch, senkte die Klinge und schlitzte das Gewebe auf. Am Nachbartisch rechts neigte sich der sorgfältig gescheitelte geistliche Kopf stumm über das Quarkschälchen, und links lag das altrosa Leinenhütchen griffbereit auf der Serviettentasche, neben kräftigen, aber bleichen Fingern, die das Besteck traktierten. Warum waren diese Finger noch so bleich, scheute der Mann das Sonnenlicht?

Tjaden schaute aus dem Fenster, in der Hoffnung, dort einen reizvolleren Anblick genießen zu können. Die Telefonhäuschen leuchteten immer noch gelb am Ende des Hospizplatzes. Der anonyme Anrufer schwieg. Gab es ihn noch? Seine Telefongespräche hatte er offenbar eingestellt. Das Seezeichen ragte in den blauen Himmel, Tjaden zeigte es nichts. Aber vom Inselkino, dem „Windlicht", grüßten Filmplakate herüber: „Ganz oder gar nicht", das sprach ihm aus der Seele, das nahm er als Fingerzeig. Entweder widmete er sich diesem Fall ganz - oder er gab ihn ab. Für halbe Sachen war er nicht zu haben.

„Leihgestern hat sich gemeldet", teilte Harm Eversmeier ihm mit, als er nachmittags auf die Station kam. Leihgestern? Ach so! „Die haben Marie-Luise Rosemann vernommen, Sandras Mutter. Sie hat ihnen einiges über Bogatzki erzählt. Der muss ein ziemlicher Frauenheld gewesen sein. Hat die Frauen ausgenutzt ohne Ende. Wissen Sie - die Sorte Männer, die eine Frau schlecht behandeln und dafür umso mehr geliebt werden. Das macht die Frauen doch erst richtig an! Kennt man doch!" Tjadens junger Assistent ereiferte sich, dieses Thema schien ihm auf der Seele zu liegen. Wahrscheinlich gehörte er selbst zu den braven Männern, die immer den Kürzeren ziehen, weil sie einfach zu lieb sind.

"Und die Tochter? Was ist mit der Tochter?" unterbrach Tjaden den Redefluss seines jungen Mitarbeiters und dachte zugleich: Bin ich zu lieb?

„Die ist hier auf Langeoog gezeugt worden. Ergebnis einer Sommerliebe, wenn Sie so wollen."

„Heißt sie deshalb Sandra?"

„Soll das ein Witz sein?" Harm Eversmeier schaute seinen Vorgesetzten mit gerunzelten Brauen an. Er war ein so ernsthafter junger Mann, so überaus ernsthaft. Und echt lieb. Total lieb, wie Fenna gesagt hätte. Oder das Mädchen mit der Glatze. Tjaden gehörte eben zu einer anderen Generation, nicht nur sprachlich gesehen. Das wurde ihm wieder einmal schmerzlich bewusst.

„Wusste sie - die Rosemann - etwas darüber, ob Bogatzki Feinde hatte?"

„Natürlich hatte er Feinde. Jede Frau, mit der er einmal zu tun gehabt und die er fallengelassen hatte. Wie eine heiße Kartoffel. Einfach –", Eversmeier nahm einen Radiergummi von seiner Schreibtischablage, hielt ihn hoch und ließ ihn fallen: „– so!"

Immerhin hatte sich Bodo Bogatzki zum Literaturpapst entwickelt, was den Reiz, den er auf Frauen ausübte, noch erheblich gesteigert hatte. Reizvoll wirkte er besonders auf die Frauen, die in das Alter gekommen waren, in dem sie sich auf Sinnsuche begaben und meinten, unbedingt Lyrik absondern zu müssen.

„Und was hatte diese Frau Rosemann sonst noch zu berichten?"

„Sie hat noch das Erbe angesprochen. Schließlich habe Bogatzki nicht schlecht verdient, und seine Tochter ..."

Tjaden pfiff durch die Zähne, endlich witterte er ein Motiv. „Er hatte keine ehelichen Kinder. Wer erbt?"

„Vermutlich seine Schwester."

Da hätte diese Schwester doch ein faustdickes Motiv gehabt! Den Bruder umbringen, ehe die Vaterschaft anerkannt wurde, und dann erben.

„Ella Bogatzki, Essen, Konrad-Adenauer-Straße", erinnerte sich Tjaden. Er war froh, dass er sich auf sein Gedächtnis noch verlassen konnte.

Doch sein junger Kollege murmelte: „Nicht Adenauer, Chef. Kurt-Schumacher-Straße!" Offenbar war es ihm peinlich, denn er redete jetzt schneller als sonst: „Wir haben vergeblich versucht, die Dame zu erreichen. Sie lebt allein und ist mit unbekanntem Ziel verreist." War sie etwa auch auf Langeoog? Saß unter falschem Namen in irgendeinem Strandkorb und ließ sich in aller Seelenruhe die Sonne auf den eingeölten Busen knallen? Und die Tochter, hätte die vielleicht auch ein Motiv gehabt? Das schnelle Geld, ihr Erbe - sofort? Tjaden sah das verhuschte Geschöpf vor sich, das sich wegen seines Vaters, der sich nie um sein Kind gekümmert hatte, die Augen aus dem Kopf heulte. War das etwa Theater gewesen? Nein, Sandra war keine Mörderin. Sie hätte sich zunächst als Tochter anerkennen lassen. Eine Formsache heutzutage, es gab ja die DNA-Analyse. Ein Haar aus Bogatzkis Schnurrbart hätte genügt.

Vogelfrei

Tjaden joggte. Er joggte über den Oststrand, weit hinaus, Richtung Spiekeroog und Wangerooge ... Sand fegte über den harten gerippten Boden zu seinen Füßen. Er brauchte seinen Sport, er brauchte Bewegung, sonst schlug alles über ihm zusammen, dieser Stress, diese Frustration. Er konnte einfach nicht lange stillsitzen, für Schreibtischarbeit war er nicht gemacht. „Sesselpuperei" nannte er das, was manche seiner Kollegen mit Hingabe taten. Tagelang, jahrelang, lebenslang. Er dagegen musste jeden Tag seine körperlichen Grenzen erfahren. Und joggen.

Die schwarzen, prall mit Sand gefüllten Säcke, die schon seit über zwanzig Jahren die Insel davor schützen sollten, weggeschwemmt zu werden von der Flut, lagen da wie Riesenrobben oder im Sand versinkende Wale. Einige waren aufgeplatzt. Oder hatte sie jemand aufgeschlitzt, mutwillig aufgeschlitzt?

Die Flut kam, über schwarzes Zeug leckte Wasser. Wasserleichen, lauter angeschwemmte Wasserleichen, dachte er. Gegen seinen Willen. Und schlug sich diesen Gedanken sofort aus dem Kopf.

Nach Osten zu wurde der Strand immer leerer. Weit draußen, nahe den Dünen, hatte jemand aus allerhand Strandgut, aus Brettern und Bohlen, eine Bude gebaut. Vom Dach wehte ein roter Wimpel. Das musste er sich aus der Nähe ansehen. Tjaden stapfte landeinwärts durch den hohen Sand, er stapfte durch verbeulte Plastikflaschen, aufgerissene Plastikverpackungen, Reste von Netzen und Tauen. Und wieder waren jede Menge zerfetzte Luftballons dabei. Woher die eigentlich kamen, wäre zu klären. Muscheln gab es nur wenige. Getrockneter Blasentang hier und da. Und merkwürdigerweise ein Zweig, der wie Lorbeer aussah. Tjaden kam ein unbehaglicher Verdacht. Dieser Zweig stammte wahrscheinlich von einer Seebestattung. Ein schwarzes Schiff mit lauter Urnen an Bord kreuzte fast jeden Tag vor der Insel Norderney, keine schöne Aussicht für die Kurgäste dort. Tjaden warf den Lorbeerzweig mit den harten Blättern weg. Bis hierher kam der Bulldozer der Kurverwaltung nicht, hier wurde nicht mehr saubergemacht, hier war Naturschutzgebiet, das unter anderer Verwaltung stand.

Die Bude sah erstaunlich kompakt und wettertüchtig aus. Wer wohnte hier im Niemandsland? Wo kein Kurdirektor mehr das Sagen hatte, wo man vogelfrei war – so frei wie die Silbermöwen, Austernfischer und Lachmöwen, die in den Dünen nisteten.

Tjaden näherte sich der Bude. Die Sonne stach. Jetzt verschwand sie hinter einer Wolkenwand. In der Ferne donnerte es, erste Tropfen fielen.

Der Strand war menschenleer.

An der Bretterbude lehnte ein altes Surfbrett, ein ausgeblichener Korbsessel stand daneben, alles Strandgut, am Flutsaum gefunden, und im Eingang hing ein Vorhang aus bunten Plastikstreifen. Tjaden schob sie beiseite. Im Sandboden zeichneten sich frische Fußabdrücke ab. Eine Liege aus Brettern, ein Tisch. Er setzte sich. Jetzt trommelte der Regen auf das Dach. Damit es nicht durchregnete, war eine Plastikfolie darunter angebracht. Draußen tobte jetzt ein starker Wind, und das Meer rauschte. Ein Blitz zerriss das Dämmerlicht, das in der fensterlosen Bude herrschte. Und plötzlich waren Schritte zu hören, ganz nah. Sie kamen vom Strand.

Der bunte Vorhang teilte sich, und jemand stürmte herein wie ein klatschnasses Fohlen. Es war Regine Steinhauer.

„Hallo!“ sagte Tjaden.

„Mein Gott, haben Sie mich erschreckt!“ Ihr pinkfarbener Jogginganzug klebte an ihrer zarten Gestalt. „Ich bin nass bis auf die Haut!“ klagte sie. „Und dieses Gewitter ...“

Ein Blitz enthüllte ihr Gesicht, das trotz der sommerlichen Bräune plötzlich kalkweiß aussah. Ein Donnerschlag – und beide rückten instinktiv einander näher. Wieder ein Blitz! Die junge Frau schrie auf – und Tjaden musste den Arm um die Zitternde legen. Der Donner brachte die Erde ins Wanken.

Die Frau klammerte sich an den Mann. Wie ein Kind versteckte sie ihren Kopf an seiner Brust, und er strich ihr über den Rücken, beruhigend. Und väterlich, ganz väterlich. Ich bin im Dienst, sagte er sich mantramäßig, wie Fenna das genannt hätte, ich bin im Dienst.

Endlich ebbte das Gewitter ab. Doch endlos rauschte der Regen.

„Ich hab' solch eine Angst vor Gewitter“, flüsterte es in Tjadens Jackenausschnitt hinein.

Tjaden versuchte, sich vorsichtig zu lösen und sagte: „Aber jetzt ist doch das Schlimmste vorbei."

Aber sie ließ ihn nicht los.

Um sie abzulenken, fragte er: „Sind Sie zum ersten Mal auf der Insel?", und ärgerte sich sofort, dass ihm keine originellere Frage eingefallen war.

Die Frau schüttelte den Kopf. „Nein - ich war schon oft hier. Als Kind. Mit meinen Eltern."

„Wissen Sie, wer sich die Bude hier gebaut hat?"

„Ein Mann aus dem Dorf. Er ist nicht mehr jung. Der spielt ein bisschen Robinson."

„Kennen Sie ihn?"

Sie zögerte, ehe sie den Kopf schüttelte.

Als sie nebeneinander über den Ebbsand zurückgingen, stellte er, halb fragend, fest: „Sie waren auch bei Bogatzkis Lesung."

Wieder zögerte sie ein wenig, ehe sie nickte.

„Kannten Sie Bodo Bogatzki?"

„Wie man einen wie ihn kennt. Ich unterrichte Deutsch. Wenn man sich für Literatur interessiert, kommt man an Bodo Bogatzki kaum vorbei."

„Aber persönlich kannten Sie ihn nicht?"

Sie sah ihn von der Seite an. „Sie werden es sowieso herausbekommen", sagte sie schließlich, resigniert. „Warum soll ich es Ihnen nicht erzählen. Wir waren einmal - zusammen. So muss ich ja jetzt wohl sagen."

„Wer immer lesend sich bemüht ...", zitierte Tjaden. „Siehe Meta Jansens Gästebuch, Haus am Rosengarten. Und Sie haben es auch unterschrieben."

„Na ja, der Kripo entgeht eben nichts!" Das klang ziemlich spitz. „Ja, ich war mit ihm auf der Insel, damals. Wir waren Studienkollegen. Und wenn Sie's genau wissen wollen: Er war ein Frauenheld, und ein übler Hund dazu. Ein richtiger Don Juan. Das war schon krankhaft!" Sie stieß mit dem bloßen Fuß gegen einen Stein, den die Flut angetrieben hatte. Der Stein war zu schwer, um Bernstein zu sein. „Bodo hatte einen Wahlspruch, auf den er sich viel einbildete. Den hätte er eigentlich ins Gästebuch schreiben müssen: *An mir habt ihr einen, auf den könnt ihr nicht bauen.* Der stammte von Bert Brecht, war Bodo aber auf den Leib geschrieben. Den hat er immer den Frauen vorgehalten, die mehr von ihm wollten als ..." Sie brach ab.

„Also - war er nicht treu?"

„Er hat die Frauen ausgenutzt. Ich hab' ihm zum Beispiel hier auf der Insel seine Magisterarbeit getippt. Irgendwas über Kafka, damals schrieb jeder über Kafka. Können Sie sich das vorstellen? Seine ganze Arbeit - ich weiß nicht mehr, wie viele Seiten das waren. Zwei Wochen lang habe ich jeden Tag stundenlang an der Schreibmaschine gesessen und seine Arbeit abgetippt. In Form gebracht. Habe Kommas gesetzt. Dafür war er selbst natürlich zu genial. Fürs Grobe hatte er ja mich - oder andere Frauen." Das klang wirklich bitter. „Und außerdem", fuhr sie fort, „hat er natürlich viele Gedanken, die wir gemeinsam entwickelt hatten, in dieser Arbeit verwertet. Mein geistiges Eigentum! Er presste seine Frauen aus wie Zitronen. Und schließlich hat er aus seiner Magisterarbeit noch seine Doktorarbeit gemacht, und ich - ich musste mich beeilen, dass ich in den Schuldienst kam. Ich wollte endlich selbständig werden, nicht mehr von meinen Eltern abhängig sein. Alt genug war ich ja schon."

„Warum sind Sie zur Lesung gegangen, wenn Sie ihn so - hassten?"

Sie lachte leise. Es klang verächtlich. Als verachtete sie sich selbst. „Aus Neugier", sagte sie. „Ich wollte sehen, wie er heute aussieht - aussah. Ich wollte mich davon überzeugen, dass ich nicht die Einzige bin, die älter geworden ist."

Sie verstummte, holte tief Luft und stieß hervor: „Wenn er nicht gewesen wäre, hätte ich heute bestimmt Kinder."

Tjaden schwieg. Er wusste, wann er den Mund halten und einfach nur zuhören musste. Regine Steinhauer redete und redete jetzt, als wäre der Mann neben ihr gar nicht mehr da, als spräche sie nur zu sich selbst. Sie wanderten nebeneinander her, den harten Sand unter den bloßen Füßen, während der Wind in ihrem Haar zerrte und die heranrollende Flut immer höher den Strand heraufstieg.

Bodo Bogatzki war Regines große Liebe gewesen. Eine Studentenliebe damals, als Frauen selbstverständlich die Pille nahmen, um nicht schwanger zu werden. Als die freie unbeschwerte Liebe möglich geworden war, die weder Mann noch Frau zu irgendetwas verpflichtete. Nur die Liebe zählte, nur auf die Liebe kam es an.

„Meine Mutter hat die Pille immer skeptisch gesehen. Sie sagte immer: Der Mann kriegt doch alles – ohne Obligo! Das fand sie total falsch. Aber sie hatte auch mein Leben lang zu mir gesagt: Komm mir bloß nicht mit einem Kind! Also hatte ich zitternde Angst davor, schwanger zu werden – und weiter von meinen Eltern abhängig zu sein. Obwohl ich Bodo liebte. Aber er wollte keine Kinder, wir waren sowieso nicht in der Lage, Kinder zu haben – erst war die Ausbildung dran – und wir wohnten an verschiedenen Orten – und die Zeit ging hin – und jetzt habe ich die Zeit verpasst."

Tjaden schwieg immer noch. Einmal bückte er sich und hob etwas auf, das die Flut am Rand des Priels zurückgelassen hatte.

„Warum machen Sie hier allein Urlaub?" fragte er nach einer Weile.

„Weil – ich liebe die Insel und ich hasse sie. Mit meinen Eltern war ich immer hier, Jahr für Jahr. Das war unsere heile kleine Welt. Ich habe keine Geschwister, und wenn ich an früher denke, an meine Kindheit – da sitzen wir drei im Strandkorb, ich zwischen meinen Eltern wie auf der Besucherritze im Bett, das war ganz schön eng. Ich immer dazwischen. So habe ich meine ganze Kindheit verbracht, können Sie sich das vorstellen? Sie haben mir immer vorgemacht, alles wäre heil. Und dass ich nur recht artig sein müsste, das liebe brave Kind, so wie sie es sich wünschten, dann würde ich schon meine Belohnung bekommen. Aber – nichts habe ich bekommen. Um Bodo hätte ich kämpfen müssen, ich hätte ihm die Pistole auf die Brust setzen müssen, als er sich nicht für mich entscheiden konnte – stattdessen habe ich mir im stillen Kämmerlein die Augen ausgeheult. Weil er mir nicht treu war, weil ich wusste, er hat andere Frauen – *An mir habt ihr einen, auf den könnt ihr nicht bauen* – und irgendwann war ich ihm lästig mit meiner Jammerei."

„Hat er Schluss gemacht oder sie?"

„Uns war beiden klar, dass es nicht so weitergehen konnte mit uns. Wir haben uns getrennt und seitdem nie mehr wiedergesehen – bis vorgestern. Das heißt – ich habe ihn gesehen. Er mich nicht. Ich bin natürlich nicht zum Signieren gegangen."

„Natürlich nicht“, wiederholte Tjaden.

Plötzlich brach sie in Tränen aus.

Er hielt sie fest, drückte ihren Kopf an seine Brust und reichte ihr, als ihr Schluchzen verebbt war, sein Taschentuch. Maria hatte es ihm noch gewaschen, gebügelt und gefaltet. Ein ganzer Stapel von Taschentüchern hatte im Schrank für ihn bereitgelegen, als sie ins Krankenhaus gekommen war. Maria.

Sie gingen weiter. Die Gewitterwolken hatten sich verzogen, unter der Wolkenwand im Westen tauchte die Sonne noch einmal auf.

„Sind Sie als Kind mit Ihren Eltern auch zum Dünensingen gegangen?“ fragte Tjaden.

Sie schaute ihn von der Seite an, und es schien, als holte sie tief Luft, atmete Mut ein, um zu antworten. „Natürlich, das gehörte dazu. *Der Mond ist aufgegangen, die gold'nen Sternlein prangen, am Himmel hell und klar* ... Das ist das schönste Abendlied, das es gibt. Das ist für mich die heile Welt. Wissen Sie, dass Matthias Claudius das nur hat schreiben können, weil um ihn herum gar nichts heil war? Er war in Darmstadt, in der Fremde, er sehnte sich nach seiner Frau und den Kindern in Hamburg ... Für ihn war nichts in Ordnung, gar nichts. Aber in seinem Lied, da ist es, wie er es sich ersehnt hat.“ Sie schwieg.

„Gehen Sie jetzt noch zum Dünensingen?“

„Nein.“

„Können Sie sich vorstellen, weshalb jemand das Dünensingen mit einer Bombe bedroht?“

„Ja“, antwortete sie spontan.

„Und warum?“

„Um Chaos in die Ordnung zu bringen. Den Spruch kennen Sie doch, oder nicht? Als Ordnungshüter sollten Sie den aber kennen.“ Warum wirkte sie auf einmal so lehrerinnenhaft? Musste das denn sein? „Vielleicht gibt es auf Langeoog einen heimlichen Künstler, der will unbedingt Chaos in die Ordnung bringen. Denn das soll doch die Aufgabe der Kunst sein.“

„Die heile Welt auf den Kopf stellen - warum?“

„Weil man sie nicht erträgt? Weil sie wehtut? Lähmt?“ Jetzt schrie Regine gegen den Wind an, mit einer Leidenschaft, die

Tjaden ihr nicht zugetraut hätte. „Aus Enttäuschung! Weil man sie als Lüge entlarven will - als Lüge!“

Und plötzlich schrien beide gleichzeitig: „Die Flut kommt!“ Der breite Priel neben ihnen hatte sich, von beiden unbemerkt, mit Wasser gefüllt. Sie waren auf der Sandbank gegangen, die schon vom Land abgeschnitten war. Im Priel wurde die Strömung reißend. „Wir müssen durch!“ rief Regine, und jetzt klang ihre Stimme kämpferisch. Tjaden musste sich eingestehen, dass er sich in diesem zarten Mädchen gründlich getäuscht hatte. Sie wusste, wo es langging, und setzte durch, was sie wollte. Beide zogen die Schuhe aus, krempelten sich die Hosenbeine hoch und wateten durch das Wasser, das ihnen schon bis zu den Hüften ging. Tjaden hielt seine Jacke, in der seine Papiere steckten, über den Kopf. Regine lachte, lachte so gelöst, wie er sie nie vorher gesehen hatte. Sie stemmten sich gegen die Strömung. Über ihren Köpfen schrie eine Möwe, lachte sie aus. Und Regine lachte mit.

Chaotisch sah sie jetzt aus: das Haar vom Wind verfilzt, nasse Hosenbeine, aber sie lachte. Sie sah chaotisch aus und schien glücklich darüber.

Endlich hatten sie das andere Ufer erreicht. Allmählich wurde es dunkel.

„Es ist spät“, sagte sie.

„Es ist nicht zu spät“, antwortete Tjaden. „Wir bekommen übrigens gerade unser erstes Kind. Meine Frau liegt im Krankenhaus drüben auf dem Festland. Sie ist 38.“

Vor dem Eingang zum Hospiz drückte er ihr in die Hand, was er am Strand aufgehoben hatte: ein Stückchen Bernstein, groß wie eine Murmel. Es hatte die Farbe von dunklem Honig.

„Danke“, sagte sie, bevor sie die Treppe zu ihrem Zimmer hochging. Sie war rot geworden, was ihr erstaunlich gut stand.

Piano, piano!

Nach dem Abendessen setzte Tjaden seine Ermittlungen fort, indem er sich auf die Suche nach wichtigen Zeugen machte. Er trank ein Pils an der Theke vom „Steuerbord“ in der Barkhausenstraße, löffelte in Lale Andersens „Sonnenhof“ einen Erdbeerbecher, auf dem ein rotes Papierschirmchen thronte, während aus dem Lautsprecher über seinem Kopf das Lieblingslied seines Vaters, „Lili Marleen“, ertönte, und er bestellte einen Gin Tonic im „Seekrug“, wo er eigentlich den Panoramablick über die abendliche See hätte genießen sollen, stattdessen blätterte er in seinem Notizbuch, zeichnete hinter dem Namen „Dr. Wellenkötter“ ein Hütchen und fügte das Wort „rosa“ hinzu.

Die Fahne des „Seekrugs“ zeigte an, dass der Wind gedreht hatte. Jetzt wehte er von Osten und frischte auf. Bernsteinwetter! Später saß Tjaden im „Windlicht“ am Hospizplatz bei einem trockenen Rotwein, den Duft von frischem Popcorn in der Nase, und musterte die Kinogänger, die in langer Schlange anstanden, um mit Til Schweiger an die Himmelstür zu klopfen, und bei einer Cola in „Düne 13“, draußen auf der Bank, die er sich mit lauter Jugendlichen teilte, kam er sich wie Uwes Urgroßvater vor.

Endlich landete er im „Piano“ am Hauptstrand, einer Kneipe mit Disco, wo, wie er aus der Kinowerbung wusste, hauptsächlich junge Leute verkehrten, was für seine Ermittlungen nur positiv sein konnte. Er durfte sich nicht nur mit Zeugen in der Lebensmitte oder gar nur mit Senioren beschäftigen, auch die Jugend war einzubeziehen, und schon sah er in Gedanken wieder einen breiten dunkel bemalten Mund vor sich, einen kahlen wohlgeformten Mädchenkopf und noch etwas anderes, das sich, zarten Igelschnauzen ähnlich, unter einem schneeweißen knappen Top abzeichnete.

Hier drängte sich die Jugend, dicht an dicht standen die Tische. Wie am Fließband wurden Getränke und Pizzen serviert, aus einem Nebenraum drang Disco-Musik. Als Tjaden sich gerade auf einen Stuhl am Fenster zwängte, fragte ihn eine Stimme, die er kannte: „Was darf ich Ihnen bringen?“ Die Bedienung trug jetzt Hot Pants und darüber ein weißes Servierschürzchen. Der

Ring im rechten Nasenflügel bebte aufregend. Wieder kam ihm der Mund ungeheuer breit vor – und erotisch, verdammich noch mal, ungeheuer erotisch. Ich bin im Dienst, sagte er sich, ich bin im Dienst, und dass er sein eigenes Mantra wieder und wieder wiederholte, beruhigte ihn. „Wann haben Sie Feierabend?" fragte er, als sie ihm die Getränke brachte, und bemühte sich, nicht auf das zu starren, was dicht neben ihm, in Höhe seines Kopfes, ihm jungfräulich zart entgegenwuchs.

„Um Mitternacht". Überrascht klang das nicht gerade.

„Ich habe ein paar Fragen an Sie. Haben Sie Zeit für mich?"

Er zeigte ihr seinen Ausweis, aber so, dass nur sie ihn sehen konnte.

„Worum geht's? Um den Bogatzki-Mord?" Nüchterner hätte sie das nicht fragen können.

Er nickte.

„Warten Sie bis zwölf."

Tjaden kippte den Wacholder, schüttelte sich und trank dann sein Bier. Die junge Frau ließ er nicht aus den Augen. Eine wichtige Zeugin, er musste sich ein Bild von ihr machen. Ihre Kollegen nannten sie Inga. Sie mochte um die 20 sein, kaum älter. Ob sie Studentin war, die auf der Insel jobbte? In der Disco nebenan röhrten die Lautsprecher. Der deutsche Schlager war dran, sogenannte Oldies, diese herrlich alten Kamellen. „Ein Bett im Kornfeld" und „Theo, wir fahr'n nach Lodz!" ... Sie lösten Erinnerungen aus an seine eigene Jugend, mein Gott, war das lange her, als er noch ungebunden war ...

Endlich kam Inga an seinen Tisch. Das weiße Schürzchen hatte sie abgelegt.

Sie gingen zusammen den Dünenweg zum Wasserturm hinunter, der im Mondlicht leuchtete.

Inga Rodenbröker stammte aus Bochum und wohnte am Süderdünenring in einem Zimmer unterm Dach. Sie jobbte auf der Insel und wollte im Herbst eine Lehre als Buchhändlerin beginnen. Den Bogatzki kannte sie angeblich nur vom Fernsehen. Aus Neugierde sei sie zu seiner Lesung gegangen, sagte sie, den mächtigsten Mann des Literaturbetriebs habe sie kennen lernen wollen. Schon um mitreden zu können, später, wenn sie Bücher verkaufte.

Unterwegs, sie gingen gerade an der Inselbuchhandlung vorbei, merkte Tjaden, dass ihnen jemand folgte. Möglichst unauffällig drehte er sich um und versuchte, einen Blick auf den Verfolger zu werfen. Eine mittelgroße Gestalt im Jogginganzug, die Kapuze über den Kopf gezogen. Vor der Apotheke blieb die Gestalt stehen und blickte ins Schaufenster, als ob Sonnenschutzcremes und Mittel gegen Magen-und-Darm-Infektionen mitten in der Nacht so interessant wären.

Als Inga und er den Laden von Fokko Gerdes passierten, sah er sich aufs Neue unauffällig um. Die Gestalt hatte sich von der Apothekenauslage gelöst und ging wieder hinter ihnen. Tjaden tastete nach seiner Dienstpistole, vorsichtig schaute er nach drüben, auf die andere Straßenseite. Jetzt war die Gestalt verschwunden. Vielleicht widmete sie sich den künstlerisch wertvollen Inselfotos im Geschäft nebenan. Wem galt das Interesse des Verfolgers – ihm oder seiner jungen Begleiterin?

Er musste wachsam bleiben.

„Haben Sie sich ein Buch signieren lassen?“ fragte er, während sie die Bahnhofstraße hinuntergingen.

„Ja. Ich hab's in meinem Zimmer.“

„Wer stand mit Ihnen in der Schlange?“

„Eine ganze Menge Leute, daran erinnere ich mich. Mehr Frauen als Männer. Etliche Frauen, junge und ältere. Die waren ganz verrückt nach seiner Unterschrift. Den Bogatzki fanden wohl alle total geil.“

Tjaden zuckte zusammen. Dieses Allerweltswort der Jugend ging ihm noch immer nicht glatt ins Ohr, geschweige denn über die Lippen. Er nahm das Wort immer noch wörtlich, während es bei den jungen Leuten nur ein leerer Verstärker war wie zu seiner Zeit „Klasse“ oder „Spitze“.

Bogatzki hatte also Glück gehabt bei den Frauen – oder auch nicht. Genau das würde Tjaden herausfinden müssen.

„Aber einige Männer waren auch dabei“, fuhr Inga fort. „Direkt vor mir, das weiß ich genau – da hat ihn einer lange mit Beschlag belegt, der wollte, dass er ihm eine persönliche Widmung reinschrieb – für Gabriele, sagte er – und der Bogatzki schrieb das dann auch, na ja, und hinter mir waren auch zwei oder drei Männer in der Schlange, einer hat immer gedrängelt, der konnte es gar nicht erwarten, zum Meister zu kommen. Zum Meister – das hat der wirklich gesagt. Ganz schön durchgeknallt, was?“

„Hat Bogatzki sich seine Leser genau angeschaut?“

„Eigentlich nicht. Er hat wie ein Automat vor sich hin gekritzelt.“

„Haben Sie gesehen, wie er getrunken hat?“

„Ja, das hat er während der Lesung schon getan. Die Thermoskanne, diese blaue, die auf dem Tisch stand, hat er aufgeschraubt und sich eingeschenkt.“

„Und den letzten Schluck – haben Sie den gesehen?“

„Nein. Ich war schon an ihm vorbei, und als ich gerade von der Bühne runtersteigen wollte, hörte ich das Schreien und ...“ Inga fasste nach seinem Arm. „Ich hab' nicht beobachtet, dass jemand weggelaufen ist, und mir ist auch sonst nichts aufgefallen. So was fragt doch die Kripo immer, oder?“

Tjaden fühlte den Druck ihrer Hand, ein angenehmes Gefühl. „Warum jobben Sie gerade auf Langeoog?“

„Auf 'ner Nordseeinsel – das fand ich geil. Jetzt allerdings nicht mehr. Jetzt bin ich froh, wenn ich wieder nach Hause komme, nach Bochum. Überall nur Deiche, wo du hinguckst, und diese kleinen roten Backsteinhäuser, kaum gehst du ein paar Schritte, ist da schon wieder ein Deich. Oder du stehst vor einer Backsteinwand und was siehst du? Rot! Den Weg zur Meierei kenne ich auch schon in- und auswendig. Nee, jetzt reicht es mir. Ende der Woche fahre ich wieder nach Hause. Du triffst ja auch keinen einzigen Insulaner. Junge Leute meine ich. Überall nur Touris, nix als Touris!“

Tjaden sah sie nachdenklich von der Seite an. Überall Touris? Sie hatte schon Recht. Aber für die Langeooger selbst war das ja auch eine merkwürdige Situation. Die waren die meiste Zeit ihres Lebens von einer Urlaubs-Scheinwelt umgeben, in der man ständig Gäste zu bedienen und zufrieden zu stellen hatte. Wer die andere Welt da draußen kennen lernen wollte, musste die Insel verlassen.

In seine Gedanken hinein sagte Inga: „Wollen Sie das Buch, das Bogatzki für mich signiert hat, mal sehen?“

„Natürlich. Gern!“

Was würde die Zimmerwirtin dazu sagen, dass er als verheirateter Kriminalbeamter – jeder am Ort wusste, dass Tjado Tjadens Sohn verheiratet war – nach Mitternacht zu einer jungen Frau, die einen Ring in der Nase trug, mit aufs Zimmer ging, um irgendwelche Unterschriften in irgendwelchen Büchern anzuschauen? Mal was anderes als die Briefmarkensammlung oder das japanische Porzellan, aber letzten Endes doch haargenau das Gleiche. Würden böse Zungen behaupten.

Doch das war Tjaden jetzt egal. Während Inga die Haustür des kleinen roten Backsteinhauses in einer Reihe anderer kleiner roter Backsteinhäuser aufschloss, sah er die Gestalt im Jogginganzug auf der anderen Straßenseite stehen. Im Dunkeln. Aber sie war da.

Tjaden stieg hinter Inga die schmale Treppe hoch. Und noch eine Treppe. Hier im "Haus Windrose" roch es penetrant nach einem parfümierten Allzweckreiniger. Inga knipste das Licht in ihrem Dachzimmerchen an, ihre glattrasierte Kopfhaut leuchtete. Auch der Ring in ihrem rechten Nasenflügel leuchtete, und in ihrem linken Nasenflügel glitzerte – das sah er erst jetzt, ganz aus der Nähe – ein Sticker. Tjaden stolperte über die Schwelle, die im Halbdunkel lag. Plötzlich legten sich zwei weiche nackte Arme um ihn, und eine Stimme flüsterte ihm ins Ohr: „Darauf hab' ich den ganzen Abend gewartet! Ich find dich einfach ..."

Bevor sie das Wort aussprechen konnte, das er hasste, weil es so schrecklich jugendlich war, weil es ihm auf so grelle Weise klarmachte, dass er nicht mehr dazugehörte zu dieser freien Jugend, verschloss er ihr den beunruhigend breiten, so überaus erotischen Mund mit einem Kuss. Für den Bruchteil einer Sekunde spürte er die weichen, sich öffnenden Lippen und war drauf und dran, sich in diesen großen weichen Mund fallen zu lassen, Hals über Kopf ins Weiche, Dunkle ...

Um auf der Stelle tief zu erschrecken. Worauf ließ er sich da ein? Er war doch im Dienst, im Dienst war er, aber er musste hart arbeiten, um Kraft durch sein Mantra zu finden und sich von diesem jungen warmen Körper zu lösen. Und wahrscheinlich hätte er kapituliert, wenn ihm nicht jemand zu Hilfe gekommen wäre. Forsche Schritte kamen die Treppe hoch.

„Frau Rodenbröker, sind Sie da?“ ertönte die Stimme der Hauswirtin.

Blitzschnell sah Tjaden sich nach einem Versteck um. Hinter der Gardine? Zu kurz, seine Schuhe und die halben Hosenbeine würden darunter hervorschauen. Unters Bett? Kein Platz, es war eine Liege mit Bettkasten bis zum Fußboden. Im Bettkasten? Zu niedrig. Im Kleiderschrank? Wo war hier überhaupt der Kleiderschrank? Es gab keinen. Inga hatte ihre Klamotten an ein paar Haken an der Wand gehängt. Im Spiegel über dem Waschbecken starrte Tjaden ein bleiches, entgeistertes Gesicht an. Es war sein eigenes.

Wieder klopfte es, dringlicher diesmal. „Frau Rodenbröker?“

„Was ist denn, Frau Kuper?“ Ingas Stimme wirkte aufreizend träge und so müde, als habe sie sich schon längst tief im Bett vergraben.

„Ist alles in Ordnung? Ich habe Stimmen im Haus gehört. Und man weiß ja nie - bei allem, was so passiert ...“

„Ich habe Besuch“, teilte Inga ihr ganz cool mit. „Kein Grund zur Beunruhigung.“

„Besuch? Noch so spät?“ Helga Kuper gab sich immer noch penetrant besorgt.

„Ja. Alles in Ordnung, Frau Kuper!“ säuselte Inga mit Kleinmädchenstimme. „Gute Nacht!“

Die Schritte entfernten sich treppabwärts, Frau Kuper räumte das Feld. Es war still.

Inzwischen hatte Tjaden sich so weit im Griff, dass er zwei Meter Abstand zwischen das junge Mädchen und sich selbst gelegt hatte. Mehr war nicht möglich, denn breiter war das Zimmer nicht.

„Ich“, stammelte er, „bin im Dienst und - außerdem verheiratet. Keine gute Idee. Vergessen wir's.“

Inga lachte anzüglich. „Du hast wohl Angst, jemand erkennt dich und verpfeift dich bei deiner Frau, was?“

Es würde sich tatsächlich wie ein Dünenfeuer unter den Insulanern verbreiten, dass Onno Tjaden, Sohn des Tjado Tjaden, mit einer fast 20 Jahre jüngeren Frau, noch dazu mit einer vom Festland, nachts in heißer Umarmung in Helga Kupers Mansarde erwischt worden war. Und wie stünde er vor seiner Mutter da!

Nicht auszudenken! „Das fällt alles auf uns zurück!" war der Spruch, mit dem sie seit Menschengedenken ihre Kinder ermahnte, sich anständig zu benehmen.

Er musste vernünftig sein. Das war er auch Maria schuldig.

„Sie wollten mir doch das Buch zeigen", flüsterte er.

„Ach ja, das Buch. Hier!" Inga warf ihm einen giftgrünen Band zu, den er geschickt auffing. Seine Reaktionen waren noch gut, wenigstens etwas. „Wer schreibt, der bleibt! Anmerkungen eines Literatouristen." Er schlug das Buch auf. Auf der ersten Seite stand in schwarzer Schrift, die hier merkwürdigerweise wie gestaucht aussah und nach links kippte: „Für eine besonders aparte Frau! Bodo Bogatzki." Mit Datum von vorgestern.

Was für ein Schleimer, was für ein elender Schleimer. Und was hatte er davon gehabt?

Unterdessen hatte Inga sich wie ein müder Fötus auf ihrem Schlafsofa eingerollt. „Bleib doch hier", zirpte sie. „Ich habe einen Inselkoller. Du musst mich kurieren! Sonst stecke ich noch andere an, und das gibt eine Massenpanik. Stell dir zigtausend Touris vor, die stürmen die Inselbahn und alle Schiffe, die sie kriegen können. Nichts wie weg! Die trampeln sich tot auf der Bahnhofstraße, die wären gar nicht mehr zu bändigen, das wär' doch das absolute Chaos!"

„Sorry", sagte Tjaden und ging zur Tür. *Alles ruft uns zu, dass wir entsagen sollen,* dieser Satz fiel ihm plötzlich ein, aber er hatte keine Ahnung, wo er herkam. Goethe wahrscheinlich. Oder Schiller. Er strich Inga mit der Hand leicht über den Kopf und hauchte ihr einen Kuss darauf. Die glatte Haut, auf der schon feine Stoppeln zu spüren waren, ließ ihn schaudern. Die Haare wuchsen schon nach, beinahe unmerklich wuchsen sie nach. Gras muss darüber wachsen, auch dieser Satz drängte sich ihm auf, ohne dass er wusste warum.

Draußen vor der Tür war er allein. Alle Fenster des Hauses waren dunkel, die Hauswirtin war wohl schon zu Bett gegangen. Aber als Tjaden den Vorgarten verließ, sah er den Schatten, der vom Nachbargrundstück heraustrat. Er war sicher, dass derjenige, der im Dunkeln auf ihn gewartet hatte, ihm jetzt folgen würde. Sein Beschatter? Oder sein Beschützer? Tjaden hatte keine Ahnung. Er war müde, bleiern müde. In der Nacht waren alle Jogger grau. Er schaute sich um. Jetzt konnte er niemanden mehr erkennen. Die graue Gestalt im grauen Jogginganzug schien aufgegeben zu haben. Nur zum Schein?

Aber morgen war auch noch ein Tag.

Aus den Kneipen, die Tjadens Heimweg säumten, drangen noch laute Stimmen. Alles war hell erleuchtet. Eine Kneipe neben der anderen, alle noch voller Touris. Nur bei Fokko Gerdes, vollgestopft mit allem, was der Urlauber brauchen konnte, vom Sonnenöl über die Stützstrümpfe bis zum Alleskleber und Souvenirs aller Art, nur dort im Laden war es dunkel und ganz still. Der zottige Schäferhund, der auch in der Mittagspause immer Wache hielt, war jetzt unsichtbar. Sicher schlief er auf der Türmatte, die Schnauze zwischen den Pfoten. Tjaden liebte Schäferhunde, aber leider war Maria nicht für so große Tiere zu begeistern. Und wenn jetzt noch der Uwe kam ...

Aus dem „Steuerbord“ drangen noch laute Stimmen. Wie war denn das mit der Polizeistunde hier auf Langeoog? Erst als er von der Barkhausenstaße auf den Hospizplatz trat, nahm er den Sternenhimmel über sich wahr. Schräg über dem alten Backsteingebäude funkelte der Große Wagen, das liebste Sternbild seiner Kindheit. Er drehte sich um. Stand unter der Bake sein Verfolger? Vielleicht war es nur einer, der genau wie er den Sternenhimmel bewunderte. Und einen Jogginganzug trug hier jeder, wenn das Wetter so gemischt war wie in diesem Sommer. Tjaden riss sich zusammen, er musste der Sache auf den Grund gehen. Wer war dieser Kerl da drüben? Er ging zurück, hielt auf die Gestalt zu. Und plötzlich war sie nicht mehr da. Hatte sie sich unter den Heckenrosen versteckt? War sie in ein Telefonhäuschen geschlüpft? Oder längst in einer der Pensionen verschwunden, die den Platz säumten? Schaute sie vielleicht schon schadenfroh aus einem Fenster auf ihn, den Kriminalen, herab, der mit diesem Fall einfach nicht zu Potte kam?

Es knisterte hinter ihm, und dann hörte es sich an, als ob kleine scharfe Krallen sich an einem Stein wetzten. Er fuhr herum. Die schwarze Katze mit dem Silberhalsband kam auf ihn zu und strich ihm um die Beine. Doch als er die Hand nach ihr ausstreckte, um ihr den Kopf zu streicheln, zog sie ihm blitzschnell mit ausgefahrenen Krallen über den Handrücken und verschwand.

Tjaden zuckte mit den Achseln und betrachtete noch einmal sein Lieblingssternbild. „Der gestirnte Himmel über mir und das moralische Gesetz in mir“ - wie stand es mit dem moralischen Gesetz? Warum war er überhaupt zur Kriminalpolizei gegangen? Um ständig hinter denen herzurennen, die das moralische Gesetz nicht in sich trugen? Eigentlich hatte er Journalist werden wollen, und als er sich in Gerichtsreportagen für die Lokalzeitung geübt hatte, war ihm klar geworden, dass seine Rolle eigentlich eine ganz andere war. Er wollte nicht nur sitzen und schreiben, das war dann doch wieder Sesselpuperei. Er musste aktiv werden, er musste etwas tun.

Einmal, das würde er nie vergessen, saß ein junger Mann auf der Anklagebank. Es ging um Drogen und Raub, ein ganz schwerer Junge. Plötzlich hatte der Angeklagte sich losgerissen und war aus dem Fenster des Gerichtssaals gesprungen. Tjaden, auf der Pressebank, war geistesgegenwärtig hinterhergesprungen und hatte ihn festgehalten. Für diese Glanzleistung war er dann offiziell belobigt worden, der Landrat persönlich hatte ihm die Hand geschüttelt und zu ihm gesagt, an ihm sei doch ein Polizist verlorengegangen. Damals, in dem Augenblick, als er durch das Fenster sprang, war er glücklich gewesen wie nie zuvor: ganz wach, ganz gegenwärtig. Lebendig! Und deshalb war er zur Kripo gegangen.

Aber jetzt fragte er sich doch manchmal, warum er nicht einfach Wattführer geworden war wie sein Schwager Udo, staatlich geprüft sogar, da hätte er auch allerhand suchen und aufdecken können, was im dunklen Schlick verborgen war: borstige Wattwürmer zum Beispiel, bei deren Anblick sensible Urlauberinnen vor Entzückensekel Schreie ausstießen, er hätte im dunklen Erdreich wühlen und dreimal pro Woche predigen können, wie sinnreich doch die Schöpfung auch im Kleinen konstruiert ist. Der Wattwurm, zum Beispiel, kann sein Hinterteil einfach abwerfen, wenn er es zur Abfuhr von Verdauungsballast aus dem Watt gesteckt und eine Möwe oder ein Austernfischer dieses Hinterteil mit dem Schnabel zu fassen gekriegt hat. Das wächst ihm einfach wieder nach, hundertmal! Statt von solchen Wundern der Natur zu erzählen und sich den frischen Seewind gegen Entgelt um die Nase wehen zu lassen, musste er, Tjaden, seine Nerven bei der Verfolgung von Mördern lassen, musste sich ostfriesische Bohnensuppe einfüllen, weiblichen Reizen widerstehen, Tassen im Schrank zählen ...

Da fiel ihm etwas Entsetzliches ein. Maria! Er hatte an diesem Abend vergessen, sie anzurufen. Ihm wurde heiß, seine Ohren glühten. Er war ja das leibhaftige schlechte Gewissen. Von wegen „moralisches Gesetz".

„Schiet", sagte Tjaden, drehte sich um und steckte den Schlüssel ins Schloss.

Selbst ist die Frau

„Wie geht's jetzt weiter?" fragte Tjaden seinen jungen Kollegen. „Wer sind die anderen Männer auf den Fotos, verdammich noch mal?" Beide saßen auf der Wache und starrten trübe in ihre Tassen, als hofften sie, im Kaffeeprütt die Antwort zu finden. Aber das war nicht möglich, denn Otto Peters servierte Filterkaffee aus der Kaffeemaschine, und Frau Bünting, die Raumpflegerin, schaffte den Prütt regelmäßig beiseite, um damit den prächtigen Ficus Benjaminus auf der Fensterbank zu düngen.

„Schicken Sie die Fotos mal den Kollegen in Gießen", sagte Tjaden schließlich. „Vielleicht kann Frau Rosemann, Marie-Luise, meine ich, die in diesem Kaff wohnt, wie hieß das noch – Vongestern, Beigestern oder so? – damit etwas anfangen. Und Bogatzkis Schwester müßte sich zu den Fotos auch mal äußern. Haben wir die Dame eigentlich schon aufgetrieben?"

„Leider nein, Chef." Der junge Eversmeier gab sich heute morgen sehr diensteifrig. Tjadens Laune war nicht die beste, also Vorsicht!

Tjaden selber hatte das auch schon gemerkt. Das beste Mittel dagegen war, aktiv zu werden, und das hieß, die richtigen Fragen zu stellen. Ganz wie er es gelernt hatte. Also wie war das mit dem Motiv? Leider waren sie damit noch keinen Schritt weitergekommen. „Wie kommt einer bloß auf die Idee, diesem Literaturmenschen vor aller Augen Zyankali zu verpassen? Aus Rache? Aber wer wollte sich da rächen – und wofür?"

„Vielleicht hat er jemandem die Frau ausgespannt", sagte Harm Eversmeier. „Der soll ja bei den Frauen enorm Schlag gehabt haben."

„Eifersucht? Dann wäre also ein Mann der Täter."

„Nicht unbedingt. Auch Frauen können Frauen lieben, Chef."

Tjaden starrte ihn an, ehe er endlich begriff. Er selbst hatte 20 werden müssen, bis er das Wort „lesbisch" zum ersten Mal hörte. Und er hatte damals nicht auf Anhieb gewusst, was es bedeutete.

Oder – vielleicht ging es gar nicht um so intime Dinge. Vielleicht ging es um etwas ganz anderes, und sie tappten immer noch im Dunkeln wie Wattführer Udo, wenn er auf gut Glück seinen Spaten ansetzte, um vor den erwartungsvollen Augen aller den Pierwurm oder die große Sandklaffmuschel ans Licht zu befördern. Aber selbst wenn Udo manchmal zwei-, dreimal ansetzen musste, am Ende wurde er immer fündig, denn das Watt steckte voller Leben. Es wimmelte nur so von Lebewesen. In Tjadens Fall war immerhin eines sicher: Es gab einen Täter. Er musste ihn nur finden. Wie einen Sektkorken im Dünensand der ostfriesischen Inseln.

Zum Glück war Maria diesmal nicht so nachtragend, wie er befürchtet hatte. Aus unerfindlichen Gründen - wahrscheinlich hatte es mit den Hormonen zu tun - war sie an diesem Morgen sogar richtig aufgedreht und bestürmte ihn, von seinem spannenden Fall und den Fortschritten, die er erzielte, zu berichten. Haarklein bitte!

Was hatte sie da gesagt? Haarklein? Sollte sie etwas von Inga erfahren haben? Von Inga mit ihren kleinen unschuldigen Härchen auf dem Kopf ... Aber das war natürlich Unsinn.

„Wir wissen noch immer nichts über das Motiv", antwortete Tjaden, erleichtert und erfreut über das ungewohnte Interesse, das Maria an seinem Beruf zeigte.

„Vielleicht war es ein Racheakt", schlug sie vor.

„Der soll ein Frauenheld gewesen sein. Vielleicht hat er sich als Heiratsschwindler betätigt und ..."

„Du bist wohl felsenfest davon überzeugt, dass ihn eine Frau auf dem Gewissen hat?" fragte Maria.

„Du etwa nicht? Ein Kerl verabreicht doch kein Gift, der knallt ab oder sticht zu!"

„Aber der Überfall auf Fenna?"

„Das schafft eine kräftige Frau auch. Kommt ganz drauf an, was die für Neigungen hat. Guck sie dir doch an, wie sie sich in diesen Fitness-Studios abarbeiten - wie die Kerle!"

„Und trotzdem. Gehen wir doch mal davon aus, dass es ein Mann war", schlug sie vor. „Welches Motiv könnte er denn gehabt haben? Wir denken immer nur an eine Beziehungskiste. Muss aber doch gar keine gewesen sein. Der Bogatzki war der Platzhirsch im Literaturbetrieb. Der hatte Macht. Macht über Lebensschicksale! Vielleicht liegt da das Motiv? Dass er sich

Feinde gemacht hatte – einen ganz bestimmten Feind?" Maria hörte sich richtig eifrig an. Rührend, dass sie sich so den Kopf zerbrach für ihn.

„Vielleicht wollte einer von denen mal in diesem Literarischen Terzett gut wegkommen. Der wollte ein Lob von ganz oben – diesen Kritikerclub guckt doch halb Deutschland –, aber das Lob hat er nicht gekriegt. Vielleicht ist er auch gnadenlos verrissen worden. Und der wollte sich jetzt an ihm rächen."

Interessante Idee, musste Tjaden zugeben. Er versprach, Maria auf dem Laufenden zu halten. „Pass auf Uwe auf!" rief er, und jetzt erlaubte sie ihm auch, sie durchs Handy zu küssen, ehe er es in der Jackentasche vergrub.

Vor der Kurverwaltungskasse wartete eine schier endlose Schlange darauf, einen Strandkorb mieten zu dürfen. Sie reichte weit hinaus auf den Vorplatz, fast bis zum ausgemusterten Seenotrettungskreuzer „Langeoog", der hier auf dem Trockenen stand und als Museumsstück zu besichtigen war. Trotz des Ansturms wollten die Kassen gerade schließen. „Mittagspause!" Tjaden ließ sich nicht abwimmeln, sondern stellte forsch den Fuß in die Tür.

„Und was wollen Sie noch hier?" fragte sie ihn streng, als die anderen schon resigniert das Weite gesucht hatten.

Gekonnt unbeholfen, wie Columbo, der an seinem Trenchcoat herumfingert, kramte er seinen Ausweis hervor und hielt ihn ihr unter die Brille. Sie war beeindruckt. Offenbar kannte sie Tjaden nicht. Wie sollte sie auch, denn sie sprach ein gepflegtes Sächsisch.

Die Frau zog den Vorhang vor die Tür und winkte Tjaden hinter die Barriere, die die Angestellten von den Kurgästen trennte.

„Ich untersuche den Mordfall Bogatzki", sagte Tjaden. Die Frau schrak zusammen und starrte ihn ehrfürchtig an. „Und da habe ich nun eine Bitte an Sie: Ich brauche eine Liste aller Gäste, die am vergangenen Donnerstag auf der Insel waren und die mit Literatur oder Journalismus, mit den Medien also, zu tun haben. Beruflich, meine ich. Also Journalisten, Schriftsteller, Lehrer ..."

Die Frau bekam große runde Augen. „Männer und Frauen?" fragte sie ehrfürchtig.

„Natürlich. Sie haben doch die Angaben im Computer. Machen Sie mir bitte einen Ausdruck!"

„Jetzt? In meiner Mittagspause?" fragte die Frau ungläubig, und Tjaden versicherte ihr mit fröhlicher Stimme, geradezu jubelnd: „Wann, wenn nicht jetzt? Es eilt! Wir dürfen keine Minute mehr verlieren!"

„Ach, das geht ja nicht", fiel der Frau ein. Sie wirkte echt bekümmert. „Wir fragen unsere Gäste nicht mehr nach ihrem Beruf. Das war früher einmal. Aber jetzt - nein, da kann ich Ihnen leider nicht weiterhelfen."

Früher einmal? Genau, er erinnerte sich. Seine Mutter hatte immer erzählt, dass die Kurverwaltung Ärzte und Pastoren aus der Gästeflut rausfischte, die waren angeblich von der Kurtaxe befreit. Das war natürlich lange her.

Schade, solch eine Liste wäre interessant gewesen. Wenn auch elend lang, mit diesen vielen Lehrern darauf. Viele brave Lehrerfamilien verbrachten ja ihre Ferien an der See. Und wie hätte er die Deutschlehrer von den Mathematiklehrern trennen sollen ... Aber er hätte wirklich gern gewusst, ob es nicht irgendeinen Autor gab, der jetzt gerade auf der Insel Urlaub machte. Inkognito vielleicht. Der hätte sich Bogatzkis Lesung garantiert nicht entgehen lassen.

Die Buchhändlerin. Er musste die Buchhändlerin fragen, vielleicht konnte sie ihm einen Tipp geben. Und dann sollte er auch seine Mutter wieder einmal besuchen, vielleicht gab es dort wichtige Inselneuigkeiten.

In der Inselbuchhandlung drängte sich die Kundschaft wie immer in der Hochsaison. Es war rappelvoll. Der Buchhändlerin konnte es nur recht sein, wenn möglichst viele so dachten wie die nicht mehr ganz junge Frau, die gerade vor dem Taschenbuchständer stand und zu ihrem Begleiter sagte: „Ein Konsalik für den Strandkorb - für wenn es regnet!" Die kam natürlich aus Nordrhein-Westfalen. Wenn im größten Bundesland die Schulferien angefangen hatten, war das auf Langeoog nicht zu überhören.

Manuela Freese stand hinter der Kasse. Es war stickig zwischen all dem Papier, aber sie wirkte so kühl und frisch wie aus der Fernsehwerbung für ein Deodorant. Beneidenswert, dachte Tjaden. Und jetzt zwinkerte sie ihm sogar zu. Oder hatte er sich getäuscht? Sollte sie wirklich mit ihm flirten? Was fand sie denn wohl an ihm? Aber er gab sich keinen Illusionen hin, wahrscheinlich waren wieder die Hormone schuld. Was die nicht alles anrichteten ... Vielleicht würden die Forscher auch noch herausfinden – differenzierter, als es bisher auf der Polizeischule gelehrt wurde –, inwiefern die Hormone die Menschen dazu brachten, Verbrechen zu begehen. Und dann war zu fragen, wer wofür überhaupt noch verantwortlich zu machen war. Steuerungsfähigkeit hieß das immer in den Gutachten vor Gericht.

Eigentlich störte er ja nur in dem Gedrängel vor der Kasse, schließlich nahm er einem kaufwilligen Menschen den Platz weg. Trotzdem, es musste sein. „Ich hätte da noch 'ne Frage", sagte er columbomäßig, woraufhin sie ihn rasch ins Hinterzimmer bugsierte, ganz diskret, nur kein Aufsehen, bitte, während der Azubi, weiblich, mit langer blonder Mähne, die Stellung hinter der Kasse hielt.

„Ich hätte da noch 'ne Frage", wiederholte Tjaden. „Sind zur Zeit eigentlich irgendwelche Autoren auf Langeoog? Die schauen doch sicher alle bei Ihnen herein!"

„Sicher", strahlte Manuela Freese, „die Gabriele Wolny macht gerade hier Urlaub, die war schon ein paar Mal bei uns."

Gabriele Wolny! Seine verschollene Tischnachbarin! Stille Wasser sind tief, würde seine Mutter jetzt sagen; sie hatte immer das passende Sprichwort parat. Und er hatte die Frau für eine Sportlehrerin gehalten oder ihr irgendeinen anderen handfesten Beruf verpasst. Stattdessen nun dies. Eine Schriftstellerin! Worüber mochte sie hier auf der Insel schreiben? Oder war sie nur zum Recherchieren hier, wollte sie nur beobachten, sich das Inselleben einverleiben, um dann, schreibend, alles wieder herauszuwürgen wie eine Störchin, die ihre Jungen füttert?

„Was schreibt sie denn so?" fragte er.

„Einen Moment, das haben wir gleich!" Manuela, flott und frisch, wusste, welchen Service sie ihren Kunden schuldig war, vor allem, wenn sie männlich und von der Kripo waren. Sie warf den Computer an, bediente Tasten – und las vor:

„Wolny, Gabriele. Erstens: *Selbst ist die Frau, I.* Eine Anleitung für Heimwerkerinnen. Zweitens: *Selbst ist die Frau, II.* Eine Anleitung zur Selbstverteidigung. Drittens: *Scheißschule!* Eine Anleitung zum Ausstieg aus der Pädagogik."

„Scheißschule? Wie schreibt sich das?" fragte Tjaden. „Mit drei „S" nach der neuen Rechtschreibung?"

Die Buchhändlerin grinste ihn an. Wir verstehen uns, sollte das wohl heißen, und dann bemerkte sie: „Unter uns gesagt: Wahrscheinlich eine frustrierte Lehrerin, die sich aufs Schreiben verlegt hat. Ratgeber kommen bei den Lesern an, da war sie gut beraten. Kann ich noch etwas für Sie tun?" Das klang so freundlich und grundehrlich, dabei wollte sie die Kripo bestimmt so schnell wie möglich loswerden aus ihrem Laden.

„Wann haben Sie denn Frau Wolny zum letzten Mal gesehen?"

„Vorgestern, glaube ich. Sie bietet im 'Spöölhus' einen Selbstverteidigungs-Kurs an. Für junge Mädchen und Frauen. Und das Buch dazu soll bei mir vorrätig sein." Die Wolny und Selbstverteidigung, sieh mal einer an. Da könnte Fenna sich gleich anmelden.

Im Türrahmen drehte er sich noch einmal um, wiederum wie Columbo, so als wäre ihm gerade etwas eingefallen, zerstreut kratzte er sich den Schädel und fragte: „Übrigens sind Sie auf einem Foto zu sehen, das jemand auf der Lesung gemacht hat." Das hörte sich an, als könnte er es selbst kaum glauben, und es war doch ganz sicher ein Witz, oder? „Sie stehen hinter dem Autor, der gerade Bücher signiert. Jetzt kann ich mir das gar nicht erklären. Sie sagten doch, Sie seien die ganze Zeit an Ihrem Büchertisch gewesen, weil Sie doch verkaufen mussten. Was haben Sie denn dann hinter dem Mann auf der Bühne gemacht?"

Manuela Freese wurde rot. Sie errötete tatsächlich, und es sah entzückend aus. So eine Karrierefrau, die alles im Griff hat, vor allem sich selbst, die kühle Überlegenheit ausstrahlt und dann rot wird wie ein kleines Mädchen – hinreißend! „Was wollen Sie denn damit sagen, Herr Kommissar?" Kokett konnte sie auch sein.

„Gar nichts. Ich frage Sie nur, ob Sie mir das erklären können. Wo habe ich denn das Foto?" Er kramte in der Innentasche seiner Jacke, die Columbo-Masche klappte gut. Ach, da war es ja wirklich, das Foto. Er hielt es Manuela Freese hin.

„Ich - ich -", sie kam ins Stottern. „Ich wollte nur schnell nachsehen, ob er noch genug zu trinken hatte. Und ob alles in Ordnung war."

„Und - war alles in Ordnung?" Tjaden sah sie scharf an.

„Selbstverständlich." Jetzt gab sie sich wieder ganz souverän. „Wenn Sie noch Fragen haben, kommen Sie ruhig vorbei. Ich helfe Ihnen gern!"

Wo ist Wolny?

Draußen fand Tjaden sich wieder unter den wachsamen Augen des Wasserturms. Er fühlte sich wirklich beobachtet, eine fixe Idee, gegen die er machtlos war. Auf der Polizeiwache hockte Peters mit unglücklicher Miene vor einem Stapel Akten.

„Weißt du, wer sich die Bude da draußen am Oststrand gebaut hat?“ fragte Tjaden.

„Da sind wir nicht zuständig für, das gehört schon zum Nationalpark Wattenmeer. Aber wir kennen den. Das ist ein harmloser alter Kerl, Jan Eilts. War früher mal Matrose und kann sich nicht damit abfinden, dass er jetzt nicht mehr rausfährt auf See. Der sammelt Strandgut so wie früher die Strandräuber.“

Auch mit diesem Menschen sollte Eversmeier sich mal unterhalten. Vielleicht hatte er die Wolny gesehen oder sonst irgendwas beobachtet.

Aber vorher besuchte Tjaden Frau Winkler in ihrem Büro. Gepflegt wie immer, trug Dorothea Winkler zum silbrig angehauchten Haar heute eine graue, glänzende Bluse - wie eine Silbermöwe sah sie aus. Möwen waren Raubvögel und stark, Tjaden war auf der Hut. Er witterte den vertrauten Duft, der die Hausdame umgab. „Ich wollte mich nach Frau Wolny erkundigen, die im Hospiz gewohnt hat. Ist sie abgereist - und wann?“

Frau Winkler musterte ihn prüfend. „Ich nehme an, Ihr Interesse ist ein dienstliches, kein privates, nicht wahr?“

Er nickte. Die Hausdame öffnete ein großes Kontorbuch. Man hatte hier noch nicht auf Computer umgestellt, aber das würde kommen.

Frau Wolny, stellte die Hausdame fest, wohnte noch im Hause und hatte bis Ende der Woche gebucht.

„Merkwürdig“, sagte Tjaden. „Ich habe sie schon seit ein paar Tagen nicht mehr gesehen. Sie saß - sie sitzt eigentlich bei mir am Tisch. Ich hatte angenommen, dass sie abgereist ist.“

Die Hausdame hob die Brauen. „Zimmer 225“, sagte sie. „Wir sollten einmal nachsehen.“

Er folgte ihr über Treppen und durch dämmrige, verwinkelte Korridore. Zimmer 225. Die Hausdame klopfte an.

Keine Antwort.

Sie klopfte noch einmal, energischer diesmal.

Nichts rührte sich.

Jetzt schloss sie auf. Das Zimmer war leer, das Bett unberührt. Auf einem Hocker eine prall gefüllte Reisetasche, auf dem Schreibtisch ein kleiner flacher Koffer. Ohne Laptop lief heute wohl gar nichts mehr. Im Kleiderschrank, dessen Türen halb offen standen, hingen nur noch ein paar leere Bügel.

„Sieht so aus, als ob sie abreisen wollte. Aber sie ist offenbar noch da!" Tjaden redete vor sich hin, nur um zu reden. Die Stille mit der wohlriechenden Hausdame im strengen Silberlook zu teilen, war ihm unbehaglich. Er fühlte sich unsicher wie ein Primaner, der zum ersten Mal einem weiblichen Wesen nahekam.

Wann hatte ihm seine Tischnachbarin zum letzten Mal Gesellschaft geleistet? War es Freitag oder Sonnabend gewesen? Jedenfalls hatte es zum Abendbrot ein ragoutähnliches Hors d'oeuvre gegeben, irgendwas Undefinierbares, Überbackenes, und sie hatte sich darüber mokiert, dass im Hospiz wohl alle Reste vom Mittag restlos wiederverwertet würden. „Gnadenloses Haushalten" hatte sie das genannt. Hier seien sie eben sparsam, hatte Tjaden geantwortet, aber seine Tischnachbarin hatte lustlos in ihrem feuerfesten Näpfchen herumgestochert und abschließend gemeint, sicher würde irgendwo in diesem alten Gemäuer auch noch ein Schwein mit den allerletzten Resten gemästet. Perfekte Futterverwertung, die Schweine würden wieder geschlachtet und dem Speiseplan erneut zugeführt ...

Das war ihr letztes Gespräch gewesen.

Tjaden öffnete den Reißverschluss der Reisetasche. Jeans, Sweatshirts, Pullis, alles ordentlich gefaltet. Der graurote Jogginganzug der Wolny fehlte. Zwischen der Wäsche, weiter unten, stieß seine Hand auf etwas Hartes. Er zog es heraus: Es war Bodo Bogatzkis Bestseller. Tjaden schlug das Buch auf. Auf der ersten noch freien Seite stand handschriftlich, in schwarzer Tinte: „Für Marianne! Langeoog sehen und sterben! Mit freundlichen Grüßen", Unterschrift und Datum von vorvorgestern.

Sie war also auch bei der Lesung gewesen. Eine von 400 Zuhörern, eine aus dem Publikum. Aber wer war Marianne? Eine Freundin, der die Wolny das Buch zum 50. Geburtstag oder zu Weihnachten schenken wollte? Das war möglich. Oder hatte sie sich Bogatzki gegenüber einen anderen Namen gegeben, um nicht aufzufallen? Vielleicht kannte sie ihn von früher? Aber wo steckte sie überhaupt?

Tjaden öffnete die Tür zum Bad. Dieses Zimmer war luxuriöser als die meisten in diesem Haus, zu diesem Zimmer gehörte ein Bad. Unter dem Spiegel am Waschbecken stand nicht viel. Nachtcreme für die reife Haut ab 30, aber keine Schminkutensilien, auch keine weitere Kosmetik. Nur Seife, Zahnpasta und eine Zahnbürste mit lila Griff. Krummborstig und knochentrocken stand sie im Glas. Offenbar war sie schon länger nicht mehr benutzt worden.

Wo war Gabriele Wolny? Eversmeier sollte sich umhören. Wo konnte sie stecken, verdammich noch mal? Tjaden hatte das Gefühl, dass er nur diese Frau wieder auftreiben müsste, dann würde sich der Mordfall wie von selbst lösen.

„Wir könnten sie steckbrieflich suchen lassen", bemerkte Peters, der es allmählich genoss, dass dieser Fall immer exotischer, immer langeoogfremder wurde, vor allem aber, dass er nicht dafür verantwortlich war.

„Also ich weiß nicht", war Eversmeiers Kommentar. „Es ist doch möglich, dass sie irgendwo - vielleicht bei einem Lover, die Nacht verbracht hat."

„Die Nächte", korrigierte ihn Tjaden. „Und ohne ihre Zahnbürste?"

„Die gibt's billig zu kaufen. Sogar auf Langeoog. Aus irgendeinem Grund ist sie nicht mehr ins Hospiz zurückgekommen. Sie war eben verhindert."

„Aber gleich tage- und nächtelang einfach verhindert? Schließlich hat sie mindestens Halbpension gebucht. Wenn nicht gar Vollpension. Das lässt man doch nicht einfach so sausen."

„Man vielleicht nicht - frau schon. Unter besonderen Umständen."

Persönliche Unterlagen hatte Tjaden im Hotelzimmer nicht gefunden. Geld, Ausweise oder Adressbuch - alles das trug sie offenbar bei sich. Vielleicht im Brustbeutel oder in der Taillentasche, wie es sie fleischfarben in hautverträglicher Baumwolle für Touris zu kaufen gab.

Gabriele Wolny war angeblich in Bremen zu Hause. Wo auch Bogatzki gewohnt hatte. Sollte es da Verbindungen geben, von denen noch niemand etwas ahnte? Aber vielleicht war sie auch inzwischen längst wieder zu Hause, ganz einfach. Was zu überprüfen wäre.

„Sie könnte auch irgendwo festgehalten werden", gab Tjaden zu bedenken. „Kontrolliert mal alle leerstehenden Häuser und Wohnungen! Es ist zwar Hochsaison, aber trotzdem ist manche Eigentumswohnung frei. Ach, und noch was. Seht euch doch auch mal dieses alte Schulgebäude an, das steht nun schon jahrelang leer - weiß der Himmel, was sich darin tut!" Die Internatsschule hatte schon vor Jahren Pleite gemacht, das ehemalige Flugplatzgebäude aus der Kriegszeit verfiel, weil immer noch nicht ganz klar war, wem es eigentlich gehörte. Fenster und Türen waren vernagelt, über die Treppen wucherte Unkraut - ein Schandfleck für die Insel.

Außerdem waren Handzettel zu verteilen: Wichtige Zeugin gesucht im Mordfall Bogatzki. Name und genaue Beschreibung („ca. 1,80 m groß, kräftiger Körperbau, Haarfarbe braun, Kurzhaarschnitt, vermutlich bekleidet mit einem grauroten Jogginganzug"). Ein Foto hatten sie leider nicht. Vielleicht könnte der Verlag, der Gabriele Wolnys Bücher herausgebracht hatte - „Scheißschule" und so weiter - eins liefern?

Der Aufruf hatte einen erstaunlichen Erfolg. Das Telefon in der Wache klingelte fast ununterbrochen. Überall auf der Insel war Gabriele Wolny schon einmal gesehen worden. Und nicht nacheinander, sondern gleichzeitig. „Diese Person hat die Fähigkeit, an drei Orten zugleich zu sein", stöhnte Peters, der Tjaden Bericht erstattete. „Einer will sie in der Meierei gesehen haben, wie sie Dickmilch mit Sanddorn bestellt hat, ein anderer schwört, dass er sie bei Fokko Gerdes unterm Ladentisch entdeckt hat - ein cooles Versteck, aber das war wohl bloß ein Witzbold, die sterben auch nicht aus, obwohl die Sache ernst genug ist. Und einer hat sie sogar auf dem Wasserturm ausfindig gemacht. Wir haben sofort einen von uns hingeschickt, aber Fehlanzeige."

Und schon rief der Nächste an, ein Mann, der anonym bleiben wollte. Er habe die gesuchte Person soeben am Strand bei den Surfern gesehen, sie sei Richtung Ostspitze unterwegs.

Tjaden stieg aufs Fahrrad. Er strampelte hinüber zu Gerk sin Spoor, ließ sein Fahrrad stehen, lief den Dünenaufgang hinunter und joggte locker über den Strand, am Wasser entlang Richtung Osten. Da sich der Himmel zugezogen hatte und es jeden Augenblick anfangen konnte zu regnen, war der Strand fast menschenleer. An den schwarzen Säcken stockte ihm der Atem. Ein graurotes Stück Stoff lag im Sand. Graurot wie der Jogginganzug seiner Tischnachbarin. Aber es war nur eine alte Plastikhülle. Von Gabriele Wolny keine Spur.

Dann kam eine andere Nachricht. Eine neue Spur? Unterwegs zum Hafen hatte man sie gesehen. Wollte sie fliehen? Die Insel verlassen? Ohne ihr Gepäck? Richtung Hafen also! Wieder schwang Tjaden sich aufs Fahrrad und stieg in die Pedale, überholte Kutschwagen, vollgepackt mit lauter erwartungsvollen Urlaubern, Elektrokarren mit Getränkekisten, mit Gemüse, mit Koffern, Tjaden geriet ins Schwitzen, legte sich ins Zeug, um, angefeuert von braungebrannten Gesichtern, sogar die Inselbahn zu überholen, die blau, rot, gelb neben ihm und hinter ihm herrollte – bis zum Hafen keine Spur von einer Frau im rotgrauen Jogginganzug, keine Spur von Gabriele Wolny. Schon wieder falscher Alarm? Das Watt dehnte sich grau in grau vor ihm. Als grauer Strich war das Festland zu ahnen. Gerade legte eine weiße Fähre – die „Langeoog II" – vom Kai ab, Richtung Bensersiel. Tjaden rief die Kollegen in Esens an, sie sollten die Passagiere der Fähre kontrollieren. Vielleicht war die Wolny ja an Bord, das war immerhin eine Möglichkeit.

Und was nun? Der Segelboothafen. Auch da könnte sich jemand verstecken. Vom Seenotrettungskreuzer „Hans Glogener" drangen Fetzen von Musik und Stimmen herüber, Bruchstücke vom Funkverkehr. Tjaden ging den Steg bis zum Ende hinunter, wo der rotweiße Rettungsring mit der Aufschrift „Langeoog" hing. Einen Rettungsring konnte er jetzt auch gebrauchen. Er spürte, wie ihn etwas in die Tiefe zog: Dieser Fall zog ihn herunter, immer weiter nach unten, die Luft wurde schon knapp.

Alle Boote waren leer. Alle Segler waren auf Landgang.

Als er sich unter das Reetdach der „Teestube“ geflüchtet hatte und sich gerade, ratlos, die dritte Tasse Tee eingoss und den Kandisbrocken knisternd und sahneumwölkt untergehen sah, klingelte wieder sein Handy. Unter den empörten Blicken seiner Tischnachbarn ließ er sein Stövchen mit allem im Stich und zog sich in den Garten zurück. Er war darauf gefasst, dass jemand „Fehlanzeige“ sagte, er erwartete die nächste Hiobsbotschaft, doch diesmal hatte Eversmeier ihm etwas Interessantes zu melden, und sogar gleich zwei wichtige Dinge auf einmal. Erstens war Fennas Kamera wieder aufgetaucht. Wattführer Udo Kröger hatte sie morgens aus dem großen Priel gefischt, zu dem er gerade die staunenden Urlauber geführt hatte. Jemand musste das Ding – wer weiß wo – ins Wasser geworfen haben. Die Chipkarte steckte noch drin, und der Täter hatte auch die Löschtaste nicht gedrückt, der kannte sich wohl mit hochmoderner Technik nicht aus. Man würde jetzt die Fotos ausdrucken. Fingerabdrücke gab es natürlich keine. Und zweitens hatten die Kollegen aus Gießen mitgeteilt, dass Marie-Luise Rosemann auf Frau Reimers' Fotos jemanden erkannt hatte, einen gemeinsamen Bekannten aus Studienzeiten. Er hieß Heinz-Günter Gröll, daran erinnerte sie sich noch. „Wir haben schon überprüft, wo er auf Langeoog wohnt“, sagte Harm. „Haus Sturmmöwe, Gerk sin Spoor.“

„Den übernehme ich.“

„Was Neues in Sachen Wolny?“

„Nur falsche Hinweise“, antwortete Tjaden. „Sie ist wie vom Erdboden verschwunden.“ Dabei sah er plötzlich den Meeresboden vor sich und im dunkelgrünen Dämmerlicht ein graurotes Bündel, in Blasentang und Lorbeerzweige verstrickt und von Seepocken besetzt. Er hörte kaum richtig hin, als Eversmeier ihm noch meldete, dass auch die leerstehende Schule durchsucht worden war und dass man in dem alten Gemäuer tatsächlich jemanden gefunden hatte: junge Leute, die sich da eingenistet hatten, nicht nur um Übernachtungskosten zu sparen, sondern außerdem der Gemeinde auch noch die Kurtaxe vorzuenthalten. Der Kurdirektor würde sich freuen. Aber mit der Gesuchten, mit Gabriele Wolny, hatten diese jungen Schlafsacktouris überhaupt nichts zu tun. Sagten sie jedenfalls.

Noch ein Autor

„Haus Sturmmöwe“, eine gutbürgerliche Pension, lag an „Gerksin-Spoor“. Diesen Weg war der Vormann Gerk immer zur See hinuntergegangen, in dieser Spur hatte er das Rettungsboot auf seinem Wagen zur See hinuntergeschoben. Und Tjaden folgte nun der Spur dieses Heinz-Günter Gröll, der sich Bogatzkis Lesung angehört und sich ein Buch hatte signieren lassen. Mehr wusste Tjaden nicht über ihn. Und dass er offenbar ein alter Bekannter Bogatzkis gewesen war. Jedenfalls sagte das diese Frau Rosemann aus dem Dorf mit dem absurden Namen Leihgestern. Die Zeit umdrehen, in die Vergangenheit laufen, schön wär's.

Ob sie diesen Herrn kenne, fragte Tjaden und zeigte der Wirtin das Foto. Misstrauisch sah sie es an. Dann war sie bereit, ihm mitzuteilen, dass dieser Herr Gast in ihrem Hause sei. Gröll heiße er. Aber jetzt sei er nicht da. Abends werde er auf jeden Fall zurück sein, er habe mit Halbpension gemietet. Er bewohne zwar ein Doppelzimmer, sei aber allein. Wie lange noch? Für noch eine Woche habe er gebucht. Nachdem Tjaden sich offiziell ausgewiesen hatte - diese Wirtin war vom Festland und hatte keine Ahnung, dass er selbst eigentlich ein Insulaner war -, legte sie ihm, wenn auch widerwillig, das Anmeldeformular des Herrn Gröll vor. Anfang 40, wohnhaft in Fürstenau, Kreis Osnabrück. Jetzt sei er wahrscheinlich am Strand, zur Badezeit gehe er immer hinunter. Ob er einen Strandkorb gemietet habe? Da sei sie überfragt. Im Übrigen möge Tjaden doch abends wiederkommen, wenn Herr Gröll selber zu Hause sei. Offenbar war es ihr nicht geheuer, sich aushorchen zu lassen, es schadete wohl dem guten Ruf ihres Hauses, zumal sich schon einige Gäste unten im Flur eingefunden hatten und vor der Pinnwand auffällig ausdauernd die Mitteilungen der Kurverwaltung studierten.

Auf der blaugelben Rettungsstation am Strand wehte die Fahne der Deutschen Lebensrettungsgesellschaft. Badezeit und Hochflut! In der schäumenden Brandung kämpften die Menschen lustvoll mit den Wellen. Ganz vorn eine magere Gestalt mit angeklatschten Haarsträhnen, der Mann tauchte ständig durch die Brecher hindurch, tauchte auf, um sich wieder in die Brecher zu stürzen. Über den abgeteilten Badebezirk war er schon hinausgeschwommen, ließ sich von der Brandung hin- und herwerfen, verschwand, tauchte wieder auf ...

Jetzt wurde die Fahne eingeholt und durch die blauweißrote Langeoogfahne ersetzt. Die Badezeit war zu Ende, die Ebbe hatte eingesetzt. Der Wind hatte aufgefrischt und kam vom Land, bei Ebbe eine gefährliche Windrichtung. Doch der Schwimmer draußen ließ sich nicht beirren. Alle anderen hatten längst das Wasser verlassen. Jetzt zogen die Rettungsschwimmer die rote Fahne auf: Absolutes Badeverbot!

Warnend ertönte eine Hupe, doch auch die störte den einsamen Schwimmer nicht. Anstatt so schnell wie möglich umzukehren, schwamm er immer weiter hinaus. War der denn lebensmüde? Jetzt machte sich oben auf der Station ein Schwimmer zum Einsatz fertig, zog sein rotes T-Shirt aus, kletterte die Leiter zum Strand hinunter und watete ins Wasser, das sich schon sichtbar vom Strand zurückzog und eine vollkommen glatte, wie unberührte Sandfläche zurückließ. Der Rettungsschwimmer warf sich in die Wellen und schrie dem Mann etwas zu. Endlich reagierte der und kehrte um. Die Wellen warfen ihn um und schlugen über ihm zusammen, aber er schaffte es, auch ohne Hilfe.

Am Strand hatten sich Neugierige eingefunden. Der Mann kam aus dem Wasser heraus, scheinbar ungerührt, warf sich ein rotes Badetuch um und joggte zum Burgenstrand hinüber. Fast hätte er den Hauptkommissar umgelaufen. Tjaden musterte ihn: das Gesicht hatte er doch gerade noch gesehen. Er folgte dem tollkühnen Schwimmer, während er das Foto aus der Tasche zog, um sich zu vergewissern.

Tjaden kannte das Meer und wusste, dass man es nicht unterschätzen durfte. „Vor Rasmus musste Respekt haben“, hatte sein alter Volksschullehrer immer gesagt, der längst auf dem Dünenfriedhof lag. Sicher war Tjaden nicht feige, sonst hätte er einen anderen Beruf gewählt, aber leichtsinnig war er auch nicht. Dieser Mann dagegen hatte das Schicksal herausgefordert.

Der Mann zog jetzt einen blauweiß gestreiften Bademantel an und lief in Badelatschen den Steg hoch, Tjaden folgte ihm. Beide gingen Gerk-sin-Spoor hinunter, an Lale Andersens reetgedecktem „Sonnenhof“ vorbei. Und beide blieben vorm „Haus Sturmmöwe“ stehen.

„Herr Gröll?“ fragte er, als sie beide vor der Pinnwand im Flur standen. „Dünensingen, Dienstag, 20 Uhr“ sprang ihm ins Auge.

„Ja. Was wollen Sie von mir?“ Das klang nicht direkt unfreundlich, doch sehr nüchtern.

„Mein Name ist Tjaden, Kriminalpolizei.“ Er zeigte seinen Ausweis. „Ich habe ein paar Fragen an Sie im Zusammenhang mit dem Mordfall Bogatzki.“

In Grölls Gesicht regte sich nichts. Pokerface, ein absolutes Pokerface. Er bat darum, sich zunächst umziehen zu dürfen, um 18.30 Uhr gebe es Abendbrot.

Aus den Augenwinkeln sah Tjaden, wie die Pensionswirtin im Hintergrund herumwuselte. Sie öffnete Türen, es roch intensiv nach gebratenem Hähnchen. Offenbar war sie von Neugier getrieben.

„Frau Richter, wo kann ich mit Herrn Gröll ungestört sprechen?“ fragte er höflich. „Unter vier Augen!“

Sie führte ihn in ein Zimmer, das in der höchsten Hochsaison offenbar als Notquartier genutzt wurde. Es hatte nur eine winzige Fensterluke und war mit zwei Feldbetten und einem gelben Plastikstuhl möbliert. Wie eine Eiterbeule, dachte Tjaden, schüttelte diesen deprimierenden Vergleich aber gleich wieder ab – positiv denken! – und wandte sich Heinz-Günter Gröll zu, der seinen Bademantel abgelegt und in beigefarbene Bermudashorts gestiegen war. An seinem zerknitterten hellblauen Hemd fehlte ein Knopf. Single, registrierte Tjaden automatisch, und die Korrektur kam auch gleich: Heutzutage nicht mehr unbedingt. Jedenfalls war der nie beim Bund gewesen, sonst wüsste er, wie man einen Knopf annäht. Vielleicht fehlte ihm aber auch der Drive? Antriebsschwach, der Mann. Wie der allerdings durch die Wellen gehechtet war, das passte gar nicht dazu. ... Die Männer nahmen, einander gegenüber, auf den Feldbetten Platz.

„Sie kannten Bodo Bogatzki?“ fragte Tjaden.

Gröll nickte.

„Seit wann?“

„Seit meiner Studienzeit."

„Standen Sie noch mit ihm in Verbindung?"

Das leichte Zögern des Mannes entging Tjaden nicht.

„Nein. Wir hatten uns voneinander - entfernt."

„Was sind Sie von Beruf?"

„Journalist." Gröll verschränkte die Arme vor der Brust, als müsste er sich gegen kritische Anwürfe wappnen. „Ich arbeite als Kulturchef beim Fürstenauer Tageblatt." Das klang beinahe trotzig.

„Sie waren am Donnerstagabend bei Bogatzkis Lesung. Warum?"

„Aus Interesse natürlich. Oder nennen Sie es Neugier. Ich wollte sehen, wie er jetzt so ist."

„Haben Sie sich ein Buch signieren lassen?"

„Ja. Kann ich Ihnen zeigen."

„Und er hat Sie nicht erkannt?"

„Bogatzki sah sich die Leute kaum an, die was von ihm wollten. Und - ich habe mich verändert. Zehn Jahre sind eine lange Zeit."

„Sie waren also auch auf dem Podium bei ihm - wie weit waren Sie denn von ihm weg, als er umfiel? Waren Sie der letzte?"

„Nein, natürlich nicht. Hinter mir war noch 'ne lange Schlange. Ich - ich war wohl schon fast beim Ausgang, als ich etwas hörte. Unruhe. Schreie. Dann kam der Rettungsdienst."

Gröll wirkte glatt und absolut cool. Ihm konnte man nichts anhaben. Ebenso glatt und cool war die Widmung, die ihm der Autor ins Buch geschrieben hatte: „Mit freundlichen Grüßen, Bodo Bogatzki." Das Allernötigste, mehr nicht.

„Schreiben Sie auch, Herr Gröll?" Diese Frage war ein Versuchsballon. Der Mann musste aus der Reserve gelockt werden, irgendwie.

„Natürlich", antwortete sein Gegenüber prompt. „Ich lebe davon. Ich bin Journalist."

Tjaden hielt das giftgrüne Buch in den Händen, als wollte er dessen Gewicht schätzen. „Ich meine nicht das berufliche Schreiben für den Tag. Ich denke an Literatur. Sie haben doch Germanistik studiert. Schreiben Sie auch Belletristisches? Gedichte vielleicht? Oder Romane?"

Gröll sah durch Tjaden hindurch ins Leere. „Nein", sagte er. „Nicht mehr."

„Jugendsünden? Alle im Papierkorb gelandet? Kein Manuskript mehr in der Schublade?"

„Ich hab' es Ihnen doch gerade gesagt: Nein."

Drei Gongschläge dröhnten durchs Haus. Abendbrotzeit! Türenschlagend und treppentrappelnd strömten die Gäste in den Speisesaal, der wohl im Parterre lag. Es roch jetzt wie in Tjadens Jugendzeit sehr intensiv nach Wienerwald und Curry. Tjaden verabschiedete sich formlos.

„Den Namen hab' ich schon mal gehört", sagte Maria, als Onno ihr abends von Gröll erzählte. Sie lag in ihrem Klinikbett und hungerte nach Erlebnissen, die sie wenigstens aus zweiter Hand forderte. H. G. Gröll, der tollkühne Schwimmer, hatte sie beeindruckt. Maria las viel und besuchte Literaturkurse der Volkshochschule. „Es hat mal einen Autor gegeben, der so hieß. Hat aber wohl nur ein einziges Buch geschrieben, an das ich mich erinnere. Das muss ein ziemlicher Flop gewesen sein, denn ich hab' es im Kaufhof auf dem Grabbeltisch gefunden, da wurde es verramscht. Das ist aber sicher schon vier, fünf Jahre her."

„Hast du es dir gekauft?"

„Ja, hab' ich. Das hatte was! Das war so eine Art Vorläufer von 'Sofies Welt' von dem Jostein Gaarder. Das ist ja später ein Weltbestseller geworden. Dieser Gröll hat Pech gehabt, dass er nicht groß rausgekommen ist. Sein Roman war gar nicht so schlecht. Er hatte jedenfalls mehr Pfeffer als 'Sofies Welt'. War auch Philosophiegeschichte, aber mit ziemlich scharfer Erotik und 'ner Prise Politthriller."

Hatte er Gröll nicht gefragt, ob er auch anderes schriebe? Warum hatte der Mann „nein" gesagt? Nein, „nicht mehr" hatte er gesagt, wenn Tjaden sich richtig erinnerte. Er grinste. Grass plus Böll gibt Gröll. Wer einen so sprechenden Namen hatte, war einfach zum Schreiben berufen.

Ihrem Uwe gehe es gut, versicherte Maria. Wenn er auch noch viel zu winzig war, sagten die Ärzte. Aber sein Erzeuger sollte sich mal wieder bei ihnen beiden sehen lassen.

Tjaden würde noch lange nicht schlafen können, zu viel ging ihm im Kopf herum. Im Aufenthaltsraum des Hospiz' sah er den Pfarrer neben Regine Steinhauer sitzen, beide ein Glas Rotwein vor sich und im Gespräch vertieft. Sollte sich da etwas anbahnen? Oder schon angebahnt haben und in den Hafen einer dauerhaften Zweierbeziehung, einer Lebensabschnittsgefährtenschaft einmünden? Scheißsprache, dachte Tjaden und schüttelte sich. Und überhaupt, so was kam hier ja wohl nicht in Frage, schließlich war der Mann Pfarrer, da mussten noch Ringe her! Aber die Zeiten änderten sich, auch auf Langeoog. Er hatte selbst gehört, wie bei einer Trauung im Heimatmuseum - die war auf Wunsch möglich, so schön romantisch zwischen Bojen und Bettpfannen und Bildern von echten gestrandeten Walen - ein Pfarrer dem jungen Paar als Trauformel mit auf den Weg gegeben hatte: „Bis dass die Liebe euch scheide!" Vom Tod war schon keine Rede mehr, den vergessen wir lieber, denn eine neue Liebe ist wie ein neues Leben! Und die Kinder freuen sich schon auf die Patchwork-Familie, richtig lustig bunt, wo sie alle gleich doppelt und dreifach geliebt werden. Und nachher wird dann auch schon mal gemordet, wenn's der Psychologe - auf der Polizeischule auch „Klapsonkel" genannt - nicht richten kann ...

Das rosa Reh lächelte ihn zaghaft an, als er vorbeiging. Vielleicht würde Pfarrer Hegemann Ordnung in ihr chaotisches Gefühlsleben bringen. Sie brauchte keinen Künstler, sondern einen soliden Gefährten, der wusste, was zu tun war. Positiv denken! Um auf andere Gedanken zu kommen, machte Tjaden sich zu einem Abendspaziergang auf.

Wo war das Motiv für diesen Mord, verdammich noch mal? Ohne Motiv stocherte Tjaden in dunklem Morast herum. Er wünschte wieder mal, er wäre sein Schwager Udo, der Wattführer. Wenn der den Spaten ansetzte und den Schlick aufbrach, wusste er genau, wonach er suchte und welcher Wurm wo drin war ... Tjaden dagegen hatte höchstens eine vage Ahnung. Wenn überhaupt.

Entspannen, den Kopf lüften, darauf kam es jetzt an. Am Strand entlanglaufen, sein Unbewusstes arbeiten lassen. Such das Motiv! hatte er ihm befohlen, und er vertraute darauf, dass es das Problem selbständig lösen würde. Vorausgesetzt, die

Informationen, mit dem es gefüttert worden war, reichten aus. Er vertraute fest darauf. Was blieb ihm auch anderes übrig.

Er war schon ziemlich weit draußen, der Wind zerrte an seinen Hosenbeinen, die Flut hatte wieder eingesetzt. Kein Mensch war zu sehen, die schwarzen Sandsäcke hatte er schon hinter sich gelassen und alle Gedanken an Wasserleichen in rotgrauen Jogginganzügen sofort verdrängt, als er plötzlich wieder Maria am Telefon sagen hörte: „Der hat Pech gehabt, dieser Gröll." Und warum? Der hatte ein Buch geschrieben, das ein Flop war. Später landete ein anderer, der eine ganz ähnliche Idee gehabt hatte, einen Welterfolg. Ganz schön bitter. Was Gröll gebraucht hätte, war Publicity! Da wäre doch sein alter Kumpel Bogatzki genau der Richtige gewesen, um ihn zu fördern oder ihm „so 'ne geile Promotion" zu geben. Und genau das hatte Bogatzki nicht getan.

Er würde sich mit diesem Gröll noch einmal unterhalten müssen.

Als er zum Burgenstrand zurückkehrte, sah er ein Pärchen, in sich selbst versunken, in einem Strandkorb sitzen. Er erkannte Pfarrer Hegemanns üppig behaarte Waden und Regine Steinhauers geblümte Flatterhose. Zwei Paar Birkenstocksandalen, schwarz das eine, weiß das andere, standen eng nebeneinander im Sand. Sehr eng.

Unauffällig wollte er hinter ihrem Korb vorbeigehen, als der Wind Gesprächsfetzen zu ihm herübertrug. Jetzt ging er näher heran. Natürlich war er kein Spanner, sein Interesse war ein streng berufliches. Ich bin im Dienst, sagte er sich, ich bin im Dienst.

„Hör auf damit, hör um Gottes willen damit auf!" sagte der Pfarrer beschwörend. Immerhin duzte man sich schon.

„Aber ich hab' doch schon aufgehört", antwortete das Reh mit Kleinmädchenstimme.

„Aus Angst? Weil man denken könnte, du hättest etwas damit zu tun?"

„Nein, nicht aus Angst", stammelte Regine, „sondern weil ich ..."

Fand da etwa ein Kuss stand? Die Beine schienen einander noch näher zu kommen, die Birkenstocksandalen gerieten über- und untereinander. Stille.

Und dann wieder die Stimme des Pfarrers, der sich nun auch als ein begnadeter Prediger zu erkennen gab und sich hinter seinem Langeooger Amtsbruder gewiss nicht verstecken musste: „Ich bin froh, Regine. Ich kann dir gar nicht sagen, wie froh ... Du musst das jetzt alles aufarbeiten ... Alles hat seine Zeit, Regine. Du musst noch ein Stück weit erwachsen werden. Und ich werde dir helfen. Ein Stück weit. Ich ..."

Stille.

Und wieder die Stimme des Pfarrers, beschwörend: „Das waren doch Schreie nach Hilfe! Denk mal an deine Kindheit, Regine! ... Diese Enge ... Chaos in die Ordnung ..."

Wieder Stille.

Und dann nur noch Geflüster, nicht mehr zu verstehen.

Nordsee ist Mordsee

Tjaden träumte. Kerzengerade saß er auf dem Pastorenbock und strampelte durchs Pirolatal, an der frisch bepflanzten Düne vorbei, wo die Insel am schmalsten war und bei jeder Sturmflut am stärksten gefährdet, der Strandhafer ragte spillerig aus dem Sand, auch im Traum sah die Düne noch aus wie ein Besen, der schütter geworden war, Tjaden strampelte und hatte eine kräftige Person im Visier, die, ebenso aufrecht, ihm vorausstrampelte, jetzt ließ sie am Schloppteich eine schwarze Vogelwolke auffliegen, und Tjaden wusste, er musste diese Person einholen, sein Leben, alles hing davon ab, aber mit seinen kurzen Beinen auf diesem Rad hatte er keine Chance, so'n Schiet, warum hatte er sich den Sattel nicht niedriger stellen lassen, seine Beine reichten nicht mehr an die Pedalen, sie schwebten in der Luft, hilflos angelte er nach einem Halt und wusste, wenn er diesen Menschen da vorne nicht einholte, war alles aus - aber der entfernte sich immer weiter, wurde kleiner am Horizont, und plötzlich, ihm zum Hohn, hatte er die Melkhorndüne erklommen, stand hoch über ihm, triumphierend, der konnte alles, der war ihm über, ihm dagegen waren die Glieder wie gelähmt, er fühlte quälend seine Ohnmacht, er kam nicht vom Fleck, vergeblich kämpfte er gegen einen gewaltigen Sturm an, der jetzt laut und hässlich an ihm zerrte, er kämpfte und kam doch nicht vom Fleck, der Schweiß brach ihm aus und er erwachte.

Immer wieder der gleiche Traum. Immer wieder zog er bei solch einer Verfolgungsjagd den Kürzeren. Wenn er es doch einmal schaffen würde! Einmal der Erste sein! Einmal den Gegner einholen, ihn packen und fertig machen!

Im Zimmer war es stockdunkel. Sturm heulte ums Haus, heulte so laut, dass er fürchtete, gleich würde das Dach wegfliegen und er säße nackt und frierend im Freien. Tjaden stand auf und schob die Gardine zur Seite. Die Fahne gegenüber am „Seekrug" hing zerfetzt am Mast. Der Morgen graute schon, an Weiterschlafen war nicht zu denken. Er tastete nach dem Radio. Endlich die Frühnachrichten: Sturmflut an der deutschen Nordseeküste. Windstärke 12. Dazu war Springflut, das Hochwasser stieg bedrohlich. Sogar der Fährverkehr würde eingestellt, hieß es. Langeoog war vom Festland abgeschnitten.

Tjaden zog seinen Ostfriesennerz über und ging hinunter. Das Hospiz war noch wie ausgestorben. Draußen stemmte er sich gegen den Sturm. Von der Düne aus sah er die See, schneeweiße Schaumkronen bis zum Horizont! Die See kochte. Jetzt Vormann sein, jetzt mit dem Boot hinein ins tobende Element! Seine Lieblingsphantasie machte sich wieder in ihm breit. Und dann fiel ihm Maria ein. Wenn jetzt das Kind käme, er könnte nicht zu ihr, er könnte nicht bei ihr sein ...

Am Telefon meldete sie sich nicht. Sie musste doch in ihrem Bett liegen, im Krankenhaus war bestimmt schon Frühstückszeit, wo steckte sie denn? An der Pforte wusste man von nichts. „Rufen Sie später an!" hieß es beruhigend. War sie vielleicht schon im Kreißsaal, gab es Komplikationen - Kreislaufkollaps, Nabelschnurvorfall, Sturzgeburt? Bloß das nicht, diese Katastrophenbilder musste er sofort ausblenden - und dann sah er den Burgenstrand. Die Flut war schon weit eingedrungen, leckte gefräßig an allen Wällen, ließ die Strandkörbe schwimmen, spülte bunte Eimerchen und Förmchen und alle Schippen an die Oberfläche, und nur ein einsamer Strandwärter war dabei, einige Körbe aus dem Wasser zu ziehen und hinter dem Bohlenweg nahe der Düne in Sicherheit zu bringen. Sand fegte über den Boden, schmerzte an den Knöcheln, biss in den Augen. Und die Flut drang immer weiter, stieg höher und höher, noch längst hatte sie nicht ihren höchsten Punkt erreicht. Wie lange noch? Erst in zwei Stunden würde die Ebbe einsetzen.

Aus und vorbei, dachte Tjaden. Kein Gütersl-Wall mehr und kein muschelbestückter Seejungfrauenschwanz. Aus und vorbei. Jetzt hatte die Naturgewalt selber das Chaos gebracht.

Am Dünenaufgang trotzten einige versprengte Frühaufsteher mit Stirnbändern über den Ohren und flatternden Anoraks dem Sturm. Wie geschlagene Feldherren überblickten sie das Schlachtfeld. Aus und vorbei? Ach was, sobald der Sturm sich gelegt hatte, würden sie wieder von vorn anfangen. Die Ärmel aufgekrempelt, in die Hände gespuckt, und los ging's mit dem Wiederaufbau! Das machte sowieso viel mehr Spaß als das ewige Ausbessern und Pflegen. Nach der Zerstörung hatte das

Schippen doch wieder einen echten Sinn. So eine richtige Sturmflut hatte eigentlich noch gefehlt. Wie von der Kurverwaltung bestellt! Damit es niemandem auf Langeoog langweilig wurde.

Es klingelte. Maria?! Zittrig fingerte Tjaden an seinem Handy herum. Aber es war nur Peters, der ihn dringend aufforderte, auf die Station zu kommen. Am Ostende sei etwas im Gange. Unbedingt kommen, sofort!

Wie in seinem Alptraum kam er mit dem Fahrrad nicht vom Fleck, es war sinnlos, der Wind stand ihm entgegen wie eine Mauer aus Beton. Tjaden setzte zum Dauerlauf an. Bei Fokko Gerdes kamen Eversmeier und Peters ihm schon entgegengerannt.

„Ein Anruf", keuchte Peters. „Ein Zivi vom Vogelschutz. Dünen am Ostende, letzte Peilbake, da wär' was passiert. Überfall oder was. Der Mann war ganz fertig. 'Da liegt was, da liegt was', mehr kriegte der gar nicht mehr raus. Wir müssen sofort hin!"

Da liegt was? Was sollte das heißen? Hatte der eine Leiche gefunden? War etwa noch ein Mord passiert, der zweite Mord auf Langeoog? Dann würde er Verstärkung von drüben brauchen. Wenn da ein Mörder unterwegs war, irgendwo in den Dünen, müsste man ihn man finden, sofort festsetzen, damit nicht noch ein Mord passierte! Das könnte er doch mit den paar Leutchen hier gar nicht schaffen!

„Tut mir leid, Tjaden", hörte er die kühle Stimme seines Vorgesetzten, Kriminalrat Geerken. „Sie wissen doch, was da draußen los ist. Es fährt kein Schiff. Das ist den Leuten von der Fähre zu riskant, Tjaden. Wir müssen warten, bis der Sturm nachlässt. Das kann noch ein paar Stunden dauern."

„Aber - hier sieht es - sieht nicht gut aus", Tjaden geriet ins Stammeln. Vielleicht ein Serientäter auf Langeoog, ein Massenmörder?! Und was war mit Maria? Noch immer kein Ton aus Wittmund!

Tjaden sprang einem Elektrokarren in den Weg, der gerade mit Koffern bepackt zum Bahnhof unterwegs war. Dort würde sich alles Gepäck zu einem Riesenberg auftürmen, da kein einziges Schiff ablegte. Der Fahrer des Taxis stand mit offenem Mund da, als Tjaden ihm hastig seinen Ausweis präsentierte. Er schwang sich auf den Karren, Peters übernahm das Steuer. Als Eversmeier sich auch noch hineinzwängte, wurde es verdammt eng, aber wat mutt, mutt. Inzwischen hatte ein starker Regen eingesetzt, Wassermassen stürzten vom Himmel. Die Scheibenwischer versagten unter dem Schwall. Nach mir die Sintflut, dachte Tjaden und schlug sich den Satz gleich wieder aus dem Kopf. Er musste seine Pflicht tun, er war im Dienst, etwas anderes kam nicht in Frage. Aber was war mit Maria?!

Peters steuerte den Karren Richtung Osten, über die Willrath-Dreesen-Straße, an der Jugendherberge, dem Vogelwärterhaus, an der Meierei vorbei ... An einer Wegbiegung kurz vor dem Ostende stand ein junger Mann im dunklen Overall. Er winkte schon von weitem, das Haar hing ihm klatschnass ins Gesicht, und als Tjaden ihn zum Reden bringen wollte, wehrte er ab, der war gar nicht ansprechbar, er rannte ihnen voraus in die Dünen. „Ruhezone, Betreten verboten!“ stand auf einem blauen Schild. Im Gänsemarsch liefen die Männer hinter dem Jungen her. Möwen flogen keckernd auf, Strandhafer stachelte an nackten Waden. Einige hundert Meter weiter, versteckt hinter Sanddornsträuchern und Geißblattranken, lag in einer Senke eine menschliche Gestalt. Schon von weitem sah Tjaden es rot leuchten. Der Jogginganzug der Wolny! Sie regte sich nicht, lag sehr still da.

Wo blieb der Krankenwagen mit dem Arzt? Der müsste doch längst da sein! Atmete die Frau überhaupt noch? Tjaden hob eine schneeweiße Flaumfeder auf, die im Sand lag, und hielt sie ihr unter die Nase. Die Feder bewegte sich kaum merklich. Oder war das nur der Wind? „Frau Wolny, hören Sie mich?“ sprach Tjaden auf sie ein, sprach auf das wachsbleiche Gesicht mit der tiefen Falte über der Stirn und den geschlossenen Augen ein, „Frau Wolny?“ Kaum merklich zuckte ein Augenlid. Hatte sie ihn gehört? Ihn verstanden?

„Sieht nach Vergiftung aus“, sagte Eversmeier. Er schob die Lider hoch, darunter sah man das Weiß der Augen. Am Mund hing Erbrochenes. Es roch säuerlich, aber nicht nach Bittermandel. Der junge Kommissar zeigte stumm auf einige blutunterlaufene Stellen an den Oberarmen, und als Tjaden sich über die Frau beugte, fühlte er sich plötzlich beobachtet. Er sah sich um. Der Wind heulte, der Regen rauschte, kein Mensch weit und breit. Nichts als Dünen, die sich grün, mit hellen Flanken hier und da, bis zur See wellten. Darüber die graue Wolkenlast. Kein Mensch weit und breit. Oder doch?

Neben der Frau lag eine leere Rotweinflasche und ein Glas. Aus ihrer Jackentasche schaute etwas Weißes heraus, Tjaden griff danach. Es war ein Brief, mit Computer auf neutralem Papier geschrieben. „Ich habe Bogatzki getötet. Ich habe mein Ziel erreicht. Jetzt mache ich Schluss.“ Die Unterschrift „Gabriele Wolny“ mit der Hand, in Tinte. Tjaden kannte die Schrift der Wolny nicht. Ob die Unterschrift echt war? Arkaden mit Schleifen verrieten angeblich, dass der Schreiber nicht die Wahrheit sagte. Schrieb man denn heute schon die Abschiedsbriefe auf dem Computer? Lag hier wirklich die Mörderin vor ihm? Oder war die Frau heimtückisch in eine Falle gelockt worden? Von wem?

Endlich kamen zwei Männer mit einer Trage durch die Dünen gehastet. „Sie muss rüber ans Festland“, entschied der Arzt. „Sofort. Der Seenotrettungskreuzer ist bereit!“

„Eversmeier, Sie fahren mit!“ ordnete Tjaden an. „Sobald wie möglich vernehmen, Sie wissen Bescheid. Und melden Sie sich aus dem Krankenhaus, sofort!“ Er zögerte, weil er Dienstliches und Privates ungern miteinander vermengte, aber dann sagte er doch: „Und schauen Sie bitte, wenn's geht, bei meiner Frau vorbei und bestellen Sie ihr einen Gruß.“

Als der Seenotrettungskreuzer ablegte, stand Tjaden windumtost am Kai und hob müde grüßend die Hand. Sein junger Kollege winkte zurück. Mit Macht, wie von einem gewaltigen Ebbstrom fühlte Tjaden sich weggezogen aufs Watt und hinüber ans Festland, liebend gern wäre er mitgefahren, aber das war unmöglich. Noch hatte er seine Mission auf der Insel nicht erfüllt. Frauen vor der Geburt hatten es da leichter. Einfach entspannen, dann nahm die Sache ihr natürliches Ende. Wie auch immer.

Obwohl man der Wolny sofort den Magen ausgepumpt hatte, war ihr Zustand noch kritisch. Das Gift hatte Zeit gehabt zu wirken. Und vernehmungsfähig war sie noch längst nicht. Mit dieser Nachricht musste sich Tjaden erst einmal zufrieden geben.

Im Hospiz machte er sich auf die Suche nach Regine Steinhauer. Er fand sie bei einer Tasse Tee neben ihrem Pfarrer sitzend, der sie nicht aus den Augen ließ. Draußen heulte immer noch der Sturm

„Entschuldigen Sie, dass ich störe, aber ich müsste mich einmal mit Ihnen unterhalten." Er räusperte sich. „Dienstlich."

Sie sah ihn mit großen erschrockenen Kinderaugen an.

„Die Polizeistation ist wenig angenehm. Ich schlage Ihnen das Schreibzimmer hier im Haus vor."

„Geh nur, Regine", ermutigte sie der Pfarrer. Man demonstrierte Nähe, war schon in aller Öffentlichkeit zum Du übergegangen.

Dann saß sie dem Kommissar gegenüber. Tapfer, gefasst. Er spürte wieder, dass sie längst nicht so sanft und weich war, wie sie zunächst schien. Hier war - bildlich gesprochen - unter viel rosa Watte eine Rasierklinge versteckt.

Zwischen ihnen stand der Schreibtisch mit der sauberen grünen Schreibunterlage. Hier konnte reiner Tisch gemacht werden. Und ein altmodisches Gerät, mit dem man wiegend Tinte ablöschen konnte, war auch parat.

„Ich habe schon länger den Verdacht, dass Sie für allerhand Unordnung auf Langeoog gesorgt haben", sagte Tjaden und versuchte, im Tonfall die Mitte zu finden zwischen obrigkeitlicher Strenge und väterlicher Gelassenheit. „Aufgabe der Kunst ist es, Chaos in die Ordnung zu bringen. Den Spruch kennen Sie doch! Sind Sie solch eine Künstlerin? Haben Sie die Düne angezündet, mit der Bombe gedroht, Feinkost-Behringer erpresst und so weiter und so weiter?"

„Wie kommen Sie denn darauf?" Vor Empörung riss sie die Augen noch weiter auf als sonst. Also war sie noch immer nicht bereit, sich zu offenbaren. Wahrscheinlich hatte sie ihre Schuld verdrängt, hatte verdrängt, wie sie in die Düne geschlichen war mit einer Schachtel Streichhölzer und einem Päckchen Papiertaschentücher, hatte verdrängt, wie sie Ekki Behringer mit verstellter Stimme bedroht und die Weckerbombe in den Papierkorb platziert hatte ... Diese Verdränger konnten am hartnäckigsten leugnen; auch ein Lügendetektor würde nichts gegen sie ausrichten. Wie sollte er dieses Unschuldslamm bloß zum Reden bringen? Er hatte doch noch ihre Stimme im Ohr, gestern Abend im Strandkorb, neben ihrem Pfarrer, das war so gut wie ein Geständnis gewesen. Sollte er sich so verhört haben? Tjaden gab sich einen Ruck.

„Also, liebe Frau Steinhauer", jetzt musste er wirklich mal den autoritären Knacker herauskehren, wat mutt, mutt, „sollen wir einmal Ihr Zimmer hier im Haus durchsuchen? Ich könnte mir vorstellen, dass wir da fündig werden. Sie besitzen doch bestimmt so einen netten kleinen Kassettenrecorder, und das passende Band wird sich auch einfinden. Sie wissen natürlich, wie man seine Stimme am Telefon manipulieren kann, oder?" Regine starrte ihn nur wütend an. „Nun gut, wenn Sie das nicht zum Reden bringt, muss ich Sie etwas anderes fragen. Und das ist nun eine sehr viel ernstere Geschichte. Ich würde Ihnen das gern ersparen, aber Sie wollen es ja nichts anders."

Jetzt sah sie doch ziemlich eingeschüchtert aus. Eingeschüchtert, von ihm! Und jetzt konnte sie sich nicht schutzsuchend an seine Schulter kuscheln wie bei diesem Gewitter neulich in der Bude am Strand, jetzt war sie auf sich selbst gestellt und musste Rede und Antwort stehen. Da konnte ihr auch ihr Pastor nicht helfen, der wahrscheinlich vor der Tür Wache stand. Lauschend?

„Sie waren doch auch im Haus der Insel bei Bogatzkis Lesung, und Sie hatten durchaus ein Motiv, ihn umzubringen. Sie selbst haben es mir neulich anvertraut. Da spricht nun eine ganze Menge gegen Sie! Sie waren voller Wut auf ihn, immer noch. Haben Sie sich Gift besorgt und ihm dieses Gift in die Tasse getan?"

Sie schüttelte nur stumm den Kopf.

„Sie haben sich sehr verdächtig gemacht, Frau Steinhauer! Kopfschütteln genügt da nicht mehr, Sie müssen sich schon etwas genauer erklären."

„Aber ich war doch gar nicht in seiner Nähe!" Das klang schon nahezu hysterisch, so dass jemand vor der Tür sich räuspernd regte. „Ich hab' doch nur draußen gestanden", rief Regine Steinhauer, „ich hab' gesehen, wie er ankam, und hab' ihn von weitem beobachtet - und dann bin ich zurückgegangen an den Strand. Ich wollte nichts mehr hören und sehen von dem, überhaupt nichts!" Sie brach in lautes, trockenes Schluchzen aus.

„Können Sie das beweisen?" Tjaden gab sich kalt. Und knallhart. Wat mutt, mutt.

Plötzlich richtete sie sich kerzengerade auf, und ihre Augen glänzten. „Mich hat jemand gesehen. Der Mann in der Bude da draußen. Der war mal Kapitän, hat er mir erzählt. Ich bin da vorbeigegangen, weil - ich war so schrecklich allein!"

„Und haben Sie auch mit ihm gesprochen?"

„Nur ein paar Worte. Manche sagen ja, er ist nicht richtig im Kopf. Aber das stimmt nicht. Er hat mich auf seiner Bank sitzen lassen und zu mir gesagt, dass alles wieder in Ordnung kommt."

Tjaden blickte streng. „Das soll also Ihr Alibi sein. Wir werden das nachprüfen. Aber da ist noch etwas."

Sie wich seinem Blick aus.

"Sie wissen sicher, dass Frau Wolny, die auch Gast im Hospiz ist, gesucht wird."

Regine nickte.

"Kennen Sie sie näher?"

"Nein." Das war prompt, diese Antwort war ihr nicht schwer gefallen. Aber so leicht kam sie nicht davon.

"Dann frage ich Sie eben, ob Sie sich die andere Sache inzwischen überlegt haben. Wie war denn das nun mit der Erpressung und dem Dünenbrand und so weiter? Das waren doch Sie, oder?"

Regine Steinhauer nickte stumm und starrte auf die gefalteten Hände in ihrem Schoß.

„Und warum?" In seiner Jackentasche hielt Tjaden eine Packung Papiertaschentücher bereit, für den Fall, dass gleich die Tränendeiche brächen und die Flut über dieses Mädchengesicht hinwegginge. Mädchen? Altes Mädchen? Sie war sicher nicht das, was man früher darunter verstanden hatte. Immerhin hatte sie Bodo Bogatzki bei einem Inselaufenthalt seine Magisterarbeit über Kafka getippt, was schon auf ein recht intimes Verhältnis schließen ließ.

„Warum?“ wiederholte er.

Regine holte tief Luft. „Weil ich es nicht ertragen habe. Diese Ordnung. Alles richtig zu machen. Perfekt zu sein. Ich liebe die Insel. Und trotzdem hasse ich sie auch.“

„Each man kills the thing he loves“, zitierte Tjaden. Jeder bringt das um, was er liebt. Ganz schön radikal.

Sie ballte die Fäuste. „Ich habe Wut! Ich könnte platzen vor Wut, wenn ich diese Ordnung hier sehe. Und die Kinder, die sich noch wie im Paradies fühlen. Ich hab' Wut, dass so viel draußen bleibt. Wir sind eben nur auf einer Insel. Und dann diese vielen jungen Leute, die ihr Leben einfach genießen, nur genießen, nichts weiter. Ich durfte das nie. Ich musste immer etwas Besonderes sein und etwas Besonderes leisten. Perfekt schwimmen, perfekt Tennis spielen, perfekt Englisch sprechen, das beste Zeugnis von allen haben, alles 1 a. Ich war ja soo begabt!“ Sie lächelte ironisch.

„Waren in der Düne junge Leute?“ fragte Tjaden.

„Die hatten ihren Spaß“, stieß Regine Steinhauer hervor. „Ich hab' sie lachen gehört. Und kreischen. Und Sekt haben sie getrunken. Und...“ Sie brach in Tränen aus.

Tjaden tastete nach den Taschentüchern und reichte ihr eins.

„Der Mond ist aufgegangen ... Das Dünensingen, die heile Welt. Da mussten Sie Ihre Bombe werfen. Wenigstens symbolisch.“

Und die Drohung, die Babynahrung zu vergiften? Er brauchte nicht weiterzufragen. Auch die Mütter, die ihre Babys liebevoll füttern, gehören zur heilen Welt. Diese Welt mit Kindern, die Regine Steinhauer verschlossen geblieben war. Sehr merkwürdig diese Frau. Total widersprüchlich. Einerseits zerstören, andererseits beschützen wollen - wie passte denn das zusammen? Ambivalent, hieß das auf der Polizeischule. Das konnte wohl nur ein gestandener Psychotherapeut richten.

„Was werden Sie mit mir machen?“ Sie schluchzte so laut auf, dass sich draußen vor der Tür etwas demonstrativ regte. „Muss ich vor Gericht?“

„Ich denke, Sie brauchen eher Hilfe als Strafe“, antwortete Tjaden vorsichtig. „Ich muss die Sache natürlich weitergeben. Sie kommen gleich mit zur Wache, damit wir Ihre Aussage zu

Protokoll nehmen. Und dann wird man sie aufs Festland bringen. Aber machen Sie sich keine allzu großen Sorgen."

Sie starrte ihn immer noch an, während er fortfuhr: „Vorausgesetzt, Sie haben in der Mordsache die Wahrheit gesagt. Wenn nicht, bekommen wir das sehr schnell heraus."

Als er die Tür öffnete und der Frau den Vortritt ließ, stand der Pfarrer davor. Er legte sofort den Arm um Regine, um sie wegzuführen, weg von dem bösen Kommissar, dem Ordnungshüter, den Flur hinunter ins Freie. Bei ihm war sie gut aufgehoben.

Sie würde nicht weglaufen.

„Behüt uns Gott vor Strafen", summte Tjaden vor sich hin, obwohl an diesem Tag kein Mond zu sehen und an Schlafengehen noch nicht zu denken war, *„und unsern kranken Nachbarn auch."*

Dann holte er die beiden ein.

Ich gehe jetzt und komme nicht wieder

„Gibt's was Neues, Otto?"

Der Ortspolizist hörte sich am Telefon ungewöhnlich schläfrig an, sein Biorhythmus war wohl gerade auf einem Tiefpunkt angekommen. „Nee, Onno, nichts Neues. Außer dass das Alibi der Steinhauer wasserdicht ist. Der alte Eilts hat bezeugt, dass er sie an dem Abend gesehen hat. Zwischen neun und zehn Uhr. Also kann sie den Bogatzki nach der Lesung nicht vergiftet haben."

„Und sonst?"

„Eversmeier hat sich wieder aus Wittmund gemeldet. Die Wolny ist immer noch nicht vernehmungsfähig. Das kann noch 'ne Weile dauern."

Also weiter warten. Was blieb ihm anderes übrig.

Und Maria? No news is good news, hieß es in England kurz und bündig. Wenn er nichts von ihr hörte, war auch nichts passiert. Damit musste er sich jetzt trösten.

Am späten Nachmittag aber, als Tjaden die Polizeiwache aufsuchte, schwenkte Peters fröhlich ein Fax: „Das ist gerade gekommen!" rief er ihm entgegen. „Von den Kollegen aus Bremen!"

Bei einem Namen auf der Liste der Gäste, von denen bekannt war, dass sie Bogatzkis Lesung besucht hatten, waren die Bremer tatsächlich fündig geworden. Es war der des kühnen Schwimmers, Heinz-Günter Gröll. Tjaden hatte richtig vermutet. Vor fünf Jahren hatte dieser den Bogatzki, einen alten Kumpel aus der Studienzeit, der inzwischen im Literaturbetrieb Karriere gemacht und einen höchst einflussreichen Posten im Fernsehen erobert hatte, gebeten, ihm einen Gefallen zu tun: nämlich seinen ersten Roman im „Literarischen Terzett" vorzustellen. Das wäre eine Bombenwerbung gewesen. Aber Bogatzki hatte sich geweigert. Sein Brief war noch auf einer Diskette abgespeichert, die die Kollegen in seinem Arbeitszimmer gefunden hatten.

Grölls Opus war ihm einfach nicht der Rede wert, er fertigte es ziemlich geringschätzig ab. Zu harmoniesüchtig das Ganze! Weder pfiffig noch fetzig genug sei das, was Gröll da abgelassen habe. Heutzutage müsse ein Tabu gebrochen werden, und zwar mindestens eins, wenn man erfolgreich sein wolle als Autor, so naiv könne er, Gröll, doch gar nicht sein, dass er das noch nicht gecheckt habe! Er wisse doch, was mit Babys oder auch mit Nonnen zur Zeit so getrieben werde in der Literaturszene, da müsse er, Bogatzki, doch wohl nicht noch ins Detail gehen. In Kriminalromanen zum Beispiel sei nun das Neueste, dass man Leichen lebendige Vögel einbaue, das sei erregend! Auf so eine Idee müsse man erst einmal kommen! Was Heinzchen Gröll dagegen ablasse, dieser ganze lasche Philosophiekram, wer wolle denn so was heute noch lesen! Die Philosophie sei sowieso am Ende, das habe sein alter Lehrer Teddy schon immer gepredigt. Die Liebesszenen waren dem Herrn Großkritiker zu altbacken: „So stellt sich Heinzchen die große Erotikwelt vor!" Na ja, und dann dieser Spionagekram, Politthriller und so, den er auch noch hineingerührt hatte, das sei doch ein billiger James-Bond-Abklatsch, mit philosophischem Sahnehäubchen. Zum Speien! Innovativ müsse man sein, ob er, Gröll, davon wohl schon mal gehört habe? Mann, der ging ganz schön ran, dieser Bogatzki, der war wirklich ein scharfer Hund. Gewesen.

Grölls Reaktion war leider nicht bekannt. Von ihm hatten die Kollegen keinen Brief gefunden, der war längst im Altpapier gelandet.

So war das also. Maria hatte den richtigen Riecher gehabt. Dieser Gröll hatte sich viel erhofft. Was wäre gewesen, wenn? Wenn sein Erstling im Fernsehen Starthilfe bekommen hätte? Die Auflagenziffern wären in die Höhe geschnellt, Heinz-Günter Gröll wäre über Nacht ein prominenter Autor gewesen. Stattdessen – ja, was war stattdessen aus ihm geworden? Bei einer Provinzzeitung war er gelandet, nannte sich Chef der lokalen Kultur. Ein Widerspruch in sich, wirklich kein Höhenflug. Tjaden kannte solche Jobs. Da war über die Laienspielaufführung der katholischen Senioren zu berichten („Oma findet einen Mann"), über den Auftritt einer Superautorin, die davon schwärmte, dass sie nun endlich den Mann ihres Lebens, der leider nicht der Vater ihrer vier Kinder war, in einer Kirche kennen gelernt hatte, und wenn's hoch kam, durfte man einmal das Gastspiel der Osnabrücker Philharmoniker besprechen („Berauschende Klangfülle auf höchstem Niveau!"). Und beinahe hätte Gröll als

Autor Weltruhm geerntet! Wenn Bodo Bogatzki nur bereit gewesen wäre, sich für ihn einzusetzen. Selbst ein Verriss hätte ihm Publicity gebracht. Aber Bogatzki hatte sich verweigert und den Autor sogar noch verhöhnt. „Was du da schreibst, ist doch keine Literatur. Das ist schlicht langweilig!"

Doch das alles war immerhin schon fünf Jahre her. Ob es etwas Aktuelles gab, das den Konflikt zwischen beiden wieder aufgeheizt hatte? Die Kollegen sollten unbedingt Grölls Umfeld unter die Lupe nehmen. Tjaden erinnerte sich an den fehlenden Hemdenknopf. Gab es eine Frau Gröll? Mal hören, was die zu sagen hatte. Falls Herr Gröll überhaupt verheiratet war. Den musste er sich unbedingt noch einmal vorknöpfen, und zwar sofort.

Er lief gerade am Seezeichen auf dem Hospizplatz vorbei, das Wetter hatte sich etwas beruhigt, als Eversmeier aus Wittmund anrief. Die Wolny hatte sich so weit erholt, dass er ihr schon ein paar Fragen stellen konnte. Um sie zu schonen, hatte er ihr den Bekennerbrief noch nicht gezeigt. Er wollte vor allem wissen, wie sie denn da oben in die Dünen gekommen sei.

„Das ist eine haarsträubende Geschichte, Chef", sagte der junge Kollege. „Wirklich haarsträubend. Die Frau hat auf eigene Faust recherchiert. Die wollte uns Konkurrenz machen, stellen Sie sich das vor! Hat Leute befragt, Spuren verfolgt - die will nämlich unbedingt einen Krimi schreiben, und da fällt ihr auf Langeoog aus heiterem Himmel plötzlich der Stoff für eine Bombenstory in den Schoß. Diese Chance wollte sie sich nicht entgehen lassen. Die hat vermutlich doch bei diesen dubiosen Hausbesetzern in der alten Schule gepennt, mindestens eine Nacht. Lokalkolorit aufsaugen wie ein Schwamm! Sie hatte wohl einen bestimmten Verdacht."

Tjaden erinnerte sich an den Schatten, der ihm und Inga, der glatzköpfigen Kellnerin, gefolgt war, jene Gestalt, die unter der Bake auf dem Hospizplatz gestanden und mit ihm gemeinsam den Sternenhimmel bewundert hatte. Das konnte sie doch wohl nicht gewesen sein. Oder doch? Weiß der Himmel, was in deren Kopf vor sich gegangen war.

„Und wie ist sie in den Dünen gelandet?"

„Sie hat bei ihrer Recherche jemanden kennen gelernt. Den Namen hab' ich nicht aus ihr herausbekommen. Die Person hatte sich mit ihr verabredet. Ein Treffen in der absoluten Ruhezone, einsamer ging's ja wohl nicht. Diese Person hat der Wolny wohl vorgemacht, sie hätte 'ne ganz heiße Nachricht für sie. Ich hab' aber so das Gefühl, dass da noch mehr im Spiel war. Als ob die Wolny sich verliebt hätte. Oder so." Harm Eversmeier stockte. „Was meinen Sie, Chef? Ein Treffen nachts in totaler Einsamkeit, so unvorsichtig ist man doch nur, wenn man verliebt ist. Oder wenn frau verliebt ist."

„Und – wer war's denn nun?" fragte Tjaden ungeduldig.

„Sorry, Chef. Die Frau war noch ziemlich wirr. Die konnte sich an vieles einfach nicht erinnern. Blackout! Der Schock, das Gift – da kam einiges zusammen. Denn diese Person, das muss doch der Mörder gewesen sein! Der Steckbrief der Wolny war ja auf der ganzen Insel verbreitet. Vielleicht ist sie auch von selbst schon dem Mörder auf die Spur gekommen. Jedenfalls wollte der ihr wohl die Sache mit Bogatzki in die Schuhe schieben und sie aus dem Weg räumen.

Rotwein haben sie gemeinsam getrunken, da oben in den Dünen, richtig romantisch. Kann man sich ja vorstellen. Aber in Wirklichkeit hat der Kerl ihr irgendein Gift verpasst, ein starkes Schlafmittel, hochdosiert. Wäre tödlich gewesen, wenn der Zivi sie nicht gefunden hätte. Und dann hätte man den Fall zu den Akten legen können. Mord und Selbstmord, die Täterin hat sich selbst gerichtet, alles klar."

„Alles klar?" Tjaden gab sich skeptisch. „Das kann doch auch ganz anders gewesen sein, oder? Die Wolny als Mörderin, Schluss, aus."

„Nee, Chef! Warum sollte die Frau denn jetzt lügen? Wenn sie wirklich Schluss machen wollte. Und schon alles gestanden hat!?" Eversmeier räusperte sich verlegen. „Ihre Frau lässt übrigens grüßen. Sie hat sich gefreut, mich zu sehen. Sagt sie. Heute früh – das war falscher Alarm, sie hatten sie schon in den Kreißsaal gebracht, aber ohne Erfolg. Ich soll Ihnen ausrichten, dass sie es satt hat, und dann hat sie noch wörtlich gesagt: Bestellen Sie bitte Ihrem Chef, das nächste Kind bekommt er!"

„Netter Kerl, dein junger Kollege", flötete Maria später ins Telefon. „Wirklich nett, dass er mal vorbeigeschaut hat. Wenn es gerade losgegangen wäre, als er an meinem Bett stand – da war schon wieder so ein komisches Ziehen im Bauch – also da hätte er dich ja vertreten können. Dr. Pauls hätte ihn schon am Kragen gepackt. Weißer Kittel, und ab mit ihm in den Kreißsaal. Da kennen die hier nichts. Die Hebammen freuen sich auch immer, wenn wieder so ein spätgebärender Risikovater auftaucht."

„So weit kommt's noch", brummelte Tjaden. Ihm war sehr unbehaglich zumute.

Heinz-Günter Gröll saß im Aufenthaltsraum seiner Pension vor dem Fernseher, eine Flasche Jever-Pils in der Hand. Die Tagesschau ging dem Ende entgegen. „Im Mordfall Bogatzki keine neuen Erkenntnisse", verkündete der Sprecher, der an diesem Abend nicht lächelte, denn es war ein anderer als vor ein paar Tagen. Dieser hier sah eindringlich an seinen Zuschauern vorbei und fixierte sie erst bei den abschließenden Worten: „Das Wetter!"

Die anderen Gäste schauten sich neugierig nach Tjaden um, Gröll rührte sich nicht. Tjaden schlug ihm einen Spaziergang vor.

Als sie aus dem Haus traten, kam die Sonne unter der dunklen Wolkenbank am Horizont noch einmal hervor und färbte Himmel und Meer blutrot, ehe sie versank. Die beiden Männer schlugen den Weg zum Hafen ein, vermieden aber die Hauptstraße, liefen durch Seitenstraßen, kleine Fußwege. Tjaden wollte allein sein mit diesem Mann. Er spürte seine Dienstpistole an seiner Seite.

Bisher hatte der Mann doch nur allgemeine Floskeln abgesondert und sich bedeckt gehalten, jetzt sollte er Farbe bekennen. Bei der Polizei ist Offenheit angesagt, hätte Eversmeier gesagt.

„Herr Gröll, wo waren Sie denn heute Nacht? Gestern am späten Abend, genauer gesagt, und heute früh, bevor der Sturm losging?"

„Wieso?" fragte Gröll zurück. „Ich war noch lange draußen unterwegs. Am Strand und in den Dünen. Ich schlafe nicht gut."

Also kein Alibi für die Sache mit der Wolny. Schlecht für Herrn Gröll. „Und wie standen sie wirklich zu Bodo Bogatzki?"

„Ich kannte ihn von früher. Er war ein Studienkollege, das wissen Sie ja. Ein alter Kumpel, wenn Sie so wollen."

„Hatten Sie in jüngster Zeit Kontakt mit ihm?"
„Nein."
„Und früher mal?"
„Wir - haben Briefe ausgetauscht."
„Was für Briefe?"
„Ich habe ihm mein Buch geschickt. Ich habe nämlich ein Buch geschrieben - aber das wissen Sie sicher auch längst."
„Warum haben Sie es ihm geschickt? Wollten Sie sein Urteil hören? Sollte er es rezensieren?"
Gröll schwieg. Einige junge Männer kamen ihnen entgegen, die nicht grölten, aber doch viel zu laut waren, dann streifte sie ein Radfahrer, der ohne Licht fuhr. „Sie hatten gehofft, Bogatzki würde Ihr Buch im Literarischen Terzett vorstellen", stellte Tjaden fest. „Das wäre der Durchbruch für Sie gewesen!"
Gröll schwieg. Der Weg, der durch das Wäldchen führte, war menschenleer. Plötzlich machte Gröll einen Schritt auf Tjaden zu, sein Gesicht war verzerrt. Instinktiv tastete Tjaden nach seiner Pistole. Zum Glück falscher Alarm, aber jetzt endlich, so schien es, ließ dieser Mann sein Visier herunter.
„Ich wollte immer schreiben", stieß er hervor. „Ich weiß, dass ich begabt bin, ich weiß, dass ich etwas zu sagen habe. Stattdessen bin ich bei einem miesen kleinen Provinzblatt gelandet. Endstation! Haben Sie eine Ahnung, worüber ich täglich berichten muss? Über die Laienspielaufführung der katholischen Senioren, „Opa findet eine Frau", so in dem Stil –, über jeden platten Bestsellerautor, den der Buchhändler anschleppt, damit sein Umsatz stimmt, und übers Schützenfest natürlich, immer wieder diese Schützenfeste auf allen Dörfern rundum, da rotiert die ganze Redaktion - das macht mich fertig! So habe ich mir mein Leben nicht vorgestellt, so nicht! Und meine Frau auch nicht. Die hat sich einen anderen Kerl gewünscht, der ihr mehr zu bieten hat als ich!"
Gröll war stehen geblieben und starrte nach oben in den Himmel, der als leuchtend dunkelblaue Schneise durch die Baumkronen schien. Fledermäuse zuckten darüber hin und her.
„Und das wäre alles anders geworden, wenn Bodo Bogatzki Sie ins Fernsehen gebracht hätte? Wenn er Ihr Buch vorgestellt hätte?"

Gröll schwieg. Tjaden wusste, dass er Recht hatte.

„Haben Sie ihm deshalb Gift in den Kaffee getan?“ Ein Versuchsballon, vielleicht würde Gröll weich werden und gestehen.

„Blödsinn“, murmelte Gröll. Und dann kein Wort mehr.

Stumm gingen sie nebeneinander her, näherten sich jetzt dem Hafen. In der Ferne schimmerten die Lichter des Festlands.

So'n Schiet, er hatte keine Beweise, und das wusste der andere auch. Er hatte nur das Gefühl, dass er am Ende seiner Suche angekommen war.

„Kehren wir um“, sagte er. „Im Übrigen muss ich Sie bitten, sich zu unserer Verfügung zu halten. Verlassen Sie nicht die Insel, ohne uns davon in Kenntnis zu setzen.“ Mein Gott, seit wann redete er so bürokratisch daher? Was war denn los mit ihm? Er redete gegen seine Überzeugung, er redete gegen sein Gefühl. Er müsste zugreifen, dieser Mann war ihm ganz und gar nicht geheuer. Aber hier ging es nicht um sein Gefühl, ohne Beweise lief gar nichts. Und er hatte gegen diesen Mann nichts in der Hand. Dass er ihm nicht geheuer war - konnte das nicht daran liegen, dass er sich zu sehr mit ihm identifizierte? Hatte er, Onno Tjaden, vielleicht selbst einen Schreibwunsch? Immer noch? Unbewusst? Da war mal etwas gewesen, das war lange her, und er erinnerte sich gar nicht gern daran. Nicht nur Gerichtsreportagen hatte er verfasst, sondern auch noch etwas anderes, Lyrisches, unbestimmt Waberndes, das lag in grauer Vergangenheit und war ihm peinlich.

Die Insel Wangerooge hatte ja einen echten Poeten hervorgebracht, der für den pubertierenden Onno das große Vorbild gewesen war, Wolken hieß er, was sich entschieden besser anhörte als Tjaden, wer Wolken hieß, konnte doch gar nichts anderes werden als Poet. Aber ein Tjaden? Egal, er musste sich jetzt um Verbrecher kümmern. Oder um mutmaßliche Verbrecher wie diesen Gröll. Jetzt dafür sorgen, dass der ihm nicht durch die Lappen ging, das musste er. Aber von der Insel kam der in dieser Nacht sowieso nicht mehr herunter. Es sei denn, er würde ins Meer laufen. Oder übers Watt. Und das wäre reiner Selbstmord.

„Schönen Abend noch“, murmelte Gröll und verschwand in seiner Pension, während Tjaden den Weg zum Hospiz einschlug.

Er war kaum bis in sein Zimmer hochgestiegen, als sein Handy klingelte. Es war Peters. „Gerade ist ein Fax gekommen von den Osnabrücker Kollegen. Da ist tatsächlich was gewesen mit Gift, und zwar ist im Chemischen Institut der Uni Osnabrück Zyankali verschwunden. Das muss vor drei, vier Wochen passiert sein. Ist nicht aufgeklärt worden, wer's war. Wahrscheinlich ein Insider, Student oder so. Vielleicht ein Selbstmordkandidat. Oder einer, der mit dem Zeug handelt. Unter dem Motto: Schönes Sterben!"

Fürstenau, Grölls Wohnort, war nicht weit entfernt. War das der Beweis? Der letzte Stein im Puzzle?

„Und da ist noch etwas", hörte er Peters' Stimme. „Grölls Frau hat ihn vor ein paar Wochen verlassen."

Tjaden sprintete die Treppen hinunter. Wo war sein Fahrrad? Es lehnte an der Hauswand, abgeschlossen. Und wo war der Schlüssel? Oben in seinem Zimmer auf dem Tisch natürlich. Und es kam ja jetzt wohl auf jede Minute an! Tjaden griff sich ein Damenfahrrad, das unabgeschlossen im Gras lag, sprang auf und spurtete los, quer über den Hospizplatz, bog links ein, radelte am Teich vorbei, slalomartig um zwei Enten herum, die schlaftrunken im Weg hockten, weiter durch die Heerenhusstraße ... Natürlich, so war es gewesen! Bogatzki hatte Gröll nicht nur gedemütigt, er war indirekt auch noch schuld daran, dass dessen Frau ihn verlassen hatte. Was hatte er vorhin gesagt? „Die hat sich auch einen anderen Kerl gewünscht, einen, der ihr mehr zu bieten hat als ich." Gröll hatte sich das Gift besorgt, um seinem eigenen Leben ein Ende zu setzen. Er hatte es satt, er wollte nicht mehr. Und weshalb Langeoog? Der Urlaub war seit Dezember schon gebucht – ein Doppelzimmer! –, und Gröll war allein gefahren, das Gift in der Tasche.

Aber dann sieht ihn überall auf der Insel das verhasste Gesicht seines Feindes an. Zufällig ist ihm Bogatzki auf die Insel gefolgt, zufällig sieht Gröll die Chance, sich an ihm zu rächen. Und er zerstört ihn anstatt sich selbst. Deshalb auch dieser Wahnsinnsmut, einen Mord vor aller Augen zu begehen. Nur ein Desperado konnte sich so etwas einfallen lassen, oder? Was hätte es ihm gemacht, wenn es nicht geklappt hätte, wenn er sofort festgenommen worden wäre? Er hatte sowieso schon mit dem Leben abgeschlossen. Und jetzt, was würde ihm passieren? Der Mann ließ sich ja nicht in den Kopf gucken. Dabei könnte ein guter psychiatrischer Gutachter einiges für ihn tun. Vielleicht würde er noch mildernde Umstände bekommen, wegen eingeschränkter Steuerungsfähigkeit und so weiter ... Obwohl, ganz so einfach war es nicht, denn der Täter hatte ja auch noch den Mord der Wolny anhängen wollen und einen weiteren Mord versucht ... Wie dem auch sei, im Knast würde er Erfahrungen sammeln, die er fast allen anderen voraushatte. Was für eine Chance! Und dann könnte er in Ruhe sein Buch machen ... Gerksin-Spoor! Tjaden warf das Fahrrad an den Zaun und sprang die Stufen zum Eingang hoch.

„Sie wollen noch mal zu Herrn Gröll?“ Etta Richter flüsterte, obwohl noch längst nicht alle ihre Gäste schliefen. „Der ist nicht mehr weggegangen, der muss oben in seinem Zimmer sein. Bloß kein Aufsehen, bitte!“

Gemeinsam gingen sie die Treppe hoch. Es war dämmerig oben auf dem Flur, die Birnen hatten 40 Watt höchstens, hier wurde gespart, und Tjaden stieß sich den Hüftknochen an einer Kommode, die in den Weg ragte. Er fluchte leise. Es roch nach Mottenkugeln, der Teppich dämpfte ihre Schritte. Zimmer 21. Er klopfte. Nichts rührte sich.

Er klopfte noch einmal. Wieder nichts.

„Herr Gröll?“ rief er halblaut, und Etta Richter rief dringlicher: „Herr Gröll, Sie sind doch da?“

Tjaden ahnte, was sie erwartete. Aber er wollte es nicht wahrhaben, es durfte einfach nicht sein. Er drückte die Klinke herunter, öffnete die Tür und tastete nach dem Lichtschalter.

Das Zimmer war leer. Auf dem Schreibtisch stand ein Laptop, auf dem Bildschirm leuchtete in großen Lettern: „Ich gehe jetzt und komme nicht wieder.“ Der Satz kam ihm bekannt vor.

Darunter noch ein paar kleinere Worte: „Sie wäre bei mir geblieben, wenn ...“

Wenn Bogatzki ihm geholfen hätte, war das gemeint?

Die Balkontür stand offen. Erster Stock, es war nicht hoch. Darunter Sand, da fiel man weich.

„Weg!“ Ungläubig blickte Etta Richter aus dem Fenster.

„Der kommt nicht weit", versicherte Tjaden und stellte sich eine dunkle Gestalt vor, die über den Ebbsand ging, dem Horizont entgegen, wo Wasser und Himmel sich treffen. Man würde ihn finden.

Aber Tjaden wollte ihn jetzt haben, er brauchte ihn noch.

Wo war der Kerl? Weit konnte er noch nicht sein. Würde er sich irgendwo verstecken, im Pirolatal oder in einer Dünensenke im Osten oder Westen - alle Polizeikräfte mussten ran, Tjaden fingerte im Laufen nach seinem Handy, Verstärkung musste her, ein Hubschrauber vom Festland, obwohl - was sollte der im Dunkeln noch ausrichten - aber trotzdem ... Irgendwie hatte er das Gefühl, dass der Mann zum Strand laufen würde. Ein Desperado wie der ... Ins Wasser und einfach immer weiter, der hatte doch nichts mehr zu verlieren!

Atemlos stapfte er durch den tiefen Sand zum Meer hinunter. Das Meer war sehr dunkel und noch in ziemlich weiter Ferne. Der Nachtwind wehte kühl. Kein Mensch war zu erkennen. Jedenfalls nicht hier, nicht in seiner Nähe. Weiter, weiter! Tjaden atmete tief durch, atmete gegen die Seitenstiche an und joggte, joggte, sein Instinkt trieb ihn nach Osten, vorbei an Rutschen und Wippen, die er schemenhaft wahrnahm, keine Strandkörbe mehr, seine Augen gewöhnten sich schon an die Dunkelheit, das Meer noch weit draußen, aber die Flut kam herein. Er joggte auf die schwarzen Sandsäcke zu, sie waren im Dunkeln zu ahnen, wo der Strand so schmal war wie nirgends, wo die Flut fast bis an den Fuß der Düne reichte ... Da war jemand! Sein Alptraum war zu Ende, er war am Ziel! Eine Gestalt kauerte auf einem der Säcke, kaum zu unterscheiden von dem schwarzen Untergrund. Tjaden blieb abrupt stehen. „Herr Gröll?"

Langsam richtete sich der Mann auf. Schweigend ließ er sich am Arm nehmen und wegführen.

Am Dünenaufgang eilten ihnen Peters und Jansen entgegen, ein paar Schritte dahinter tauchte Leiß auf. Handschellen klickten.

Gröll würde die Nacht in der Arrestzelle verbringen. Hinreichender Tatverdacht, keine Frage, der Mann musste nur noch gestehen. Und das war's dann.

Auch Mörder zahlen Kurtaxe

Frau Bünting war schon da, als Tjaden am nächsten Morgen auf die Polizeiwache kam. Während sie den Kaffeeprütt in die Gießkanne gab und ein gelbes Blatt vom Ficus Benjaminus abzupfte, sagte sie: „Nee, Herr Kommissar, Leute gibt's, das glaubt man nicht! Da haben die doch gestern Abend spät noch so 'ne Frau aufgegabelt, die war total fertig. Total betrunken! Und jung war die auch nicht mehr. Na ja, die Polizei, dein Freund und Helfer ..."

Tjaden hörte kaum hin, er musste sich jetzt auf das Verhör konzentrieren. Indizien reichten nicht aus, Beweise mussten her! Oder ein Geständnis.

Peters sah übernächtigt aus, er hatte tiefe Ringe unter den Augen. „Mann, Onno, das war 'ne Nacht! Erst dein Mörder, und dann diese Frau ..." Um Mitternacht waren sie tatsächlich noch einmal gerufen worden, weil auf der Promenade an der Strandhalle eine Frau randalierte - kein Alkohol, irgendein Aufputschmittel hatte die genommen, und jede Menge davon. Und weil sie sich überhaupt nicht ausweisen konnte, die Frau wusste nicht, wer sie war und wo sie hingehörte, die stand ja völlig neben sich, hatte man sie zur Beobachtung in der Polizeistation einquartiert, gleich neben Heinz-Günter Gröll, dem Hauptverdächtigen im Fall Bogatzki. Einen Arzt hatten sie auch noch bemüht, die Frau musste über Nacht beaufsichtigt werden. Sollten sich die Polizisten um diesen Fall kümmern, Tjaden musste jetzt den Gröll verhören. Mit Eversmeier als zweitem Mann.

Gröll mauerte. Er mauerte immer noch. Er leugnete den Mord, er leugnete den Totschlag, ganz zu schweigen vom Mordversuch, er leugnete alles. „Ich war es nicht," beteuerte er wieder und wieder, während er auf Frau Büntings üppigen Ficus Benjaminus starrte, „ich war es nicht". Und eine Gabriele Wolny sei ihm völlig unbekannt. Nie gesehen, diese Frau. Nie gehört, diesen Namen. Ja, seine Frau habe ihn verlassen, ja, er habe Wut auf Bogatzki gehabt, sogar eine Mordswut, und gestern Nacht, da sei er drauf und dran gewesen, Schluss zu machen mit allem. Einfach weg, ins Wasser, und das war's. Aber ein Mörder sei er nicht. Er habe einfach nur die Schnauze voll. Ob der Herr Kommissar das nicht verstehen könne?

Hinter dem Ficus Benjaminus nahm Tjaden in einiger Entfernung den Wasserturm wahr. Sehr verschlossen und kühl wirkte er heute, von dem war kein Rat zu erwarten. Sieh zu, wie du klarkommst, schien er zu sagen.

Ein Motiv hätte Gröll gehabt. Er hatte Bogatzki den Tod gewünscht, und für eine Verzweiflungstat war er verzweifelt genug gewesen. Aber wo waren die handfesten Beweise? Die Sache mit dem verschwundenen Gift, nicht weit von seinem Wohnort entfernt, das war immerhin schon etwas – aber es genügte noch nicht. Dass er kein Alibi hatte für die stürmische Nacht, in der die Wolny aus dem Weg geräumt werden sollte, war natürlich auch noch lange kein Beweis. Und war er überhaupt kaltblütig genug für solch eine Tat?

Mit Gröll kam Tjaden einfach nicht weiter. Warum um Himmelswillen gab der Kerl nicht alles zu? Hatte er etwa gar nichts zu gestehen? Er hockte wie ein Häufchen Elend da, sah durch Tjaden hindurch und schüttelte immer nur den Kopf. Wenn der ihm jetzt noch tiefer in die Depression wegsackte, würde er den Badearzt holen müssen. Damit da nicht noch mehr passierte. Auf jeden Fall den Mann nicht aus den Augen lassen! Er schob ihm gerade eine Tasse Kaffee über den Schreibtisch, als es klopfte. Diesmal stand Peters vor der Tür und gab ihm ein Zeichen. Tjaden ging hinaus, während der gute Harm dem Verdächtigen unterdessen Kondensmilch in die Kaffeetasse goss. Sehr aufmerksam, der Junge. Wirklich total lieb.

„Diese Frau da, von heute Nacht," Peters tat sehr wichtig, „als wir die abtransportierten – die hat geflucht, ich kann dir sagen! Die hat immer einen Bodo beschimpft: Scheißkerl, dieser Bodo! So ging das ständig. Die wurde richtig gewalttätig, hatte plötzlich Kräfte wie 'ne wildgewordene Kuh. Die muss ein Flashback gehabt haben, war jedenfalls wieder voll drauf. Und das mit dem Bodo, das kam uns komisch vor. Bodo ist ja nicht gerade so'n häufiger Name, oder?"

Tjaden horchte auf. „Wie heißt denn die Dame?"

„Sie sagt, sie heißt Lersch, Ella Lersch. Kann sich aber nicht ausweisen."

„Dann stellt fest, wo sie wohnt und ob sie ihren Ausweis im Hotel gelassen hat."

Eine halbe Stunde später meldete Peters, dass die Dame einen Doppelnamen habe: Ella Bogatzki-Lersch. „Wenn du mich fragst, Onno – die Frau tickt nicht richtig. Die wohnt hier im Inselhotel – ziemlich nobel, vier Sterne, du weißt Bescheid. Aber ich hab' mich da mal in ihrem Zimmer umgesehen. Im Schrank hatte die einen Riesenkoffer voller Lebensmittel – Dauerwurst und Konserven und so – alles von ALDI! Ich kenn' mich da aus. Dicke Brillanten an allen Fingern, im ersten Haus am Platz absteigen – aber nur bei ALDI kaufen, und das Zeug sogar noch nach Langeoog mitbringen! Das sind mir die Richtigen! Ich kenn' diese Sorte. Zu Hause haben sie die echten Perser doppelt liegen, und die Ming-Vasen stapeln sich, aber ansonsten wird jeder Pfennig dreimal umgedreht. Geizig bis zum Gehtnichtmehr!"

Tjaden wunderte sich. Dass Otto Peters etwas von chinesischer Porzellankultur verstand, ließ ihn in einem ganz neuen Licht erscheinen.

Ella Bogatzki-Lersch nahm auf demselben Stuhl Platz, auf dem kurz zuvor noch Heinz-Günter Gröll gesessen hatte. Ihn hatte man in die Zelle zurückgebracht. „Den lassen wir jetzt mal 'ne Weile schmoren", hatte Tjaden angeordnet. „Aber habt ein Auge auf ihn!" Der gute Eversmeier drückte es auf seine Weise aus: Gröll solle sich auf sich selbst besinnen.

Tjaden war überrascht, er hatte eine jüngere Frau erwartet. Ella Bogatzki war Mitte 50, der Altersunterschied zu ihrem Bruder war beträchtlich. Sie trug das dunkel gefärbte Haar dauergewellt kurz und ein silbern glänzendes, barock geschwungenes Brillengestell, das über der Nase und an den Bügeln glitzernd verziert war. Doch nicht nur die Brille glitzerte, an der Frau glitzerte noch viel mehr. Die dicken Ringe, an jedem Finger mindestens einer, hatte Peters schon kommentiert. Aber auch in den Ohrläppchen steckte Gold mit Diamanteneinlage, und um den gebräunten Hals, der schon Falten warf, lag eine goldene Kette, an der ein Brillant oder Diamant baumelte. Den Unterschied konnte Tjaden nie behalten, nur dass es auf den Schliff ankam, wusste er. „Diamanten sind Liebe“, an diesen blödsinnigen Reklamespruch erinnerte er sich noch. Wenn das stimmte, musste jemand diese Dame sehr geliebt haben, jemand, der es sich leisten konnte, ihr solche Klunker zu verehren. Tjaden hatte seine Liebe immer anders beweisen müssen. Trotz ihrer Sonnenbräune hatte die Dame ein ungesundes Aussehen. Ihr Gesicht war unnatürlich gerötet, Wangen und Lider hingen schlaff, geradezu verwüstet sah dieses Gesicht aus, Ella Bogatzki hatte noch keine Gelegenheit gehabt, mit Puder und Make-up die Spuren der Nacht zu übertünchen.

Als ihm plötzlich ein merkwürdiger Schmerz durchs rechte Schienbein zuckte, erkannte Tjaden, wen er vor sich hatte. Das war doch die Frau, die ihn bei seiner Ankunft auf dem Inselbahnhof mit ihrem giftgrünen Monsterkoffer gerammt und sich nicht entschuldigt hatte. Und war sie nicht auch die gesundheitsbeflissene Turnerin, die ihre Gymnastikrunden pflichteifrig absolvierte? Und wo hatte er sie noch gesehen? Bestimmt hatte sie auch ölglänzend in irgendeinem Strandkorb gesessen und ihren makellosen Wall bewacht.

„Frau Bogatzki-Lersch? Sie sind die Schwester von Bodo Bogatzki?“

Eine höfliche Frage, weiter nichts.

„Soll das ein Verhör sein?“ fragte sie scharf zurück. Gleich würde sie nach ihrem Anwalt verlangen.

Also erst mal beruhigen! Vertrauen schaffen! „Natürlich nicht. Wir haben nur ein paar Fragen an Sie.“ Tjaden bemühte sich, langsam zu sprechen, dann klang seine Stimme tiefer, bekam ein sanfteres Timbre und hörte sich mehr nach einem lieben Kuschelbären als nach einem hechelnden Polizeihund an. „Sie wollen doch sicher auch, dass der Mord an Ihrem Bruder aufgeklärt wird.“ Er räusperte sich. „Sie reisen nicht unter Ihrem vollständigen Namen?“

„Lersch ist der Name meines Mannes. Meines verstorbenen Mannes. Mein Bruder war ziemlich prominent, wie Sie wissen.“ Ella Bogatzki holte ein silbernes Zigarettenetui aus ihrer Handtasche und steckte sich eine Zigarette an. Ihre Hand mit dem Feuerzeug zitterte. „Und Sie sehen ja, auf was für Ideen manche Leute kommen, wenn es um Prominente geht. Ich bin es leid, ständig gefragt zu werden, ob ich mit dem verwandt bin. *Ist das Ihr Bruder?* Oder, idiotischerweise: *Ist das Ihr Sohn?* Ich kann das nicht mehr hören!" Sie inhalierte den Rauch und stieß ihn durch die Nase wieder aus.

„Wie standen Sie zu Ihrem Bruder? Heute Nacht sollen Sie sich –", Tjaden räusperte sich wieder: „nicht sehr schmeichelhaft über ihn geäußert haben."

Die Frau schwieg. Sie inhalierte und stieß den Rauch aus, stumm.

Wie war das noch, was hatte Sandra, Bogatzkis Tochter, alles erzählt? Die Schwester ihres Vaters hatte sie gewarnt. Sie sollte Bogatzki bloß fernbleiben! „Bodo war mein Halbbruder", sagte die Frau. „Wir hatten keine enge Bindung. Bodo stammte aus der zweiten Ehe meines Vaters, da war ich schon aus dem Haus. Und er war der Kronprinz, auf ihn hatte mein Vater immer gewartet. Eine Tochter – die zählte gar nicht."

Bodo habe natürlich studieren dürfen, auch im teuren England, ganz nobel. Bodo war ja so begabt, der Star der Familie! Da konnte sie nicht mithalten. Bei ihr habe es immer nur geheißen: Du heiratest ja doch. Ihr Mann sei Akademiker gewesen, Bergassessor. Er war vor drei Jahren gestorben, Kinder hatten sie keine.

„Haben Sie Ihren Bruder auf Langeoog getroffen?" fragte Tjaden.

„Nein. Ich wollte einfach nur –", sie hustete – „relaxen. Die Seele baumeln lassen. Dass Bodo auch hier war – was konnte ich denn dafür?"

Bei seiner Lesung sei sie nicht gewesen. Natürlich nicht.

Dieser Fall hing ihm wie Blei an den Füßen, Tjaden kam einfach nicht weiter. Doch dann, als gegen Mittag schon sein Magen knurrte und er sich gerade ein Fischbrötchen und eine Cola besorgen wollte, kam die Nachricht, die ihn elektrisierte: Fennas Fotos waren fertig. Harm Eversmeier hatte die Aufnahmen ausdrucken lassen und überprüft, und als Tjaden sein Fischbrötchen – Bismarckhering, wie immer – endlich angebissen hatte, stürmte sein junger Kollege ins Zimmer und rief schon von weitem: „Der Gröll war's nicht, Chef – wir haben den Beweis!"

Sollte er jetzt jubeln oder vor lauter Frust die noch ungeöffnete Coladose aus dem Fenster werfen? Resigniert legte er das Brötchen aus der Hand und griff nach den Bildern, die Eversmeier vor ihm ausbreitete. Peters sah ihm über die Schulter.

„Ganz toll, Chef! Sehen Sie hier!“ Rührend, wie eifrig der junge Harm war. Und seiner Sache so sicher! Dabei hatte es in diesem Fall schon so viele falschen Fährten gegeben. „Hier steht Gröll in der Schlange und wartet. Das ist noch uninteressant. Aber hier! Bogatzki gießt sich gerade Kaffee aus der Thermosflasche ein, aber Gröll ist schon an ihm vorbei, sehen Sie?“ Er war tatsächlich zu weit weg, Eversmeier hatte Recht. „Zyankali wirkt sofort, auf der Stelle. Mit dieser Tasse, die er sich hier einschenkt, muss Bogatzki vergiftet worden sein. Aber der Gröll war eindeutig schon an Bogatzki vorbei. Ich fürchte, der war's nicht, Chef!“

Tjaden hielt sich ein anderes Foto dicht vor die Augen, dann griff er nach der Lupe auf seinem Schreibtisch. Er suchte nach der Person, die Bogatzki kurz vor dem tödlichen Schluck am nächsten war. Die letzte in der Schlange, bevor Bogatzki umfiel. Da standen zwei Frauen. Die eine, mit blond gesträhntem, grau grundiertem Kurzhaar, betrachtete gerade verzückt ihr Buch, das der Meister soeben signiert hatte. Plötzlich erkannte Tjaden sie wieder. Das war doch dieselbe, die ihn neulich bei Feinkost-Behringer nach dem Müsli gefragt hatte, die mit den Babygläschen im Einkaufswagen, den sie ihm in die Hacken gestoßen hatte. So klein war die Inselwelt! Die andere Frau, eine Blondine mit strenger Brille, stand neben ihr und wartete. Und auf dem nächsten Bild verdeckte sie mit dem Buch, das sie in der linken Hand hielt, die Kaffeetasse. Die rechte Hand war nicht zu sehen. „Wer ist die Frau?“ fragte Tjaden, aber Eversmeier zuckte nur die Achseln. „Keine Ahnung, Chef.“ Auf dem letzten Foto, das leider unscharf war, kippte Bogatzki gerade vom Stuhl. Man konnte noch den Hinterkopf der Blondine und ihre Schultern erkennen.

Die Schwester tauchte auf den Bildern nirgends auf. Wenn sie tatsächlich nicht zur Lesung ihres Bruders gegangen war, schied auch sie aus dem Kreis der Verdächtigen aus. Da konnten sie also wieder ganz von vorne anfangen. Schöne Aussichten!

Und dann fiel Tjaden etwas ein: „Ich fürchte der Gröll ist doch noch nicht aus dem Schneider. Angenommen, der hat das Gift in die leere Tasse fallen lassen, und der Bogatzi hat den Kaffee dann nur dazugegossen, das würde doch auch passen, oder?"

Eversmeier sagte gar nichts mehr und schob die Fotos zusammen. Alles Hypothesen, beweisen ließ sich nichts. Noch immer war kein Ende in Sicht. Tjaden griff frustriert nach der Coladose auf seinem Schreibtisch und wollte gerade - Angst muss man überwinden! - an dem Nippel ziehen, um sie zu öffnen, als das Telefon klingelte. Was kam da nun auf ihn zu? Manchmal überfiel ihn Telefonangst, und er hatte eine Hemmung, den Hörer abzunehmen, weil er irgendeine Schreckensmeldung erwartete, und diese Angst konnte er sich in seinem Beruf zu allerletzt leisten. Angst muss man überwinden, also griff er zu. „Tjaden hier!"

Die Kollegen aus Osnabrück hatten neue Erkenntnisse über das verschwundene Gift. Ein Chemiestudent, vermutlich drogenabhängig, war als Täter festgenommen worden. Jemand habe ihn beauftragt, das Zyankali zu besorgen, sagte er. „Jemand" - genauer wollte er sich nicht ausdrücken. Noch nicht.

Am Nachmittag saßen Ella Bogatzki-Lersch und Heinz-Günter Gröll nebeneinander vor Tjadens Schreibtisch. Ein gemeinsames Gespräch - kein Verhör! - sei aus besonderen Gründen nötig, hatte Tjaden ihnen mitgeteilt. Die Frau hatte sich inzwischen wieder zurechtgemacht und sah gepflegter aus. Mit dem Makeup schien ihr Selbstbewusstsein noch gewachsen. Sie rückte von Gröll ab und rief empört, wie man es ihr zumuten könne, neben jemandem zu sitzen, der doch wohl hochverdächtig sei, vielleicht sei das ja der Mörder ihres Bruders, also das brauche sie sich wirklich nicht bieten zu lassen - als es klopfte. Ein junger Mann mit strähnigem Haar und unreiner Haut stand in der Tür.

„Kennen Sie jemanden hier im Raum?" fragte Tjaden.

Gröll brütete weiter vor sich hin, sein Gesicht blieb ausdruckslos. Um Ella Bogatzkis Mund zuckte es. Sie fixierte den jungen Mann, aber er wich ihrem Blick aus. Jemand hatte ihm Geld angeboten, er würde jetzt nicht umfallen. Er hielt dicht.

Otto Peters, Polizist auf Langeoog, hatte endlich den erlösenden Einfall. Ausgerechnet Peters, würde Tjaden später zu Maria sagen, ausgerechnet der, das war seine Sternstunde! Der holte plötzlich aus einer Tüte mit der grünen Aufschrift „Freilaufende Eier! De Grönhöker, Langeoog" eine blonde halblange Perücke hervor und legte sie auf den Tisch. Die hatte er im Hotelzimmer der Ella Bogatzki gefunden. Zunächst hatte er sich nichts dabei gedacht, bei den Frauen gehe ja der Trend zur Zweitfrisur, wie er sagte, aber nachdem er die Fotos gesehen hatte, war er noch mal im Hotel gewesen und hatte „das Teil" geholt. Der hatte einfach den richtigen Riecher gehabt. Und dann erkannte auch Tjaden die Ähnlichkeit. Die Person, die in dem Augenblick neben Bogatzki stand, als er zum letzten Mal in seinem Leben nach der Kaffeetasse griff, war kräftig und hatte ebenso breite Schultern wie Ella Bogatzki. Auf dem ersten Bild sah man sie im Profil. Die Nase stimmte. Allerdings war die eine Augenbraue, die sichtbar war, stark geschminkt, und das Brillengestell, streng und dunkel, war auch ein ganz anderes. Und doch, ausgeschlossen war es nicht ...

Tjaden stand auf, kam hinter dem Schreibtisch hervor und stülpte Ella Bogatzki brüsk die Perücke über, und, obwohl sie ihn anschrie, was ihm denn einfalle, das sei ja unerhört, kümmerte er sich nicht darum, sagte mit fester Stimme: „Frau Bogatzki-Lersch, ich verhafte Sie wegen Mordes an Ihrem Bruder und wegen Mordversuchs an Gabriele Wolny." Die Frau verstummte. Sie griff sich an die Perücke, als wenn sie sich diese vom Kopf reißen wollte, aber dann presste sie nur ihre Hände auf die Ohren. „Sie haben ihm Zyankali in die Kaffeetasse getan", fuhr Tjaden fort, „um an Ihr Erbe zu kommen. Sie wussten, dass er eine Tochter hatte, die auch ihr Erbteil beanspruchen würde. Und Sie wollten Ihr Geld jetzt. Frau Wolny wollten Sie den Mord in die Schuhe schieben. Wer tot ist, kann sich nicht mehr wehren. Der Brief mit dem Geständnis stammt von Ihnen. Ich bin sicher, dass in Ihrem exquisiten Hotel den Gästen auch ein modernes Schreibzimmer mit Computer zur Verfügung steht. Habe ich Recht?"

Die Frau nickte.

Der Student nickte auch.

Was ist ein Wasserturm?

Es war Mittag geworden, als Tjaden endlich an Bord war. Den Rest machte Harm! Es regnete. Immer wenn er von Langeoog wegfuhr, regnete es. Um ihm den Abschied leichter zu machen? Im Nieselregen stand er auf Deck, die obligatorische Bockwurst in der Hand, und sah zu, wie das Schiff ablegte, den Hafen verließ, hinausfuhr aufs Wattenmeer mit Kurs auf Bensersiel. Der Wasserturm blieb immer weiter zurück. Jetzt wirkte er weder optimistisch noch vergrämt, sondern einfach gleichgültig. Und er wurde kleiner und kleiner. Ein Wasserturm ist ein Wasserturm ist ein Wasserturm, dachte Tjaden. Er fühlte sich leer, wie immer, wenn ein Fall abgeschlossen war. Er kam sich vor wie ein Urlauber, der nun wieder nach Hause fuhr. Und es rührte ihn melancholisch an wie ein Kind nach den Sommerferien. Dass wieder etwas zu Ende war. Erfolgreich zu Ende gebracht zwar, und doch war es ein Abschied.

Das Schiff war vollgestopft mit Passagieren. Ein anderes vollbesetztes Schiff begegnete ihnen. Die einen kamen, die anderen gingen, man winkte einander zu. Er ließ den Blick über die Menschen schweifen, die auf dem unteren Deck saßen. Ella Bogatzki war schon im Morgengrauen, ohne Aufsehen, ans Festland gebracht worden. Aber Heinz-Günter Gröll sah er dort unten sitzen, er saß abseits bei den Rettungsbooten, einen Bleistift in der Hand, ein Notizbuch auf den Knien. Sammelte er Impressionen für sein neues Buch? Und würde er diesmal mehr Erfolg damit haben? Regine Steinhauer und ihr Pfarrer hatten schon vor zwei Tagen abfahren müssen, aber Tjaden stellte sich noch einmal vor, wie Regine ihren Pfarrer anstrahlte, ihr Mädchengesicht erleuchtet von diesem Lächeln. Dass der Wachtmeister daneben saß, schien beide nicht zu kümmern, beide hatten nur Augen füreinander. Auf jeden Pott passt eben ein Deckel, sagte seine Mutter immer. Ach ja, von ihr hatte er sich gar nicht verabschiedet! Wenigstens telefonisch musste er das nachholen, und zwar schleunigst. Als er nach seinem Handy in der Jackentasche griff, klingelte es.

„Tjaden hier“, sagte er mechanisch.

„Hier auch“, hörte er Marias Stimme, schwach, aber sehr glücklich. „Hörst du ihn? Onno Tjaden junior. Er will seinen Vater begrüßen!“

Etwas quäkte ihm ins Ohr, es kam aus sehr weiter Ferne, und von einem Gefühl überwältigt, das ihm vollkommen neu war, aber aufregend war es, neu und so aufregend, dass sein Herz schneller klopfte, drückte er das Telefon fester ans Ohr, als plötzlich die Schiffssirene gewaltig aufröhrte und das zarte Quäken seines Sohnes übertönte. „Hallo?“ flüsterte Tjaden zärtlich. Dann versagte ihm die Stimme.

Eine Möwe, die über ihm gekreist hatte, ließ ihm klatschend etwas auf den Kopf fallen, während er noch das Telefon umklammert hielt. Wenn das kein Glück brachte! Sogar die verhassten Windmühlen an der Küste schienen jetzt fröhlich im Takt zu schlagen.

„Ich komme!“ rief er, als ein Ruck durchs Schiff ging.

Er stürmte an Land.

Von Antje Friedrichs im Prolibris Verlag

Antje Friedrichs
Die Langeoog-Lektion
Inselkrimi
Originalausgabe 2007
Paperback, 240 Seiten
ISBN 978-3-935263-48-1

Die Flut schwemmt einen Toten auf die Insel fürs Leben. Alles deutet auf ein Verbrechen hin, und schnelle Aufklärung ist in der Feriensaison besonders wichtig.

„Tjaden Sie machen das. Sie sind doch da zu Hause!", sagt Kriminalrat Gerken von der Kripo in Wittmund, und schon sitzt Hauptkommissar Onno Tjaden auf der Fähre, um die Polizeiwache auf seiner alten Heimatinsel zu unterstützen. Als endlich die Identität des Toten ermittelt werden kann, wird schnell klar, dass das Opfer viele Feinde unter den Feriengästen hatte.

Bis zum Showdown, in dem Tjaden alle Verdächtigen versammelt, um die Lösung des spannenden Kriminalfalls zu präsentieren, begegnen dem Leser einige schillernde Personen - selbsternannte Ordnungshüter, verschrobene Künstlerinnen, Freizeitkapitäne, eine Rabenmutter und ein Marlboro-Mann. Damit erweist sich die Autorin und intime Langeoogkennerin Antje Friedrichs auch in ihrem zweiten Langeoog Krimi als genaue Beobachterin des bunten Treibens auf ihrer Lieblingsinsel.

Von Antje Friedrichs im Prolibris Verlag

Antje Friedrichs
Letztes Bad auf Norderney
Inselkrimi
Originalausgabe 2005
4. Auflage 2008
Paperback, 204 Seiten
ISBN 3-935263-17-1

Alles fängt so harmlos an: Hauptkommissar Onno Tjaden aus Wittmund fährt zur Kur nach Norderney. Eigentlich will er Inkognito bleiben, wird aber schnell enttarnt. Ein Kommissar ist eben immer Kommissar auch wenn er nicht im Dienst ist. Ganz besonders, wenn ausgerechnet in seiner Nähe eine attraktive und umschwärmte Krankenschwester tot im Pool gefunden wird.

Die Kommissare Remmers und Extra aus Norden führen die Ermittlungen. Misstrauisch nehmen sie zur Kenntnis, dass ihr erfolgreicher Kollege Onno Tjaden aus Wittmund auch auf der Insel ist. Der aber denkt zunächst gar nicht daran, sich einzumischen.

Aber zuviel Merkwürdiges passiert in der Kurklinik. Zwischen Speisesaal und Schlaflabor, zwischen Marienhöhe und Leuchtturm gerät Tjaden immer mehr in den Fall hinein. Schließlich nimmt er eine entscheidende Spur auf.

Mit spitzer Feder, Spannung und Humor begleitet Antje Friedrichs ihren Protagonisten Onno Tjaden durch seinen neuen Fall. Dabei kommen sowohl Inselkenner als auch Inselanfänger auf ihre Kosten. Skurrile Figuren, feine Ironie und viel Inselatmosphäre würzen diesen Kriminalroman bis zur letzten Seite.